Femme fatalish – Eine fast perfekte Femme fatale

MISHA BELL

ÜBERSETZT VON
GRIT SCHELLENBERG

♠ MOZAIKA PUBLICATIONS ♠

Copyright © 2022 Misha Bell
www.mishabell.com

Veröffentlicht von Mozaika Publications, einem Impressum von Mozaika LLC.
www.mozaikallc.com

Aus dem Amerikanischen von Grit Schellenberg
Lektorat: Fehler-Haft.de

Umschlag von Najla Qamber Designs
www.najlaqamberdesigns.com

Fotografie von Wander Aguiar
www.wanderbookclub.com

e-ISBN: 978-1-63142-758-9
ISBN drucken: 978-1-63142-759-6

KAPITEL
Eins

ICH SCHIEBE meinen Finger in Bills Silikonpoloch.

»Was zum Teufel …?«, flüstert Fabio entsetzt. »Das ist Stochern. Du musst sanft sein. Liebevoll.«

Ich stöhne frustriert auf und ziehe meine Hand weg.

Bills Poloch gibt ein gierig-schlürfendes Geräusch von sich.

»Siehst du?«, sage ich. »Er vermisst meinen Finger. Es kann nicht *so* schlimm gewesen sein.«

»Also, Blue.« Fabio verengt seine bernsteinfarbenen Augen. »Willst du jetzt meine Hilfe oder nicht?«

»Gut.« Ich schmiere meinen Finger mit Gleitmittel ein und betrachte mein Ziel noch einmal eingehend. Bill ist ein kopfloser Silikontorso mit Bauchmuskeln, einem Hintern und einem harten Schwanz – oder ist es ein Dildo? –, der herausragt, zumindest normalerweise. Im Moment ist das arme Ding zwischen Bills Bauch und meiner Couch eingequetscht.

»Wie wäre es, wenn du so tust, als wäre es deine

Muschi?« Fabio rümpft angewidert die Nase. »Ich bin sicher, dass du *dann* nicht so zustichst.«

»Normalerweise reibe ich meine Klitoris, wenn ich masturbiere«, murmele ich, während ich mehr Gleitmittel auf meinen Finger gebe. »Oder benutze einen Vibrator.«

Fabio macht ein würgendes Geräusch. »Du bezahlst mir nicht genug, um mir so etwas anzuhören.«

Seufzend umkreise ich mit meinem Finger ein paarmal verführerisch Bills Öffnung und dringe dann langsam mit der Spitze meines Zeigefingers ein.

Fabio nickt, also schiebe ich den Finger tiefer hinein und höre auf, als der erste Knöchel drin ist.

»Viel besser«, sagt er. »Jetzt ziele zwischen seinen Bauchnabel und seinen Piephahn.«

Ich zucke zusammen. Ich hasse das Wort, also vor allem *Hahn* – und auch alles andere, was mit Vögeln zu tun hat, aber Fabio liebt es. Trotzdem tue ich, was er sagt.

Fabio schüttelt übertrieben den Kopf. »Nicht den Finger beugen. Das ist keine Komm-her-Situation.«

Ich ziehe meinen Finger heraus und fange von vorne an.

Diesmal taucht mein Finger kerzengerade hinein.

»Hä?«, sage ich, nachdem ich zwei Knöchel tief drin bin. »Hier ist etwas. Fühlt sich an wie eine Walnuss.«

Fabio schnaubt. »Das *ist* eine Walnuss, du Dummkopf. Ich habe sie aus pädagogischen Gründen dort hineingeschoben. Die Prostata – oder der P-Punkt – ist ungefähr da, wo du jetzt bist, aber die echte fühlt sich weicher und glatter an. Jetzt massiere sie sanft.«

Während ich Bills Walnuss Lust bereite, schüttelt Fabio die Puppe, um zu simulieren, wie sich ein echter Mann verhalten würde. Dann beginnt er, Bill seine Stimme zu leihen, und setzt dabei sein ganzes Können als Pornostar ein.

Bill stöhnt und stöhnt, bis er, wie Fabio es ausdrückt, »einen P-Gasmus hat, der alle anderen übertrifft.«

Ich nehme meinen Finger wieder weg. Ich habe gemischte Gefühle angesichts meiner Leistung.

Fabio umfasst mein Kinn und kippt mein Gesicht nach oben. »Zeig mir deine Zunge.«

Ich fühle mich wie eine Fünfjährige, als ich meine Zunge ganz weit herausstrecke.

Er schüttelt missbilligend den Kopf. »Nicht lang genug.«

Ich ziehe meine Zunge zurück. »Lang genug wofür?«

»Um die Walnuss zu erreichen, natürlich.« Er seufzt theatralisch. »Ich denke, ich werde mit dem arbeiten müssen, was ich habe.«

Argh. Darf ich ihn ohrfeigen? »Wie wäre es, wenn wir an seinem Penis arbeiten?«

Mit einem weiteren Seufzer dreht er Bill um. »Hast du die Lutschtabletten genommen, wie ich es dir gesagt habe?«

Nicht zum ersten Mal kommen mir Zweifel an meinem Ausbilder. Das Ziel für diese Ausbildung ist einfach: Ich möchte eine Spionin werden, was bedeutet, dass ich Fähigkeiten als Femme fatale erwerben muss. Man denke an Keri Russells Rolle in *The Americans*. Laut ihrer Hintergrundgeschichte in der Serie besuchte sie eine gruselige Spionageschule, die Verführung lehrte. Tatsächlich sind solche Schulen in Filmen über russische Spione häufig zu sehen – zuletzt in *Anna*. Leider sind diese Schulen im wirklichen Leben schwieriger zu finden. Also dachte ich mir, dass ich stattdessen einen Profi engagieren würde, aber die Prostituierte, die ich um Hilfe bat, lehnte ab. Das Gleiche gilt für die weiblichen Pornostars, die ich über die sozialen Medien angesprochen habe. Als letzten Ausweg wandte ich mich an Fabio, einen Kindergartenfreund, der jetzt ein männlicher Pornostar ist. Da er in Schwulenpornos mitspielt, behauptet er, dass er einen Mann besser befriedigen kann als jede Frau.

»Ja, ich habe eine Lutschtablette genommen«, sage ich. »Mein Hals ist taub, und ich kann meine Zunge kaum noch spüren.«

»Großartig. Und jetzt steck dir den ganzen Schwanz in den Hals.« Fabio zeigt auf Bill.

Ich betrachte Bills Länge besorgt. »Bist du dir da sicher? Würden die Lutschtabletten den Penis nicht taub machen? Wenn Bill echt wäre, meine ich.«

Er hebt eine Augenbraue. »Bill?«

Ich zucke mit den Schultern. »Ich dachte mir, wenn ich eine Beziehung mit ihm habe, sollte er nicht anonym sein.«

Fabio klopft mir auf die Schulter. »Die Lutschtabletten sind nur dazu da, dir etwas Selbstvertrauen zu geben. Wenn du siehst, dass er passt, bist du entspannter und musst nicht betäubt werden, wenn es wirklich losgeht. Mach dir keine Sorgen. Ich bringe dir das richtige Atmen und alles andere bei. Du wirst im Handumdrehen ein Profi sein.«

»Okay.« Ich nehme meine sexy Perücke ab und lege sie auf die Couch. Bevor Fabio etwas sagen kann, versichere ich ihm, dass ich sie bei einer echten Begegnung aufbehalten werde.

Jetzt beuge ich mich vor und nehme Bill in meinen Mund, so weit ich kann.

Meine Lippen berühren den Silikonboden. Wow. Das ist tiefer, als ich irgendeinen meiner Ex-Freunde in den Mund nehmen konnte – und die waren nicht so groß. Mein Würgereflex ist empfindlich. Normalerweise bereitet mir sogar eine Zahnbürste Probleme, wenn ich damit meine Zunge reinige. Aber dank der Betäubung ist der Silikondildo bis zum Anschlag drin.

Das ist interessant. Könnten Lutschtabletten auch helfen, Waterboarding zu überstehen? Wenn ich Spionin werden will, muss ich lernen, der Folter zu widerstehen, falls ich gefangen genommen werde. Natürlich ist das Waterboarding nicht meine größte Sorge. Wenn der Feind Zugang zu einer Ente – oder einem anderen Vogel – hat, werde ich alle Staatsgeheimnisse ausplaudern, um das gefiederte Monstrum von mir fernzuhalten.

Ja, okay. Vielleicht hatte die CIA ja einen triftigen Grund, meine Bewerbung abzulehnen. Andererseits hat *Homeland* – eine weitere meiner Lieblingsserien – Claire Danes mit all *ihren* Problemen bei der CIA bleiben lassen. Das erinnert mich daran, dass ich üben muss, mein Kinn bei Bedarf zum Zittern zu bringen.

Fabio tippt mir auf die Schulter. »Das reicht.«

Ich löse mich und schlucke den Speichel herunter, der sich in meinem Mund gesammelt hat. »Das war gar nicht so schlecht. Soll ich noch einmal?«

Er schüttelt den Kopf. »Ich glaube, du brauchst einen Motivationsschub.«

Ich weiß, wovon er redet, also hole ich mein Handy heraus.

»Ja.« Er reibt sich die Hände wie ein Bösewicht aus den frühen Bond-Filmen. »Zeig mir das Bild noch einmal.«

Ich rufe das Bild von Codename Hottie McSpy auf.

Ein verdeckter FBI-Beamter hat dieses Foto gemacht, weil er hinter einem der Männer auf dem Foto her war, aber nicht hinter meiner Zielperson. Nein. Alle denken, dass Hottie McSpy nur ein ganz normaler Zivilist ist, aber *ich* glaube, er ist ein russischer Agent.

Fabio pfeift. »So viel hochwertiges Männerfleisch.«

Das stimmt. Auf dem Bild sitzt eine Gruppe extrem lecker aussehender Männer um einen Tisch in einer russischen *banja* – einer Mischung aus Dampfbad und Sauna – und trägt dabei nur Handtücher und, im Fall von Hottie McSpy, eine verspiegelte Flieger-Sonnenbrille, die eine Art Antibeschlag-Beschichtung haben muss. Mit den Schweißperlen auf den glitzernden Muskeln sehen sie aus wie ein lebendig gewordener feuchter Traum.

»Sie spielen Poker«, sage ich. »Deshalb habe ich Pokerunterricht genommen.«

»Ja, das habe ich mir schon gedacht, da das Bild Hot Poker Club heißt.« Fabio spricht die letzten drei Worte mit zittriger Stimme aus. »Ist dir klar, dass das wie der Titel eines meiner Filme klingt?«

Ich zucke mit den Schultern. »Ein FBI-Agent hat dieses Bild benannt, nicht ich. Sie waren hinter einem anderen Mann her, der sich in diesem Raum befand, und ich habe im Rahmen der Zusammenarbeit zwischen den Behörden geholfen.«

Fabio tippt auf den Bildschirm, um an Hottie McSpy heranzuzoomen. »Und er ist derjenige, hinter dem du her bist?«

Ich nicke und genieße den Anblick erneut. Hottie McSpy hat die härtesten Muskeln und den stärksten Kiefer in dieser ohnehin schon beeindruckenden Truppe. Seine gemeißelten männlichen Gesichtszüge haben etwas Slawisches, was mich zuerst misstrauisch gemacht hat. Sein Haar ist dunkelblond und so gesund wie in einer Shampoo-Werbung. Nicht einmal meine Perücken sind so schön.

Wenn ich erfahren würde, dass dieser Mann das Resultat des Versuchs sowjetischer Genetiker war, das perfekte männliche Exemplar/Elitesoldat/Superspion zu schaffen, wäre ich nicht überrascht. Ich wäre auch nicht schockiert herauszufinden, dass er die Inspiration für das russische Äquivalent einer Ken-Puppe war. Selbst wenn ich nicht glauben würde, dass er ein Spion ist, würde ich mich in das Pokerspiel einschleusen, nur um ihm diese blöde Brille vom Kopf zu reißen und in die Augen zu sehen. Obwohl ich mir vorstelle, dass sie …

»Du sabberst«, sagt Fabio. »Nicht, dass ich es dir verdenken könnte.«

Ich ersticke fast an dem verräterischen Speichel. »Nein, das tue ich nicht.«

»Ja, klar. Sei ehrlich, bist du hinter ihm her, weil er ein Spion sein könnte, oder weil du ihn heiraten willst?«

»Ersteres.« Ich stecke mein Telefon weg. »Spionin oder nicht, die Ehe kommt für mich nicht in Frage. Meine derzeitige Einstellung zur Partnersuche teilt ein Akronym mit dem Namen der Agentur, für die ich arbeite: ohne weitere Verpflichtungen. Aber darum geht es hier sowieso nicht. Wenn ich im Alleingang einen Spion enttarne, wird die CIA das mit Sicherheit bemerken und ihre Ablehnung meiner Kandidatur überdenken. Und selbst wenn sie mich nicht nehmen, werde ich Amerika sicherer gemacht haben. Russische Spione sind immer noch eine der größten Bedrohungen für unsere nationale Sicherheit.«

»Natürlich«, sagt Fabio. »Und dass er heiß ist, hat nichts damit zu tun, dass du dich speziell auf ihn konzentrierst.«

Ich runzele die Stirn. »Er ist so heiß, dass er der perfekte Agent ist. Denk an James Bond. Denk an Tom Cruise in *Mission Impossible*. Denk …«

Fabio hebt die Hände, als ob ich drohen würde, ihn zu erschießen. »Die Dame protestiert zu viel, denke ich.«

Ich deute auf den Silikonphallus. »Soll ich noch einmal? Ich glaube, die Betäubung lässt langsam nach.«

Aus irgendeinem unbekannten Grund fühle ich mich total motiviert, jemandem einen Deep Throat zu verpassen.

Fabio holt sein Telefon heraus. »Sicher. Du arbeitest daran, aber ich muss los. Mein Grindr-Date wartet schon.«

Er zeigt mir ein Schwanzbild.

»Kumpel«, sage ich. »Bekommst du nicht genug Action bei der Arbeit?«

Fabio schnippt spielerisch gegen Bills Erektion und diese schwingt wie ein freches Pendel hin und her. »Deshalb danke ich dem Himmel, dass ich mich zu Männern hingezogen fühle. Ihr Sexualtrieb ist so viel stärker ausgeprägt.«

»Das ist sexistisch. Nur weil Frauen nicht alles vögeln, was nicht bei drei auf den Bäumen ist, heißt das nicht, dass wir einen schwachen Sexualtrieb haben.«

Er schnippt noch einmal gegen Bills Männlichkeit – oder ist es seine Dummykeit. »Wenn dein Cock und dein Arschloch nicht dauerwund sind, fehlt es dir an Sexualtrieb. Das ist alles, was es dazu zu sagen gibt.«

Ich erschaudere wieder. Was haben Cocks, also Hähne – diese Tötungsmaschinen – mit Penissen gemeinsam? Warum sollte man das männliche Organ nicht Python, Bratwurst oder Honiglöffel nennen? Jede dieser Möglichkeiten wäre besser geeignet.

Fabio grinst und schnippt noch einmal gegen das fragliche Anhängsel. »Tut mir leid, dass ich Cock gesagt habe. Ich bin so ein …«

Bevor er zu Ende sprechen kann, huscht ein Fellfleck vorbei. Eine riesige Raubkatze landet auf Bills Waschbrettbauch und schlägt mit messerscharfen Krallen auf den pendelartigen Phallus ein.

Fabio schreit im Falsett und entfernt sich vom Tatort des Hassverbrechens.

Der Besitzer der Krallen ist mein Kater Machete, und anscheinend ist er noch nicht fertig, denn er fährt mit seinen Krallen über das, was von Bills Dummykeit noch übrig ist.

»Das ist einfach obszön.« Fabio steht mit gekreuzten Beinen da, als ob er dringend auf die Toilette müsste. »Du solltest deinen Kater zu einem Therapeuten bringen.«

Als ob er verstehen würde, was mein Freund gerade gesagt hat, wirft Machete ihm einen hasserfüllten Katzenblick zu.

Wie immer kann ich mir vorstellen, was Machete in einer Albtraumwelt, in der Katzen sprechen könnten, sagen würde:

Das Silikonmännchen konnte der Machete nicht entkommen. Der weichere, fleischige wird der Nächste sein.

»Komm her, Süßer«, sage ich mit beruhigender Stimme und beuge mich nach unten, um mir den Kater zu schnappen.

Machete muss sich heute extrem großmütig fühlen, denn er lässt mich ihn halten, ohne mir die Augen auszukratzen.

Fabio lacht, und ich werfe ihm einen fragenden Blick zu.

»Deine Katze hat versucht, Bill zu töten«, erklärt er.

Machete zischt Fabio an.

Machete ist nicht begeistert. Uma Thurman hat eine große Bandbreite, aber sie würde nicht reichen, um Machete zu spielen.

Ich grinse. »Er muss gehört haben, dass du das Cock genannt hast.« Ich zeige auf Bills zerstörtes Anhängsel. »Mein Süßer beschützt mich vor Vögeln.« Ich streichele Machetes seidiges Fell und werde mit einem tiefen Schnurren belohnt. »Als ich ihn bekam, tötete er etwas für mich, das, wie sich herausstellte, ein mit Gänsefedern gefülltes Daunenkissen war.«

Fabio schaut auf die Tür. »Ich weiß nur, dass er aussieht, als hätte er an vielen illegalen Straßenkämpfen teilgenommen, bevor du ihn adoptiert hast. Und eine Menge von ihnen verloren.«

Das stimmt. Machete sah sogar noch schlimmer aus, als ich ihm im Tierheim begegnete. Es war auch das einzige Mal, dass ich ihn irgendwie verletzlich gesehen habe, soweit ich mich erinnern kann.

Natürlich nutzte ich meine Arbeitsressourcen, um seine Vorbesitzer ausfindig zu machen, und kurz darauf landeten sie auf mysteriöse Weise auf einer Flugverbotsliste ... kurz vor einem großen Urlaub.

Ich höre kurz mit dem Streicheln auf, und Fabio wird wieder angezischt.

»Ich gehe jetzt besser«, sagt Fabio und zieht sich zurück.

Ich folge ihm. Auf einem meiner Wandmonitore erscheint ein Videocall-Fenster. Ja, ich habe mehrere Wandmonitore. Meine Einrichtung zu Hause ist inspiriert von all den Filmen, in denen Spione jemanden von einem Überwachungsraum aus beobachten.

Fabio vergisst die Katzengefahr, bleibt stehen und schaut auf den Bildschirm. Wenn mein Freund einer von Machetes Art wäre, hätte ihn seine Neugier schon längst getötet.

»Das ist meine Videokonferenz mit Gia und Clarice«, erkläre ich. »Du kannst gehen.«

Fabio spitzt die Lippen. »Wer ist Clarice?«

»Meine Pokerlehrerin«, sage ich. »Geh schon.«

Er sieht aus, als würde er gleich mit dem Fuß aufstampfen. »Aber ich möchte meinem Mädchen Gia Hallo sagen.«

»Gut.« Ich nehme den Anruf an, und sowohl Gia als auch Clarice erscheinen auf dem Bildschirm.

KAPITEL
Zwei

DIE BLEICHE FRAU, die aussieht wie Morticia Addams, ist meine Schwester Gia – eine meiner beiden Schwestern, die nicht zu meinem Wurf von eineiigen Sechslingen gehören.

Ja, ich habe fünf Schwestern, die hundert Prozent meiner DNA teilen. Gia hat auch eine Schwester, mit der sie hundert Prozent ihrer DNA teilt – ihren Zwilling Holly.

Ich bin ein wenig neidisch auf die Zwillinge. Zunächst einmal haben sie weniger identische Klone voneinander. Außerdem sind sie nach unseren Großmüttern benannt, während mein Wurf die Hippie-Namen bekommen hat, die sich unsere Eltern während eines besonders ausgedehnten LSD-Trips ausgedacht haben müssen.

Man nehme meinen Namen: Blue Hyman. Allen, die Englisch sprechen, stelle ich mich also mit *Blaues Jungfernhäutchen* vor. Das lässt mich immer an die weiblichen Aliens in *Avatar* denken. Aber hatten die nicht telepathischen Sex über ihre gruseligen Pferdeschwänze? Das sind übrigens die gleichen Pferdeschwänze, die sie auch bei Tieren verwendeten. Oh, und mein Name ist in meinem Beruf auch scheiße. Nachdem ich an einigen Computern etwas getan hatte – was genau, ist geheim – begannen meine Kollegen, mich BSoD zu nennen, was für *Blue Screen of Death* steht.

Gia räuspert sich und schaut zwischen Fabio und Bills lädiertem Schwanz hin und her. Ihr Gesicht verzieht sich zu einem ihrer typischen hinterhältigen Grinsen. »Pervers.«

Fabio rollt mit den Augen. »Ekelhaft, wie immer.«

Clarice rückt ihren Piratenhut zurecht. »Ist das dein Schatz?«

»Nein«, sagen Fabio und ich, während Gia sagt: »Ja.«

Na ja, egal. Es ist keine Beleidigung anzunehmen, dass ich mit Fabio zusammen bin. Er sieht gut aus, genau wie das italienische Model, das seine Mutter so sehr begehrte, dass sie ihrem Sohn seinen Namen gab. Die nackte Brust Fabios würde auch in einem Liebesroman aus den frühen Neunzigern nicht fehl am Platz wirken.

»Gut«, sagt Gia. »Vielleicht ist er kein Freund, aber Blue hat ihm schon einmal einen geblasen.«

»Ich habe ihm keinen geblasen«, sage ich. »Wir haben *Zeig mir deins und ich zeige dir meins* gespielt. Einmal.«

»Ja. Und das hat gereicht.« Fabio zieht eine

Grimasse, und ich muss mich zurückhalten, ihm Machete ins Gesicht zu werfen.

»Oh, ja«, sagt Gia. »War das nicht der Moment, in dem Fabio merkte, dass er schwul besser dran ist?«

Ich richte meine verengten Augen auf sie. »Hast du nicht behauptet, du hättest in der Highschool mit ihm geschlafen?«

Ein seltener Gesichtsausdruck zeigt sich auf Gias Gesicht – Schuldgefühle. »Es war ein Scherz.« Sie sieht Fabio eindringlich an. »Insider.«

Das war kein Scherz, und das wissen wir alle. Aus irgendeinem Grund gab sich Gia alle Mühe, jeden denken zu lassen, sie sei die Nuttigste von uns acht.

»Leute«, sagt Clarice. »Dieser Mann ist nicht der Schatz, nach dem ich frage.« Sie zeigt auf Machete. »*Das* ist er.«

»Ah.« Ich kratze Machete unter dem Kinn, und er schließt selig die Augen. »Er *ist* mein Schatz.«

»Wie heißt er?« Clarice hebt einen süßen Perser auf und hält ihn in die Kamera. »Das ist übrigens Hannibal. *Mein* Schatz.«

Clarice hat eine Katze namens Hannibal?

Natürlich hat sie.

Als Machete seine Augen öffnet und Hannibal sieht, zischt er böse.

Machete mag keine flauschigen, verwöhnten Ausreden von Katzen. Außerdem, ist das Gesicht nicht genau das von den Fancy-Feast-Dosen? Da fragt sich Machete, ob diese ganze Rasse ein Haufen Kannibalen ist.

Hannibal scheint nicht beunruhigt zu sein. Entweder weiß er, dass die Katze vor ihm ihn nicht durch den Bildschirm erreichen kann, oder er ist so mutig wie Machete.

»Also, Clarice«, sagt Fabio. »Was soll die Piratenverkleidung? Ist das ein Zauberer-Ding, wie Gias Vampir-Outfit?«

Das ist es in der Tat. Meine Schwester und Clarice sind Magierinnen, und die Art, wie sie sich kleiden, ist für ihre Bühnenfiguren. Allerdings habe ich keine Ahnung, wie das Piratenoutfit, das Clarice trägt, mit ihrem Spezialgebiet, dem Kartenspielen, zusammenhängt. Vielleicht ist Poker die Verbindung? Piraten haben Poker gespielt, und Clarice weiß viel über dieses Spiel, deshalb ist sie meine Lehrerin.

Bevor jemand antworten kann, faucht Hannibal Fabio an. Und – auch wenn ich es mir nur einbilde … ich höre Worte in dem Zischen: *Wenn du meine Zweitbesetzung noch einmal eine Piratin nennst, fresse ich deine Leber mit ein paar Favabohnen und einem schönen Chianti.*

Da er das Ziel des Zischens falsch eingeschätzt hat, verstärkt Machete seine Feindseligkeit. Nicht zum ersten Mal frage ich mich, ob ich ihn zu meinem Handlanger beim Spionieren ausbilden könnte. Er könnte in manchen Situationen einschüchtern und in anderen schwer zugänglichen Stellen infiltrieren.

»Ich sollte jetzt wirklich gehen«, sagt Fabio und lässt seinen Blick zwischen den beiden wütenden Katzen hin und her wandern. »Ich bin spät dran für mein Date.«

»Ich bringe dich zur Tür«, sage ich mit einem bösen Grinsen. Er entkommt Machete nicht so leicht.

»Nicht nötig«, sagt er, aber Machete und ich folgen

ihm trotzdem. Sobald er weg ist, schließe ich die Wohnungstür ab und lasse Machete zum Fressen in der Küche.

Als ich ins Wohnzimmer zurückkomme, ist auch Clarices Kater aus dem Blickfeld der Kamera verschwunden. Er muss auf der Jagd sein, auf der Suche nach jemandem, den er abschlachten kann.

»Es ist so traurig, dass er schwul ist«, sagt Clarice. »Ich würde ihm auch meins zeigen, wenn er mir seins zeigt.«

Wirklich traurig. Fabio ist heiß und wäre ziemlich fickbar, wenn wir uns nicht zum gleichen Geschlecht hingezogen fühlen würden. Na ja, fast. Im Gegensatz zu Fabio, der voll und ganz dem Team Y-Chromosom angehört, würde ich auch mit Claire Danes, Keri Russell und ein paar anderen Schauspielerinnen schlafen, die Spione gespielt haben, die ich bewundere.

Auf jeden Fall ist Fabio ein Freund, den wir Sechslinge alle teilen, auch weil wir in der Highschool gemeinsam seine Alibi-Freundin waren. Bis heute glaube ich, dass er uns als eine Person mit einer multiplen Persönlichkeitsstörung sieht.

»Ich wette, Fabio ist beliebt in dem Genre von Pornos, in denen ein schwuler Mann einen Hetero verführt«, sagt Gia.

Ich ziehe meine Augenbrauen hoch. »Du schaust Schwulenpornos?«

Gia zuckt mit den Schultern. »Ich schaue alle Arten von Pornos. Du nicht?«

Ich schüttele nur den Kopf. Spaß beiseite, Gia ist die Schwester, die mich am besten versteht, obwohl sie nicht zu meinem Wurf gehört. Wir lieben beide die Täuschung. Das haben Magie und Spionagehandwerk gemeinsam. Außerdem – und das ist ein wichtiger Punkt – verbindet uns seit jeher dasselbe traumatische Ereignis, das unter dem Codenamen Zombiemeisenmassaker bekannt ist.

Unsere Eltern leben auf einem Bauernhof, wo sie alle möglichen Tiere retten – und ich bin voll dafür, bis auf den einen Fall, als sie einen Vogel namens Kohlmeise, oder auf Englisch auch Zombi Tit – Zombiemeise – genannt, adoptierten. Der Grund für den zweiten Namen ist so blutrünstig wie alles, was mit Vögeln zu tun hat. Diese Monster dürsten nach den Gehirnen von Fledermäusen und manchmal auch anderen Vögeln – auch von Hühnern, wie ich an jenem schrecklichen Tag miterlebt habe.

Mein Herzschlag beschleunigt sich, als ich es noch einmal durchlebe.

Das Picken.

Das Blut.

Das Gehirn, das überall hinspritzte.

Die verfluchte Zombiemeise mit ihrem blutigen Schnabel und den nach mehr Hirn dürstenden Augen, die mich anschaut.

Hitchcocks *Die Vögel* war nichts gegen diese Horrorshow.

Seit diesem Tag habe ich eine Heidenangst vor Vögeln und meide sie in jeder Form, auch in gekochter.

Hey, wenigstens werde ich nicht an Vogelgrippe sterben.

Was ich nicht verstehe, ist, warum ich damit allein

dastehe. Vögel sind Dinosaurier. Jeder hat *Jurassic Park* gesehen. Waren die Velociraptoren darin gruselig? Ja. Wären sie gruseliger gewesen, wenn die Filmemacher nicht so human gewesen wären und sie richtig dargestellt hätten, mit Federn und allem? Mit Sicherheit.

Ja, das ist richtig. In Wirklichkeit hatten die Velociraptoren Federn und waren so groß wie ein großer Truthahn.

Das ist Stoff für Alpträume.

»Hey, Schwesterherz, das war nur ein Scherz«, sagt Gia, die offensichtlich nicht versteht, warum mein Gesicht so blass geworden ist wie ihres. »Wie wäre es, wenn wir zur Sache kommen?«

»Richtig.« Ich schüttele die schrecklichen Erinnerungen ab. »Kommen wir zur Sache. Das Spiel findet heute Abend statt.«

»Bei Houdinis Nebenniere«, sagt Gia. »Bist du bereit?«

Ich halte einen Finger hoch. »Ich bin alles, was Clarice mir beigebracht hat, noch einmal durchgegangen.« Ich strecke einen weiteren Finger aus. »Habe mir *Casino Royale* noch einmal angesehen.« Ich falte einen weiteren Finger. »Habe zum ersten Mal *Rounders* gesehen – und wie Clarice schon sagte, war John Malkovich als Teddy KGB großartig, und der junge Ed Norton und Matt Damon sahen köstlich aus.«

»Ich nehme an, das ist ein Ja«, sagt Gia.

Ich nicke. »Jetzt will ich nur noch deine Meinung dazu hören, wie ich die Zaubertricks ausführe, die du mir beigebracht hast, und von Clarice noch ein paar letzte Pokertipps hören.«

Gia holt ihre Kamera näher heran. »Mach die Bewegungen.«

Ich schnappe mir die Perücke, die ich für die Infiltration vorgesehen habe, und ziehe sie über meinen Buzzcut. Als Nächstes nehme ich einen Pokerchip mit meiner Telefonnummer und stecke ihn unter die Perücke, in die Nähe meines linken Ohrs. Zum Schluss nehme ich die Mikrokamera mit GPS und verstecke sie neben meinem rechten Ohr.

»Hier.« Ich schiebe meine Finger unter die Perücke und nehme den Chip heraus, indem ich ihn mit dem Fingergriff halte, den Gia mir beigebracht hat. Anscheinend ist dies ein klassischer Zug, der in jedem Anfängerbuch über Münzmagie gelehrt wird. Das Endergebnis ist, dass der Münz- beziehungsweise Pokerchip in meiner Hand nicht sichtbar ist.

»Und hier ist die Kamerabewegung.« Ich hole den Apparat heraus und halte ihn in einem Griff für Fortgeschrittene – wieder aus den Münzzauberbüchern. Dann mache ich ein Foto von dem Raum, genau wie beim Pokerspiel, und befestige das Gerät heimlich mit etwas Magier-Klebewachs an der Wand.

»Gute Arbeit«, sagt Gia. »Es ist offensichtlich, dass du geübt hast.«

»Wie lautet der genaue Plan?«, fragt Clarice.

»Ich schiebe den Pokerchip heimlich der Zielperson unter und hoffe, dass sie mich anruft«, sage ich. »Ich werde auch ein paar Fotos damit machen.« Ich löse das Ding von der Wand.

»Sehr unauffällig.« Clarice schaut sich das Gerät bewundernd an. »Aber was ist, wenn sie dich vor dem Spiel auf Elektronik scannen?«

Ich nehme meine Perücke ab und zeige ihnen das Netz auf der Innenseite. »Hier ist ein faradayscher Käfig eingenäht.« Als Clarice mich ausdruckslos anstarrt, sage ich: »Er lässt keine elektromagnetischen Signale rein oder raus.«

Gia kichert. »Wie diese Aluhüte, die verhindern, dass Außerirdische uns belauschen.«

Ich setze die Perücke wieder auf. »Alufolie wäre kein guter faradayscher Käfig, und das weißt du.«

»Kinder«, sagt Clarice. »Ich bin an der Reihe, Ratschläge zu geben.«

Wir schauen sie beide erwartungsvoll an.

»Sprich am Tisch nicht über Pokerstrategien«, sagt sie. »Das hast du dir vielleicht bei mir angewöhnt, aber bei einem richtigen Spiel kann das nach hinten losgehen.«

»Das werde ich nicht«, sage ich. »Was noch?«

»Achte auf die Schlechte-Hand-Strategie«, sagt sie.

»Was ist das?«, fragt Gia.

»Wenn jemand etwas sagt wie: ›Ich habe es satt, dass du immer gewinnst. Ich setze alles auf eine Karte.‹«

Ich erröte. Dieses Beispiel stammt aus einem Spiel, das wir vor ein paar Wochen gespielt haben.

»Was tust du, wenn jemand das sagt?«, fragt Gia.

Clarice sieht selbstgefällig aus. »Du gehst natürlich davon aus, dass es ein Trick ist und der wahre Grund für ein All-In eine starke Hand ist.«

»Ich werde aufpassen, dass ich das nicht tue«, sage

ich. »Und ich werde ein Auge darauf haben, ob andere das tun.«

Clarice gibt mir weitere Ermahnungen, und ich höre dankbar zu. Schließlich sagt sie: »Okay, du bist so bereit, wie du sein kannst.«

»Danke«, sage ich.

»Was spielt es für eine Rolle, ob du gewinnst oder verlierst?«, fragt Gia. »Ich dachte, es ginge nur darum, mit der Zielperson in einem Raum zu sein.«

Ich rolle mit den Augen. »Du meinst, abgesehen davon, dass ich nicht wie ein Idiot aussehen will?«

Sie nickt.

Ich seufze. »Der Buy-In für dieses Spiel beträgt eine halbe Million Dollar. Ich würde das Geld gerne behalten.«

Beide Augenpaare auf dem Bildschirm weiten sich zu komischen Ausmaßen. Ich glaube, ich hatte vergessen, dieses kleine Detail zu erwähnen. Hoppla.

Gia räuspert sich. »Woher hast du so viel Geld? Ich wusste nicht, dass die NSA so gut bezahlt.«

»Ich arbeite für No Such Agency«, sage ich wie auf Autopilot. »Und nein. Sie zahlen nicht *so* gut. Ich habe gerade einen Teil meiner Bitcoins verkauft.«

Da ich im College Kryptographie studiert habe, war es für mich folgerichtig, in Kryptowährungen zu investieren – und sie voranzutreiben –, und meine Investitionen sind in den letzten Jahren recht gut gewachsen. Für eine Fünfundzwanzigjährige geht es mir ziemlich gut. Trotzdem wäre ich sehr traurig, wenn ich diese Beteiligung verlieren würde.

»Das wusste ich nicht.« Clarice sieht

niedergeschlagen aus. »Ich schätze, ich habe keine Chance, jemals zu diesem Spiel zu gehen.«

»Ich schlage dir einen Deal vor«, sage ich. »Wenn ich heute Abend mein Geld verdopple – dank deines Trainings –, werde ich dich unterstützen. Der Haken ist, dass du deinen Gewinn mit mir teilen wirst.«

»Abgemacht«, sagt Clarice, und ihre Augen leuchten. »Ich werde reich werden.«

»Ah«, sagt Gia und ignoriert sie. »Jetzt kann ich verstehen, warum du so proaktiv bist und dich vorbereitest. Eine halbe verdammte Million. Ich weiß, dass du dieses schicke Auto hast, aber ich hatte keine Ahnung, dass du so reich bist. Das ist das erste Mal, dass ich dich um dein langweiliges Hauptstudium beneide.«

»Ich bin nicht so reich«, sage ich. »Zumindest normalerweise nicht. Krypto hat in letzter Zeit einen Höhenflug, also habe ich das Auto, und jetzt das. Ganz abgesehen vom Buy-In würde es einfach verdächtig aussehen, wenn ich bei diesem Spiel auftauchen und mich zum Affen machen würde. Das ist offensichtlich ein Haufen Pokerhaie, oder Leute, die denken, dass sie es sind.«

Gia wackelt lasziv mit den Augenbrauen. »Ich bin mir sicher, dass sie bei einer *Frau* etwas nachsichtig sein würden.« Als sie Clarices und meinen Blick sieht, fügt sie schnell hinzu: »Ich habe das nicht sexistisch gemeint. Es ist ein Spiel voller nackter Kerle, die anscheinend in Geld schwimmen. Eine reiche Dame würde vielleicht gerne dorthin gehen, um ihre Augen zu verwöhnen … oder vielleicht ihren zukünftigen Ehemann zu treffen.«

»Da fällt mir etwas ein«, sagt Clarice. »Warum sehen die Jungs, die in diesem Club spielen, so gut aus?«

Ich zucke mit den Schultern. »Ich bin mir sicher, dass von Zeit zu Zeit unattraktive Spielerinnen und Spieler dazukommen. Aber ich wette, nachdem sie die anderen gesehen haben, sinkt ihr Selbstwertgefühl in den Keller, und sie möchten wahrscheinlich nicht mehr zurückkommen. Ich würde auch nicht gerne Bikram-Yoga machen, wenn ich von Victoria's-Secret-Models umgeben wäre.«

»Ich denke, das macht Sinn«, sagt Clarice. »Ich habe mich auch gefragt, warum du so sicher bist, dass deine Zielperson dort sein wird. Du weißt nicht, wer der Mann ist und was er tut. Er hätte auch nur an diesem einen Spiel teilnehmen können.«

»Stimmt«, sage ich. »Aber wenn er ein Spion ist, würde es Sinn machen, dass er sich weiter unter diese Leute mischt. Die meisten von ihnen sind reich und mächtig, was sie zu großartigen Verbindungen macht.«

Gia und Clarice nicken zustimmend.

»Okay, ihr zwei«, sage ich. »Ich sollte gehen.«

»Letzte Frage«, sagt Gia. »Warum tust du das?«

Wird das zu einer Fabio-ähnlichen »Du willst ihn«-Theorie führen?

»Das ist streng geheim«, sage ich. »Auf einer Was-man-wissen-muss-Basis, und du musst nichts wissen.«

»Aber im Ernst«, mischt sich Clarice ein. »Das will ich auch wissen.«

Ich zucke mit den Schultern. »Ich denke, ich will der CIA beweisen, dass es falsch war, mich abzulehnen.«

»Warum solltest du überhaupt für sie arbeiten wollen?«, fragt Clarice. »Sie haben einen schlechten Ruf. Das FBI ist vielleicht die bessere Wahl.«

»FBI-Agenten sind keine Spione«, sage ich. »Sie arbeiten verdeckt, aber das ist nicht dasselbe.«

»Die NSA spioniert«, sagt Gia. »Und sie haben auch einen ziemlich schlechten Ruf, wenn es das ist, was du willst.«

»Den ganzen Tag am Computer zu sitzen ist nicht meine Vorstellung von Spionage«, sage ich. »Ich will im Außendienst arbeiten, und heute Abend bekomme ich einen Vorgeschmack auf das echte Leben.«

»Na dann viel Glück«, sagt Gia.

»Warte mal«, sagt Clarice. »Du hast uns nicht erklärt, was es mit dem gut bestückten Dummy auf deiner Couch auf sich hat.«

»Oh nein.« Ich mache ein zischendes Geräusch mit der Seite meines Mundes. »Ich glaube, ich verliere euch.«

Gia lacht. »Bevor du gehst, wollte ich noch fragen, ob du dir meine Zaubershow ansehen wirst.«

»Sicher. Schick mir die Details.« Damit lege ich auf, bevor sie mich weiter aufhalten können.

Es ist Zeit, sich auf die Infiltration des Hot Poker Clubs vorzubereiten.

KAPITEL
Drei

Eines nach dem anderen. Soll ich dafür meinen Einbrecheranzug tragen?

Nein. Das wäre sinnlos. Man spielt nackt.

Ich entscheide mich stattdessen für meinen besten Bikini, den sie mich hoffentlich anbehalten lassen werden.

Nachdem ich mich für Kleidung entschieden habe, kümmere ich mich um das Make-up, wobei ich folgende Prioritäten setze: Wasserfestigkeit, damit es in der Banja nicht verläuft, und Steigerung des Sexappeals, damit Hottie McSpy mich danach auch anrufen will.

Ich setze mir meine Faradayscher-Käfig-Perücke auf den Kopf, gehe zur Tür und schaue nach, wie spät es ist.

Mist. Es ist später, als ich dachte. Ich muss mit dem Auto fahren, anstatt zu Fuß zum Treffen zu gehen.

Auf meinem Telefon geht der Türklingelalarm los.

Seltsam. Ich erwarte niemanden.

Obwohl ich in Reichweite des Spions stehe, hole ich mein Handy heraus und schaue mir das Video meiner intelligenten Türklingelkamera an.

Die Person im Sichtfeld sieht genauso aus wie ich, besonders mit der Perücke, die ich gerade trage.

Rotblondes Haar, hohe Wangenknochen, kräftiges Kinn, grünliche Augen – ganz klar eine meiner Wurfschwestern. Ich glaube, ich weiß wegen ihrer Kleidung sogar, wer sie ist, aber sicherheitshalber frage ich: »Wer bist du?«

»Ich bin Olive«, sagt sie.

Ja. Wie ich es mir dachte. Olive – oder Octopussy, wie ich sie liebevoll nenne. Nicht, weil sie mich an die Figur aus dem Bond-Film von 1983 erinnert, sondern weil sie von Tintenfischen besessen ist.

Ich öffne die Tür, und sie tritt ein.

Oh nein. Ich brauche kein telepathisches Gespür, um zu erkennen, dass sie aufgebracht ist.

»Kann ich bei dir bleiben?«, platzt es aus ihr heraus, anstatt mich zu begrüßen.

»Natürlich. Was ist passiert?«

Wenn meine Schwester mich braucht, werde ich die Infiltration verschieben. Auch wenn das bedeutet, dass sie den Beitrag, den ich bereits überwiesen habe, behalten werden.

»Bitte«, sagt Olive. »Ich möchte nicht darüber reden.«

Ich greife ihre Hand. »Geht es dir gut?«

»Ja«, sagt sie, auch wenn ihre Augen übermäßig glänzen, so als würde sie Tränen zurückhalten. »Ich muss mich einfach ausruhen. Ist das in Ordnung?«

»Klar«, sage ich, obwohl ich mir zunehmend Sorgen mache.

»Ich brauche etwas Zeit für mich.« Sie sieht mich flehend an. »Meinst du, ich könnte ein langes Bad nehmen?«

»Kein Problem.« Irgendetwas stimmt eindeutig nicht, aber ich verstehe, dass sie ihren Freiraum braucht. »Nimm das Bad, und wir reden danach.«

Sie wendet ihren Blick ab. »Ich hatte gehofft, danach auf deiner Couch pennen zu können. Ist das in Ordnung?«

Sie will heute nicht darüber reden, was sie bedrückt. Gut. Ich gebe ihr bis morgen Zeit, und dann ist es Zeit für ein Verhör.

»Brauchst du mich denn hier?«, frage ich. »Ich war auf dem Weg nach draußen, aber …«

»Bitte geh.« Die Worte klingen, als würde sie betteln – was mich nur dazu bringt, bleiben zu wollen.

»Bist du sicher?«

»Ganz sicher. Ich brauche einen Ort, an dem ich sein kann, keine Gesellschaft.«

»Gut. Folge mir.« Ich führe sie durch meine Wohnung und erkläre ihr, wo alles ist, was sie brauchen könnte. Als wir auf die Bestie stoßen, sage ich: »Du erinnerst dich an Machete?«

Er schaut träge zu uns hoch, also sage ich ihm streng: »Das ist Olive. Behandle sie so, wie du mich behandeln würdest.«

Er leckt sich die Pfote, und sein pelziges Gesicht wirkt gelangweilt.

Für Machete sehen alle Menschen gleich aus, aber ihr

zwei aus irgendeinem Grund ganz besonders. Wer Machete füttert, darf leben … vorerst.

Als wir ins Wohnzimmer zurückkehren, entdeckt Olive Bill auf der Couch und reibt sich die Augen.

»Ach ja, kannst du ihn in den Schrank in meinem Schlafzimmer schmeißen?«, frage ich.

Anstatt zu sticheln oder Fragen zu stellen, nickt sie einfach, als wäre es völlig normal, Dummys mit beschädigten Dildos wegzupacken – was zeigt, wie aufgebracht sie ist.

»Bist du sicher, dass du mir nicht sagen willst, was los ist?«, frage ich.

»Nein. Geh, bitte.« Olive stemmt ihre Hände in die Hüften. »Ich komme hier alleine klar.«

Morgen sollte sie besser alle ihre Geheimnisse ausplaudern. Ich bin nicht abgeneigt, Schlafentzug oder das Ziehen an den Haaren einzusetzen, um Informationen zu bekommen. An diesem Punkt bin ich fast genauso neugierig auf Olives Probleme wie auf Hottie McSpys Mission.

»Gut.« Ich drehe mich zur Tür. »Mi casa es tu casa.«

Ich fühle mich immer noch unwohl, als ich gehe, aber sie sieht so erleichtert aus, dass ich kapituliere. Was auch immer passiert ist, sie will jetzt erst einmal allein sein.

Eine Fahrstuhlfahrt später stehe ich in der Tiefgarage meines Hauses, und die Aufregung über mein Vorhaben kehrt zurück.

Ich schaue auf die Uhr.

Scheiße. Ich bin spät dran.

Ich laufe zu meinem Auto, einem Aston Martin DBS

V12, oder für mich das Auto, das Daniel Craig als James Bond in *Casino Royale* und *Quantum of Solace* fuhr.

Während der leistungsstarke Motor schnurrt, stelle ich die Titelmusik von *Mission Impossible* auf volle Lautstärke und gehe im Kopf meine Route durch.

Der Treffpunkt ist in der Nähe der Brooklyn Bridge auf der Manhattan-Seite, und da ich am Battery Park wohne, muss ich nur ein paar Blocks weit fahren. Normalerweise dauert die Überquerung etwa sechs Minuten, je nach Verkehr. Da das Treffen bald beginnt, muss ich die Zeit halbieren, Verkehr hin oder her.

Ich drehe das Lenkrad und trete das Gaspedal durch.

Als ich aus dem Parkhaus fliege, überfahre ich fast eine Frau, die mir gegenüber wohnt.

Hoppla.

Wenigstens kann sie mich mit der illegalen Tönung meiner Scheiben nicht hinter dem Lenkrad sehen. Hoffentlich.

Mit quietschenden Reifen biege ich in die Water Street ein und stoße fast mit einem gelben Taxi zusammen.

Der Taxifahrer zuckt nicht einmal mit der Wimper. Er hat schon Schlimmeres erlebt. Der Typ, bei dem ich Fahrstunden genommen habe, hatte übrigens vorher auch als Taxifahrer gearbeitet.

Ich fahre mit Turbogeschwindigkeit und schaue nach Fußgängern, bevor ich eine rote Ampel überfahre, während ich bete, dass mich kein Polizist gesehen hat. Zum Glück komme ich damit durch und überschreite die Geschwindigkeitsbegrenzung. Als ich die berühmte

Wall Street erreiche, überfahre ich eine weitere rote Ampel. Von hier an wird alles grün, bis ich die Pearl Street hochfahre.

Wenn ich wirklich auf die Brücke fahren würde, würde ich die Rampe nehmen, aber das tue ich nicht, sondern rutsche mit quietschenden Reifen auf einen Parkplatz, während das Lenkrad in meinen Händen hin und her zuckt. Ich springe aus dem Auto, lasse meine Schlüssel drinnen und werfe einen Hundert-Dollar-Schein in die Nähe des Angestellten.

»Sind Sie verrückt?«, fragt der mit offenem Mund.

»Ich bin in ein paar Stunden wieder da«, sage ich. »Behalten Sie das Wechselgeld, und ich gebe Ihnen noch einen Hunderter Trinkgeld, wenn mein Auto zufrieden ist.«

Bevor er mich auffordern kann, ein Formular auszufüllen, mir eine Quittung ausstellt oder irgendetwas anderes tut, was mich aufhält, eile ich von hier weg und steuere den Treffpunkt an.

Als ich dort ankomme, prüfe ich keuchend die Uhrzeit.

Eine Minute zu spät.

Mein FBI-Kontakt hat mich gewarnt, dass diese Leute pünktlich sind, aber hoffentlich ist eine einzige Minute kein Ausschlusskriterium.

Das Treffen wurde gemäß den Anweisungen meines Kontakts im Dark Web arrangiert. Ich war beeindruckt von den Organisatoren des Hot Poker Clubs. Sie haben mir eine E-Mail geschickt, die ich trotz all meiner Fähigkeiten nicht zurückverfolgen konnte. Eine sich selbst zerstörende E-Mail – sehr à la *Mission Impossible*.

Ganz zu schweigen davon, dass die Location großartig ist. Eine Brücke. Das ist ein Klassiker für Dinge wie Gefangenenaustausch bei *Bridge of Spies*, also ein passender Ort, um mich gefangenzunehmen ... sozusagen.

Ich mache Handzeichen, wie ich angewiesen wurde, und bemerke zwei maskierte Männer, die auf der anderen Straßenseite aus einem schwarzen Chevrolet Suburban steigen.

Das müssen diejenigen sein, die ich treffen will.

Ja. Einer von ihnen macht das antwortende Handzeichen.

Mein Kontaktmann hat mich vor dem gewarnt, was als Nächstes kommt, also bin ich ein wenig ängstlich. Ich bin die erste Frau, von der ich weiß, dass sie das getan hat. Was ist, wenn sie beschließen, mein Geld zu behalten und mir etwas Unaussprechliches anzutun, anstatt zu pokern?

Aber nein. Ob Frau oder nicht, das wäre schlecht fürs Geschäft, da es zukünftige Spieler abschrecken könnte. Außerdem kann ich jederzeit meine Krav-Maga-Kampffähigkeiten einsetzen, wenn etwas Unvorhergesehenes passiert. Und wenn das nicht klappt, kann ich ihnen sagen, wo ich arbeite. Das Töten von Regierungsbeamten ist wirklich schlecht fürs Geschäft – man schaue sich nur *Sicario* an.

Doch egal, was ich mir einrede, meine Knie sind weich, als ich die Straße überquere. Mein Krav-Maga-Ausbilder würde mich jetzt *Chicken* nennen – ein dummer Ausdruck. Für mich sind Hühner gefiederte Monster, die keine Angst haben. Ich schätze, wenn es um Hühner geht, bin ich ein Huhn, aber diese Jungs sind nicht so furchteinflößend wie sie.

»Hallo«, sage ich, als ich sie erreiche.

Hey, meine Stimme ist ruhig. Ein Punkt für mich.

»Wie lautet die Losung?«, dröhnt der Typ ganz links.

Ich sage sie ihm.

»Steig ein«, sagt er.

Ja. Ich steige in einen dubiosen schwarzen Van. Mal sehen, ob ich für den Außendienst geeignet bin.

Die Erinnerung an mein ultimatives Ziel beflügelt mich, und ich springe fast schwindlig ins Auto.

Verdammt, ja, ich bin wie geschaffen für so etwas. Eigentlich sollte im Wörterbuch unter *Superspionin* ein Bild von mir abgedruckt sein.

Der Mann auf dem Beifahrersitz dreht sich in meine Richtung. Neben seiner Maske trägt er eine dieser dicken, riesigen Sonnenbrillen, die ältere Menschen tragen, um nicht geblendet zu werden.

Vielleicht geht dieser Typ bald in Rente?

»Geben Sie mir Ihr Handy«, fordert er mich auf.

Hmm. Er klingt überhaupt nicht *so* alt.

Ich gebe ihm mein Handy, und er schaltet es aus.

»Sie können es in Ihrer Tasche behalten, aber schalten Sie es nicht ein, bis wir Sie hierher zurückgebracht haben«, sagt er. »Wir werden es merken, sollten Sie es doch tun.«

Sie wollen mich also zurückbringen. Das ist eine Erleichterung. Natürlich würde er das auch sagen, wenn sie vorhätten, mich zu Vogelfutter zu verarbeiten.

»Ich werde es ausgeschaltet lassen«, sage ich.

»Gut.« Er holt eine schwarze Tasche aus dem Handschuhfach und dämpft damit den letzten Rest meiner Begeisterung. Mein FBI-Kontakt hatte mich vor diesem Teil gewarnt, aber trotzdem. Mit einem schwarzen Sack über dem Kopf landet man in einem Terroristenkerker, nicht bei einem Pokerspiel.

»Was wollen Sie damit machen?«, frage ich mit der Stimme eines empörten und sehr reichen Pokerspielers.

»Ich will nicht, dass Sie sehen, wohin wir fahren«, sagt der Mann mit der Sonnenbrille. »Bis Sie ein Stammgast sind, möchten wir lieber geheim halten, wo sich der Club befindet.«

Hm. Mein FBI-Kontakt wusste nicht, dass die Tasche eine vorübergehende Maßnahme ist. Ich schätze, meine erstaunlichen weiblichen Reize lockern bereits die Zungen.

Ich klimpere hübsch mit den Wimpern. »Bitte seien Sie vorsichtig mit meinen Haaren.«

Das Letzte, was ich will, ist, dass mir der Pokerchip und die Kamera aus der Perücke fallen. Ich würde es sicher nicht zum Spiel schaffen, und vielleicht auch nicht nach Hause.

Der Typ schaut auf meine tadellose Perückenfrisur und dann auf einen seiner Kollegen.

Der andere Kerl zuckt mit den Schultern.

Der Mann mit der Sonnenbrille greift in das Handschuhfach und holt Klebeband heraus.

Oh-oh. Ist das für meinen Mund? Der FBI-Kontakt sagte nichts darüber. Scheiße. Habe ich mein Blatt überreizt, bevor ich überhaupt an den Pokertisch gekommen bin? Wenn ich geknebelt bin, kann ich ihnen nicht sagen, dass ich Agentin bin.

Bevor ich etwas sagen kann, nimmt der Typ seine Sonnenbrille ab, reißt ein Stück Klebeband ab und klebt es in die Gläser.

Oh. Ist er …?

Ja.

Nachdem er seine Brille in eine provisorische Augenbinde verwandelt hat, setzt er sie mir auf.

Wie zuvorkommend. Meine Yelp-Bewertung des Hot Poker Clubs ist gerade von einem auf drei Sterne gestiegen.

Als Nächstes setzt mir jemand Ohrenschützer auf. Mein FBI-Kontakt vermutet, dass es solche sind, die auf Schießständen verwendet werden. Man kann immer noch etwas hören, aber der Klang ist stark gedämpft.

»Fahr los«, höre ich jemanden sagen, aber die Stimme ist leise.

Wir setzen uns in Bewegung.

Aus den Lautsprechern des Autos ertönt eine beruhigende Melodie. Auch ohne Ohrenschützer ist es unwahrscheinlich, dass ich höre, was draußen passiert.

Ich werfe einen kurzen Blick nach unten und zur Seite.

Nein.

Die Brille ist so gut wie eine schwarze Tüte, wenn es darum geht, mir die Sicht zu nehmen.

Wenn ich Liam Neesons *ganz besondere Fähigkeiten* aus *96 Hours* hätte, könnte ich auch ohne Augen und Ohren erkennen, wohin wir fahren. Leider kann ich das

– noch – nicht, aber zu meiner Verteidigung: mein FBI-Kontakt konnte das auch nicht.

Das macht aber sowieso nichts. Ich habe einen Apparat mit GPS an mir. Wenn ich lange genug lebe, um ihn unter meiner Faradayscher-Käfig-Perücke hervorzuholen, werde ich den Standort des Clubs haben.

Die Stimme einer Sängerin begleitet die Musik. »You're beautiful …«

Ist das Nelly Furtado? Aber welches Lied ist das?

Als die Antwort kommt, ist sie genauso beunruhigend wie meine Situation.

Nelly singt: »I'm like a bird, I'll …«

Den Rest will ich nicht hören.

Ein Lied über Vögel? Was kommt als Nächstes, ein Jingle über Saddam Hussein? Charles Manson? Daffy Duck?

Ich rezitiere kryptografische Algorithmen in meinem Kopf, um die Horrormelodie für den Rest der Fahrt auszublenden.

———

Wir bleiben nach etwa einer halben Stunde stehen, was bedeutet, dass wir in Brooklyn, Midtown oder sogar Queens sein könnten, wenn wir schnell gefahren sind und es keinen starken Verkehr gab.

Jemand führt mich an der Hand, und wir gehen über Asphalt, dann über Teppichboden, und irgendwann spüre ich Fliesen unter meinen Füßen.

Ich nehme auch einen Geruch wahr, der stärker

wird. Chlor und Zitrone. Das muss das sein, was sie beim Pokerspiel zum Desinfizieren des Whirlpools verwenden.

Wenigstens haben sie mich nicht in einen Speiseaufzug gesetzt oder in einen Wäscheschacht geworfen.

Nach einem weiteren kurzen Gang betreten wir einen Raum, in dem das Chlor- und Zitronenaroma von den Gerüchen der Umkleideräume überwältigt wird. Nackte, verschwitzte Männer müssen in der Nähe sein.

Jemand nimmt mir die Sonnenbrille und die Ohrenschützer ab.

Der Raum ist hell, also brauchen meine Augen eine Sekunde, um sich daran zu gewöhnen.

Vor mir steht der Schläger, der mir die Brille gegeben hat, und neben ihm steht eine weitere maskierte Person, eindeutig eine Frau.

Sie hält zwei Handtücher in der Hand – ein Detail, das mir nicht gefällt.

»Miss Black wird sich um Sie kümmern«, sagt der Typ und entfernt sich, mit der Sonnenbrille in der Hand.

»Aus Sicherheitsgründen müssen Sie die Umkleidekabine der Männer benutzen«, sagt Miss Black in einem fröhlichen Ton. »Seien Sie versichert, dass die männlichen Spieler bereits am Tisch sitzen, und wenn Sie fertig sind, haben Sie Vorrang vor einem Mann, der beschließt, zur gleichen Zeit wie Sie auszusteigen.«

»Danke«, sage ich.

»Ihre Chips liegen auf dem Tisch, und Sie können

sie dort lassen, wenn Sie fertig sind. Wir werden Sie elektronisch ausbezahlen.« Sie drückt mir die Handtücher in die Hand. »Ziehen Sie sich aus und legen Sie sich diese um.«

Sie dreht sich um.

Ich ziehe alles bis auf den Bikini aus und räuspere mich.

Sie dreht sich wieder zurück.

»Darf ich damit spielen?«, frage ich und deute auf meine spärliche Bekleidung.

Sie mustert mich. »Ich werde Sie überprüfen müssen.«

»Wie meinen Sie das?«

»Ich muss Ihre Brüste untersuchen, wenn Sie das Oberteil anbehalten möchten, und …«

»Verstanden.« Ich ziehe das Bikinioberteil aus. »Ich werde ein Handtuch um die Hüfte tragen.«

Mit der Maske ist das schwer zu sagen, aber ich glaube, sie ist erleichtert, dass sie meine Vagina nicht abtasten muss.

Sie tätschelt mein Bikinioberteil, wirft einen kurzen Blick auf meine Brüste – da gibt es nicht viel zu sehen – und gibt mir das Oberteil zurück. »Lassen Sie Ihre Kleidung dort und stellen Sie eine Kombination ein.« Sie deutet zu einem offenen Spind.

Ich lasse sie sich umdrehen, während ich meine Bikinihose gegen ein Handtuch tausche. Dann packe ich meine Sachen in den Spind und lasse mich von ihr auf die andere Seite des Raumes führen.

»Da.« Sie zeigt auf eine große Holztür mit einem

kleinen Glasfenster, das völlig beschlagen ist, wie das Auto in *Titanic*.

Ich sehe sie an. »Also gehe ich einfach rein?«

Sie nickt. »Ihr Platz wartet auf Sie.«

Ich nähere mich vorsichtig der Tür.

Nach alldem ist Hottie McSpy vielleicht gar nicht auf der anderen Seite. Oder er ist zwar da, aber er ist nicht an mir interessiert. Oder der Raum könnte mit bösen Vögeln gefüllt sein.

Nein. Letzteres verstößt gegen die Genfer Konventionen.

Ich hole tief Luft, öffne die Tür und trete ein.

KAPITEL
Vier

EIN HITZESCHWALL TRIFFT mich ins Gesicht, als sich die Saunatür hinter mir schließt. Ich blinzele und bekämpfe den Drang, den Dampf auszuhusten. Der Pokertisch vor mir ist genau wie der, den ich auf dem Bild gesehen habe. Die halbnackten Männer um ihn herum sehen auch so aus, zumindest auf den ersten Blick. Als ich sie mir genauer ansehe, entdecke ich ein paar neue Gesichter, darunter einen unattraktiven Typen, der sich, wie ich vermute, angesichts der männlichen Schönheit um ihn herum sehr unwohl in seiner Haut zu fühlen scheint.

Wo wir gerade von männlicher Schönheit sprechen, da ist er.

Hottie McSpy – ein markantes Gesicht, eine Fliegerbrille und so weiter. Er sieht in natura noch größer und leckerer aus, mit all den Schweißperlen, die über seinen muskulösen Oberkörper laufen.

Mein Herz schlägt mir bis zum Hals.

Nicht nur, dass er *hier* ist, sondern der einzige freie Platz ist direkt neben ihm.

Mein Platz.

Wie benommen lasse ich mich blindlings auf den Stuhl fallen. Es ist ein Wunder, dass ich nicht auf seinem Schoß lande.

Ein enttäuschendes Wunder.

»Hallo«, sage ich und stoße dabei fast den Stapel Pokerchips um, den jemand für mich vorbereitet hat.

Die verschwitzten Männer mustern mich aufmerksam, während sie mich begrüßen, aber mich interessiert nur die Aufmerksamkeit meines Zieles.

Hottie McSpy dreht sich in meine Richtung und hebt seine Sonnenbrille. »Willkommen.«

Wow.

Ich habe so lange davon geträumt, seine Augen zu sehen, aber irgendwie übertreffen sie sogar meine unmöglichen Erwartungen. Anstelle von Blau oder Grau, den Farben, die normalerweise zu blondem Haar gehören, haben sie ein dunkles Waldgrün mit honigfarbenen Flecken, die sie fast haselnussbraun wirken lassen. Und diese dunkelbraunen Wimpern.

Ich muss meinen FBI-Kontakt auf den Fall ansetzen, denn ich bin mir ziemlich sicher, dass es eine Straftat ist, wenn ein Mann Wimpern dieser Länge und Dicke hat.

»Danke«, schaffe ich es zu sagen, und merke erst jetzt, dass das einzige Wort, das er bisher gesagt hat, keinen russischen Akzent enthielt.

Das beweist aber nichts. Er könnte ein Undercover-Agent sein, wie in *The Americans*.

Jemand schnappt sich die Karten und beginnt, sie zu mischen.

Scheiße. Ich muss mich auf das Spiel konzentrieren.

Mit diesem Gedanken im Hinterkopf sehe ich mich im Raum um und betrachte die Chipsstapel meiner Mitspieler.

Ein paar Jungs, darunter auch McSpy, haben die ihren geordnet. Laut Clarice bedeutet das, dass sie organisierter und methodischer spielen werden, während der schlampig aussehende Stapel des blassen Typen mir gegenüber das Gegenteil bedeutet.

Ein Spieler ist mir besonders aufgefallen. Er hat eine Skulptur aus seinen Chips gebaut, ein sicheres Zeichen für jemanden, der Poker lebt und atmet.

Während die Karten ausgeteilt werden, ordne ich meine Chipsstapel – was dazu führt, dass mein Ellenbogen den von McSpy berührt.

Heilige Scheiße. Ein Stromschlag fährt direkt in meine Brustwarzen, Codenamen Sergeant und Captain.

Ich werfe einen kurzen Blick auf McSpy.

Seine Nasenflügel sind gebläht, und eine Schweißperle läuft über seine Stirn, aber ansonsten ist es schwer zu sagen, ob die Berührung etwas in ihm ausgelöst oder ob er sie überhaupt bemerkt hat. Verflucht sei die Sonnenbrille, die seine schönen Augen verdeckt.

Bei mir scheint die ohnehin schon heiße Temperatur im Raum in die Höhe zu schnellen. Ich schwitze, während sich flüssige Hitze zwischen meinen Beinen sammelt – ich hoffe, das kommt von der Sauna und nicht von der Berührung mit dem Ellenbogen. Oh, und der leckere Duft meines köstlichen Tischnachbarn ist auch nicht gerade hilfreich in der Zwischen-den-Beinen-Abteilung. Ich entdecke etwas Holziges – Ahorn, glaube ich – mit einem Hauch von Lavendel.

Als die letzte Karte ausgeteilt wird, kühlt sich meine Erregung ab. Dabei hilft auch der Schlampenstapel-Typ. Ich erwische ihn dabei, wie er unverschämt auf meine Brüste starrt.

Ich werfe einen Blick nach unten, um sicherzugehen, dass Sergeant und Captain nicht zu sehen sind. Das Letzte, was man in einem Raum voller Männer will, ist ein Nippelblitzer.

Nein. Sergeant und Captain sind versteckt, aber dank der Begegnung mit McSpy stehen sie stramm und sind bereit für den Kampf – eine Situation, die sogar durch die Polsterung meines Bikinioberteils sichtbar ist.

Das Spiel fängt an, also verbanne ich Schlampenstapel aus meinem Kopf.

Gott sei Dank gibt es Clarice. Im Nu verdiene ich fünftausend Dollar. Der Dopamin-Kick ist stark, obwohl McSpys Nähe einen Teil der Anerkennung verdienen könnte. Kein Wunder, dass manche Menschen süchtig nach Glücksspiel werden.

In der nächsten Runde gewinnt McSpy den Pott, und in der übernächsten Runde ist es Schlampenstapel – obwohl ich vermute, dass er einfach nur Glück hatte.

Er zieht seine Chips in seinen unordentlichen Haufen. »Ich wünschte, das hier wäre Strip-Poker«, sagt er, ohne den Blickkontakt zu meinen Brüsten zu unterbrechen.

»Halten Sie die Klappe«, knurrt McSpy.

Verteidigt er meine Ehre? Ist das nett oder sexistisch von ihm? Ich kann mit Sicherheit für mich selbst sprechen.

»Ist schon gut«, sage ich mit honigsüßer Stimme. »Aber wenn ich Strip-Poker spielen wollte, hätte ich meine Lupe mitgebracht.«

Zum ersten Mal schaut Schlampenstapel von meinen Brüsten auf, und sein Blick ist verwirrt.

»Sie wissen schon.« Ich schaue auf sein Handtuch. »Um Ihren Mikro-Penis zu sehen.«

Schlampenstapel spannt seinen Kiefer an, und alle sehen unbehaglich aus, außer McSpy, der sich grinsend in meine Richtung dreht, seine Brille wieder hebt und mir zuzwinkert.

Verdammt, er hat ein Grübchen auf der linken Wange. Und noch heißer: Auf seinen Fingerknöcheln ist ein leichter Haarflaum – etwas, worauf mich das Bild von ihm nicht vorbereitet hat.

Es kribbelt zwischen meinen Beinen, und das liegt definitiv nicht an der Sauna.

Ich *liebe* Knöchelbehaarung so sehr, dass ich meinem Ex-Freund einmal Regaine auf die Knöchel geschmiert habe – und als das nicht funktionierte, klebte ich mir für meinen Geburtstagssex falsche Augenbrauen darauf.

Alles begann damit, dass ich Sean Connery und Pierce Brosnan als James Bond und Elijah Wood als Frodo in *Herr der Ringe* gesehen habe. Frodo war nicht gerade ein Spion, aber er hat sich – Spoiler-Alarm – nach Mordor geschlichen.

Zum Glück liegt ein Handtuch zwischen mir und

dem Stuhl. Die Erinnerungen an die verschiedenen Bonds helfen mir nicht dabei, meinen Flüssigkeitshaushalt aufrechtzuerhalten.

Was würde McSpy tun, wenn ich unter sein Handtuch greifen und mit seiner Walnuss spielen würde? Vielleicht auch seinen …

Was denke ich gerade? Ich bin diejenige, die McSpy dazu verführen soll, um alle seine Geheimnisse zu erfahren. Ich kann nicht zulassen, dass seine Grübchen und haarigen Knöchel – oder seine Walnuss – dasselbe mit mir machen.

Außerdem wird es hier drinnen lächerlich heiß. Ich hätte nicht nur mit Clarice üben sollen, sondern auch sicherstellen sollen, dass ich die Temperatur in der Sauna aushalte.

Nun, da kann man nichts mehr machen.

Mit reiner Willensanstrengung zwinge ich mich, mich auf das Spiel zu konzentrieren.

Zum Glück fällt mir die Täuschung am Pokertisch leicht – so wie James Bond in *Casino Royale*.

Ich verliere bald hundert Riesen, aber ich lerne eine Menge über die Täuschungsmanöver der anderen. Schlampenstapel sieht übertrieben desinteressiert aus, setzt aber weiter, wenn er etwas hat. Der unattraktive Typ seufzt, damit es so aussieht, als hätte er schlechte Karten, aber das ist jedes Mal nur gespielt. Ein anderer Kerl sitzt aufrechter, wenn er starke Karten bekommt. Ein anderer schiebt seine Chips hin und her und tut so, als wäre er schwach, obwohl er eigentlich stark ist.

Ich erkenne sogar die Täuschung des Spielers, der

die Skulpturen baut. Er wirft einen Blick auf seine Chips, wenn er eine starke Hand hat.

Die einzige Person, deren Täuschungsmanöver ich noch nicht durchschaue, ist McSpy, aber es reicht, wenn ich die von allen anderen kenne.

Mit meinem Wissen fange ich an zu gewinnen, und als ich kurz davor bin, vor Hitze umzukippen, habe ich schon eine Viertelmillion gewonnen.

Okay. Wenn meine weiblichen Reize McSpy nicht beeindruckt haben, dann vielleicht meine Pokerkünste. Er hat zwar seine Chips verdoppelt, aber er sollte mich zumindest als gleichwertigen Kartenhai sehen – und mich wenigstens anrufen, um über Poker zu plaudern.

Zeit, ihm meine Nummer zu geben und abzuhauen.

Beim nächsten Deal schiebe ich meine Hand neben meine Perücke, und als niemand hinsieht, hole ich den Pokerchip mit der Gravur heraus.

Mein Herz schlägt wie verrückt. Es gibt einen Grund, warum Menschen mit Herzproblemen Saunen meiden sollten., und zwielichtige Geschäfte in ihnen noch mehr.

Wenn ich mit diesem Chip erwischt werde, könnte ich in großen Schwierigkeiten stecken. Abgesehen von meiner Telefonnummer könnte es als Betrug angesehen werden, wenn man seinen eigenen Chip mitbringt. Und wenn sie sich erst einmal fragen, wo ich den Chip versteckt hatte, finden sie vielleicht auch den anderen Apparat – und damit erwischt zu werden, wäre noch schlimmer.

Die gute Nachricht ist, dass mich niemand außer Schlampenstapel anschaut, und sein Blick ist immer noch auf meine Brüste gerichtet. Die schlechte Nachricht ist, dass das ganze Unterfangen mit verschwitzten Händen viel schwieriger ist.

Trotzdem schaffe ich es, den Chip nicht fallenzulassen, während ich ihn so halte, wie Gia es mir beigebracht hat.

Da die Karten ausgeteilt sind, schaue ich mir meine an.

Zwei Asse und zwei Sechsen. Schön. Dank der Statistiken, die Clarice mir eingebläut hat, und meiner Fähigkeit, Zahlen im Kopf zu verarbeiten, habe ich allen Grund, mich zu freuen. Das würde ein einzelnes Paar und alle hohen Karten schlagen. Und wenn ich noch ein Ass oder eine Sechs bekäme, hätte ich ein Full House – das ist nicht nur die Serie, in der die Olsen-Zwillinge ihre Karriere begonnen haben.

Das Setzen beginnt, und ich benutze das als Tarnung, um meine Hand über den nächsten Stapel von McSpys zu schieben, um ihm den Telefonnummern-Chip zuzuschmuggeln.

McSpy wirft einen kaum merklichen Blick darauf und fährt dann fort, als wäre nichts geschehen.

Puh.

Ich bin nicht erwischt worden.

Zumindest glaube ich das.

Die Sicherheitsmänner könnten immer noch jeden Moment eintreten. Oder er könnte meinen Chip setzen, und es könnte damit enden …

Nein.

Wie ich gehofft hatte, hat er es schnell begriffen.

Er nimmt meinen Chip vom Stapel und schiebt ihn unter sein Handtuch.

Leck mich am Arsch.

Ich erhasche einen Blick auf seinen Oberschenkel. Ich wusste nicht, dass ich eine Beinfrau bin, aber ich schätze, das bin ich.

Und wird er ihn in seinem Po verschwinden lassen? Bei seiner Walnuss?

Zeit, zu gehen.

Einen Moment noch.

Ich bekomme das Ass, das zu meinem Paar passt.

Ich habe ein Full House.

Ich wäre verrückt, wenn ich diese Chance nicht ergreifen würde. Nur drei andere Hände sind stärker als diese, und ich muss nur aufpassen, dass ich meine Freude nicht allen am Tisch zeige.

Scheiße. McSpy muss etwas wissen. Das oder es gibt einen anderen Grund, warum er aussteigt.

Die anderen tun das aber nicht, und so mache ich am Ende zwei sehr erfreuliche Dinge auf einmal: Ich verdopple mein Geld und lasse Schlampenstapel ohne Chips zurück.

Wenn ich Ausdrücke im Zusammenhang mit Vögeln mögen würde – was ich definitiv nicht tue –, wäre dies ein perfektes Beispiel für das englische *killing two birds with one stone*, also zwei Fliegen mit einer Klappe zu schlagen. Obwohl, eigentlich ist dieser Ausdruck nicht einmal der schlechteste, wenn es zu englischen Redewendungen kommt. Zwei Vögel mit einem Stein zu erschlagen ist schon einmal ein guter Anfang. *A bird in hand is worth two in the bush*, also wie *Lieber den Spatz in der Hand als die Taube auf dem Dach*, ist viel schlimmer. Erstens, von der Hand könnte man sich schon einmal verabschieden. Zweitens klingt *zwei im Busch* vage sexuell und erinnert an eine Ménage à trois unter Bestien. Apropos Sex: Warum heißt es auf Englisch überhaupt *die Vögel und die Bienen*, zwei Spezies, die sich so anders fortpflanzen als die Menschen und auch überhaupt nicht miteinander? Sollte das Eierlegen Teil dieses Gesprächs sein? Soll man Alpträume bekommen? Wenn ja, sollte man sich über die Fortpflanzung von Enten informieren. Spoiler-Alarm: Genitalien, die wie Schrauben geformt sind, und das, was höflich als Zwangskopulation, bezeichnet wird, spielen eine große Rolle. Muss ich überhaupt auf so etwas wie *Der frühe Vogel fängt den Wurm* eingehen, oder gibt es eine erschreckendere Art, Entfernungen zu messen als in *Vogelfluglinie*?

»Das ist Blödsinn«, sagt Schlampenstapel – oder sollte ich sagen: Keinstapel? – und starrt mich wütend an. »Sie gehört nicht hierher.«

Ich werfe ihm meinen vernichtendsten Blick zu. »Ernsthaft? ›Die Frau gehört nicht hierher?‹ Wenn Sie nicht das ganze Spiel über auf meine Brüste gestarrt hätten, hätten Sie vielleicht ein paar Chips übrig. Lassen Sie sich beim nächsten Mal nicht von Ihrem Mikro-Penis leiten.«

»Schlampe.« Er steht auf. »Ich bin raus.«

Alle blicken ihn an, und die Männer sehen einhellig missbilligend aus.

McSpy steht auf, und die Muskeln in seinen breiten Schultern sind angespannt. Seine tiefe Stimme ist tief und gefährlich. »Es gibt nur eine weinerliche Schlampe in diesem Raum, und die schaue ich gerade an.«

Während die Aufmerksamkeit aller nicht mehr auf mich gerichtet ist, hole ich mein Gerät heraus und verberge es in meiner Hand. »Sie gehen noch nicht«, sage ich zu Schlampenstapel und stehe ebenfalls auf. »Ich höre auf, und ich habe Vorrang, wenn es um die Umkleidekabine geht.«

So. Ich *könnte* noch ein oder zwei Runden spielen, aber er hat mich eine Schlampe genannt, also lasse ich ihn ohne Chips am Tisch warten, wie der Verlierer, der er ist.

»Scheiß drauf.« Er geht auf die Tür zu. »Ich gehe.«

McSpy stellt sich vor ihn und versperrt ihm den Weg. »Alle haben zugestimmt, dass die Dame Vorrang hat, was die Umkleidekabine betrifft. Setzen Sie sich – oder Sie werden gesetzt.«

Verdammt. Normalerweise würde ich es als herablassend empfinden, wenn ein Mann das für mich tun würde, aber in diesem Fall ist es zum Höschenschmelzen heiß – nicht, dass ich ein Höschen trage.

Da die Aufmerksamkeit aller immer noch auf Schlampen- respektive Keinstapel gerichtet ist, mache ich mit meinem Apparat ein Foto von dem Raum.

Einer der Spieler von dem FBI-Foto wirft einen Chip zu Schlampenstapel.

»Da«, sagt er. »Sie sind wieder im Spiel. Zahlen Sie es mir später zurück.«

Grummelnd setzt sich das Arschloch wieder hin.

Großer Fehler. Der Mann, dem er jetzt Geld

schuldet, ist einer der Stammgäste – und laut der FBI-Akte über ihn könnte er ein Mitglied der Mafia sein. Schlampenstapel sollte das Geld besser haben, um es ihm zurückzuzahlen.

»Danke«, flüstere ich McSpy ins Ohr, als er sich wieder setzt, und haue ab, bevor ich mir eine Testosteronvergiftung einfange.

Als ich wieder in der Umkleidekabine bin, merke ich, wie überhitzt ich eigentlich bin.

Ich könnte jeden Moment in Ohnmacht fallen.

Mist. Ich habe noch eine Sache zu erledigen.

Ich lehne mich zurück, als ob ich Luft holen wollte – was ich sowieso tun muss – und befestige mein Gerät mit dem Wachs an der Wand.

So. Jetzt habe ich eine Videoübertragung aus der Männerumkleide, wie eine Perverse.

Ich sollte so schnell wie möglich von hier verschwinden. Sie behaupteten, sie wüssten, wenn ich mein Telefon anschalte, also könnten sie auch das Teil entdecken.

Ich schnappe mir ein Handtuch und wische mir den Schweiß von Gesicht und Körper. Unter diesen Umständen traue ich mich nicht, zu duschen. Stattdessen ziehe ich mich so schnell an, wie es mein überhitzter Zustand zulässt, und stecke meinen Kopf aus der Umkleidekabine.

Einer der maskierten Typen sagt mir, ich solle warten, und verschwindet. Eine Minute später kommt er mit der behelfsmäßigen Augenbinde von vorhin und ihrem Besitzer zurück.

Der Rückweg fühlt sich schneller an, wahrscheinlich, weil er glücklicherweise frei von Vogelliedern ist.

Als die Ohrenschützer und die Sonnenbrille abgenommen werden, fragt mich der Typ, dem die Sonnenbrille gehört, wo er mich absetzen darf.

Ich zeige auf den Parkplatz, und sie fahren mich dorthin.

Mein Auto ist abfahrbereit. Ich schätze, der Typ, dem ich vorhin Trinkgeld gegeben habe, will die anderen hundert.

»Sie können gehen«, sagt einer der maskierten Männer.

Ich will gerade gehen, als ich sie sehe.

Eine Taube.

Sie sitzt direkt über meiner Fahrertür.

Ich klebe an meinem Sitz. Ich kann jetzt auf keinen Fall in die Nähe des Autos kommen.

»Ich sagte, Sie können gehen«, knurrt derselbe Typ.

»Das habe ich gehört, aber es gibt ein Problem. Das.« Ich zeige mit einem unsicheren Finger auf die Taube.

»Was?« Er schaut aus dem Fenster und verengt die Augen.

»Der Vogel«, sage ich. »Können Sie ihn bitte verjagen?«

Er murmelt etwas Unverständliches, dann steigt er aus dem Auto aus und beginnt, die Taube zu verscheuchen.

Meine Yelp-Bewertung hat jetzt fünf glühende

Sterne. Ich hoffe nur, dass der Kerl nicht zu teuer für seine Tapferkeit bezahlen muss.

Jeder, der Tauben *Ratten mit Flügeln* nennt, liegt falsch. Im Vergleich zu Tauben sind Ratten niedlich und kuschelig ... außerdem sind sie viel sauberer und übertragen weniger Krankheiten. Selbst für Vögel sind Tauben gruselig. Ihre glänzenden Augen scheinen einen immer anzustarren, und sie haben keine Angst.

Hier ist eine Idee für einen Horrorfilm. Angenommen, eine Taube wollte dich töten, könntest du die böse Kreatur in Isolation – ohne Sicht und Ton – bis zu zweitausend Kilometer weit weg transportieren, und sie würde trotzdem ihren Weg zurück finden. Die Wissenschaftler wissen nicht, wie sie das machen, was auch Sinn ergibt. Das Böse arbeitet auf geheimnisvoll-gruselige Weise.

Und nicht zu vergessen: Wenn das eigene Kind Asthma hat, kann das Zeug, das Tauben auf ihren Flügeln tragen, es auslösen. Wenn man von einer Taube berührt wird und überlebt, bekommt man zumindest die Krätze. Und wenn man sich tatsächlich mit einer anfreundet, könnte man eine emphysemähnliche Erkrankung bekommen, die Vogellunge.

Ich könnte noch mehr sagen, aber das wäre grausam.

Moment einmal. Habe ich gerade gesehen, wie er seine Waffe gezogen hat?

Ich bin mir nicht sicher, aber irgendetwas, was er tut, verscheucht das Monster schließlich, also gehe ich raus und danke meinem Helden ausgiebig.

»Darf ich Ihnen Trinkgeld geben?«, frage ich am Ende.

Er schüttelt grimmig den Kopf.

»Wenn ich Ihren Chef jemals treffe, werde ich ihm auf jeden Fall von Ihren tollen Fähigkeiten im Kundenservice erzählen.«

Mein Retter grunzt etwas und kehrt zu seinem schwarzen Van zurück. Sie fahren weg, schnell.

Als ich in mein Auto steige, taucht der Parkplatzwächter von vorhin auf. »Ein Deal ist ein Deal.«

Ich gebe ihm das versprochene Geld und starte den Motor.

Bevor ich losfahre, beschließe ich, die Liveübertragung des Geräts zu checken – und das ist auch gut so.

Im Blickpunkt der Kamera steht kein Geringerer als Hottie McSpy selbst, und er scheint nichts Gutes im Schilde zu führen.

KAPITEL

Fünf

IN DEN HÄNDEN von McSpy ist ein Gerät, das ich schon einmal gesehen habe. Es ist eine veraltete Methode, um in das Handy von jemandem einzudringen, und bei No Such Agency wurde uns gesagt, dass wir vorsichtig sein sollen, damit niemand es bei uns benutzt. Nebenbei bemerkt: Meine Agentur hat solche Geräte nicht nötig. An die meisten Smartphones kommen wir mit auf dem Rücken gebundenen Händen heran.

Wie ich vermutet habe. Er ist ein Spion. Warum sonst sollte er so ein Gerät besitzen? Die bessere Frage ist: Wo hatte er das Ding während des Spiels versteckt?

Mit einer verstohlenen Bewegung geht McSpy zu einem nahestehenden Spind.

Ich würde mein Einsatzgeld darauf wetten, dass es nicht sein Spind ist. Er hat es eindeutig auf das Telefon von jemandem abgesehen, der noch in diesem Spiel ist.

Wenn ja, woher kennt er die PIN einer anderen Person?

Plötzlich öffnet sich die Tür der Umkleidekabine,

und eine maskierte Person tritt ein, die ebenfalls eine Art Gerät in der Hand hält. Wenn ich raten müsste, was es macht, würde ich sagen, es benachrichtigt die Leute vom Hot Poker Club, wenn jemand sein Handy einschaltet.

Wird McSpy beim Spionieren erwischt?

Er reagiert mit beeindruckender Geschwindigkeit und lässt seine Infiltrationstechnik auf den Fliesenboden unter seinen Füßen fallen. Das Gerät zerbricht. Schnell tritt er mit einem nackten Fuß auf eines der Stücke und bedeckt den Rest mit dem anderen.

Das wird wehtun, aber der Beweis für seine Heimlichtuerei ist weg.

Ich erschaudere, als ich sehe, wie er seine Füße zu einem anderen Spind hinüberschleppt, der ihm gehören muss.

Zu meiner Überraschung geht der Sicherheitsbeamte nicht auf McSpy los.

Stattdessen stürzt er sich auf mich – also auf die Kamera.

Oh, Scheiße.

Ja. Er schnappt sich meinen Apparat, wodurch meine Sicht durcheinandergerät.

»Gehört das Ihnen?«, fragt der Sicherheitsbeamte Hottie McSpy und untersucht das kleine Stück Technik.

»Nein«, sagt McSpy. »Das habe ich noch nie gesehen.«

Der Sicherheitsmann lässt mein Gerät fallen und tritt darauf herum, so dass ich den Rest nicht mehr mitbekomme.

Scheiße. Ich wusste, dass die Möglichkeit bestand, dass das Gerät gefunden werden würde, aber ich hätte nicht gedacht, dass es so schnell gehen würde.

Wird sich Hottie McSpy aus dieser misslichen Lage herausreden? Wenn nicht ... was werden sie mit ihm machen? Sie werden ihn doch nicht umbringen, oder? Das scheint eine zu heftige Reaktion zu sein, aber man weiß ja nie.

Noch wichtiger: Warum mache ich mir Sorgen um einen Fremden, der höchstwahrscheinlich ein ausländischer Agent ist?

Das tue ich nicht. Der Schmerz in meiner Brust ist nur mein schlechtes Gewissen, weil es mein Spielzeug war, das ihn in diese Situation gebracht hat.

Ja, das muss es sein.

Trotzdem überlege ich einen Moment lang, ob ich mich auf eine Rettungsmission begeben sollte. Schließlich hat mein Gerät neben dem Video auch die GPS-Koordinaten des Hot Poker Clubs aufgezeichnet.

Ich gebe diese Koordinaten in das GPS ein.

Es ist in Midtown. Genauer gesagt ist es mitten in einem Hotel namens The Palace.

Interessant. Hotels haben Dampfbäder und Saunen, warum also nicht auch eine Banja?

Gehe ich dorthin und rette einen anderen Spion, auch wenn er für die andere Seite arbeitet?

Nein. Meine Stärke ist die Heimlichkeit, nicht die Muskeln. Er wird es schaffen. Sie werden wahrscheinlich die Überwachungskamera überprüfen und sehen, dass er nicht in der Nähe der Stelle war, an die das Ding geklebt wurde.

Mist.

Können sie herausfinden, dass *ich* das war?

Ich werde es wissen, wenn sie mich nicht bezahlen.

Jetzt fahre ich erst einmal nach Hause.

———————

Als ich meine Wohnung betrete, schleiche ich auf Zehenspitzen ins Wohnzimmer.

Olive schnarcht auf der Couch, und Machete hat sich an sie gekuschelt.

Verräter. So schläft er normalerweise mit mir. Zweifellos kann nicht einmal er uns unterscheiden.

Ich schnappe mir eine Decke und lege sie über meine Wurfschwester.

Jetzt, wo ich zurück bin, muss ich gegen die Versuchung ankämpfen, sie zu wecken und dazu zu bringen, mir zu erzählen, was passiert ist.

Machete öffnet ein grünes Auge und zischt mich an.

Wecke Machete niemals auf diese Weise. Er kann dich mit einem Hieb seiner Hinterpfote töten.

Ich rolle mit den Augen und gehe in die Küche, um eine ganze Flasche Wasser zu trinken.

Bad und Dusche sind als Nächstes dran.

Sobald ich sauber und einigermaßen rehydriert bin, lege ich mich auf mein Bett und schlafe ein.

KAPITEL
Sechs

Als ich aufwache, greife ich nach meinem Telefon.

Nein.

Hottie McSpy hat nicht angerufen.

Das bedeutet nicht, dass er verletzt wurde oder dass er den Chip mit meiner Nummer verloren hat. Es ist erst der Morgen danach. Manche warten drei Tage oder länger, bis sie anrufen.

Ich tippe auf den Bildschirm und überprüfe das Bankkonto, von dem ich den Buy-In für das Spiel bezahlt habe.

Treffer! Das Geld ist alles da. Clarice wird glücklich sein. Da ich meine Einsätze mehr als verdoppelt habe, werde ich sie wie versprochen unterstützen.

Ich schätze, die Leute vom Hot Poker Club haben entweder nicht gemerkt, dass das Ding, das sie gefunden haben, mir gehört, oder es hat sie nicht davon abgehalten zu bezahlen.

Ich springe vom Bett auf, renne ins Bad und putze mir die Zähne. Dann gehe ich zu Olive ins

Wohnzimmer. Sie ist wach und hält eine Flasche mit Sonnencreme 50+ in ihrer Hand.

»Hey, Schwesterherz. Wie hast du geschlafen?«, frage ich.

Sie lächelt mich an – ein gutes Zeichen. »Dein Kater ist besser als Ambien. Sobald ich ihn umarmt hatte, war ich weg.«

»Ja, das macht er gut. Also …« Ich stemme meine Hände in die Hüften. »Ich habe dir deinen Freiraum gegeben. Jetzt ist es an der Zeit, auszupacken.«

Sie drückt einen Klecks Sonnencreme in ihre Hand und bedeckt damit ihr Gesicht. Ich klopfe mit dem Fuß auf den Boden, während ich beobachte, wie sie fleißig die Lotion auf ihre entblößte Haut aufträgt.

Ich seufze. »Ernsthaft? Ich mache mir Sorgen um dich. Wie würdest du dich an meiner Stelle fühlen?«

Sie hält mir die Sonnencreme entgegen.

»Nein, danke«, sage ich. »Wir sind drinnen.«

Sie zieht die Flasche nicht zurück. »Es gibt immer noch schädliche Lichtstrahlen in Innenräumen. Sie durchdringen Glas, werden von deinen Glühbirnen und deiner Elektronik ausgestrahlt und …«

Ich schnappe mir die Sonnencreme. »Wirst du mir sagen, was mit dir passiert ist, wenn ich das hier benutze?«

Sie nickt.

Ich schmiere mich mit dem weißen Schleim ein. »Spuck es aus.«

»Mit Brett und mir ist es vorbei«, sagt sie, und ihre Stimme wird leiser.

»Brett, der Typ, mit dem du zusammengezogen

bist?« Ich massiere die Sonnencreme in meine Wangen ein.

»Ich habe ihn beim Fremdgehen erwischt.« Sie ballt ihre Hände zu Fäusten. »Als ich sagte, dass es mit uns vorbei ist, schrie er mich an und beschimpfte mich.«

Ich drücke die Tube mit der Sonnencreme so fest zu, dass ein schlürfendes Geräusch entsteht, das mich an die Geräusche erinnert, die aus Bills Silikonpoloch kommen – obwohl die anale Assoziation vielleicht auch damit zu tun hat, dass ich den ihres Ex am liebsten aufreißen würde.

»Was hat er gesagt?«, frage ich und verberge die Drohung in meiner Stimme, falls sie noch Gefühle für Brett hegt.

»Es ist mir egal, was er gesagt hat.« Sie schnieft. »Er hat mich Beaky nicht mitnehmen lassen.«

»Er hat was?« Ich knurre. In einem etwas normaleren Ton frage ich: »Wer ist Beaky?«

»Mein Krake«, sagt sie.

Verwirrung lässt mich meine Wut auf Brett für eine Sekunde vergessen. »Warum nennst du einen Oktopus Beaky? Das klingt wie ein Vogelname.«

Ein furchtbarer Name, gleichzusetzen mit Freddy, Jason und Chucky.

»Oktopusse haben Schnäbel«, sagt sie. »Und Beaky hat einen großen.«

»Warum sagst du mir das?« Jetzt brauche ich Gehirnbleiche. Es ist schon schwer genug, Angst vor Vögeln zu haben. Ich möchte nicht auch noch Mollusken meiden. Einige von ihnen sind köstlich.

»Kannst du mir helfen, Beaky zurückzuholen?«,

fragt sie und sieht dabei unglücklich aus. »Ich glaube nicht, dass Brett ihn freiwillig zurückgeben wird.«

»Glaub mir, du bekommst deinen Kraken zurück.« Ich reibe die restliche Sonnencreme auf meine unbedeckte Haut. »Wir können zusammen gehen und Brett dazu bringen, ihn aufzugeben, oder ...«

»Lass uns das *Oder* machen«, sagt sie. »Ich will Brett nie wiedersehen.«

Ich gebe ihr die Sonnencreme zurück. »Ich kann auch ohne dich gehen.«

»Dann denkt er, du wärst ich und schreit dich an.«

Ich schnaube. »Ich würde gerne sehen, wie er es versucht. Ich wollte schon immer mal meine Krav-Maga-Kenntnisse anwenden.«

Sie schüttelt den Kopf. »Was ist Plan B?«

Ich überlege angestrengt. »Wir warten, bis er am Montag zur Arbeit geht, und dann ...«

»Ich will nicht zwei Tage warten. Er weiß nicht, wie man sich richtig um Beaky kümmert.«

»Gut. Ich kann es so einrichten, dass er heute das Haus verlassen muss. Dann gehen wir Beaky holen.«

»Dieser Plan gefällt mir.«

»Gut. Lass mich mit ein paar Leuten reden.«

»Danke«, sagt sie, als ich mich umdrehe, um in mein Schlafzimmer zu gehen. »Und hier.« Sie drückt mir die Sonnencreme in die Hand. »Vergiss nicht, dich alle zwei Stunden neu einzucremen.«

———

Eine halbe Stunde später bin ich mit Schritt eins meines bösen Plans fertig.

»Brett wird wegen Cyberkriminalität verhaftet und in das FBI-Büro neben meinem Arbeitsgebäude gebracht werden«, sage ich zu Olive.

Sie blinzelt mich von der Wohnzimmercouch aus an. »Welche Cyberkriminalität? Wie? Warum ...«

»Details geheim. Die Mission beginnt in vier Stunden.«

Sie klatscht aufgeregt in die Hände. »Vielen Dank. Beaky muss ...«

Mein Telefon klingelt.

Es ist eine unbekannte Nummer.

»Tut mir leid, Schwesterherz«, sage ich. »Ich muss antworten.«

Ohne auf ihre Antwort zu warten, schließe ich mich im Schlafzimmer ein und nehme den Anruf an.

»Hallo?«

»Hey, du«, sagt eine tiefe, sexy Männerstimme. »Schöner Pokerchip.«

KAPITEL
Sieben

MEIN PULS SCHIEẞT in die Höhe. »He! Deine Pokerchips waren auch nicht schlecht.«

Moment, was? Das ergibt doch keinen Sinn.

Er lacht. »Wie heißt du?«

»Blue«, sage ich.

»Wie die Farbe?«

»Nein«, sage ich. »Eher wie die Stimmung *blue mood*.«

»Freut mich, dich kennenzulernen, Blue. Ich bin Maxim.«

Verdammt. Er versucht es nicht einmal. Maxim, in verschiedenen Schreibweisen, ist ein gebräuchlicher Name in slawischen Ländern, wie Mütterchen Russland. Der Ursprung dafür ist der römische *Maximus*.

Ich mag diesen Namen. Die römische Version macht mir Hoffnung, was er unter seinem Handtuch versteckt haben könnte.

»Maxim«, sage ich. »Wie die Zeitschrift, die Frauen zu Objekten macht?«

Er lacht wieder. »Du kannst mich Max nennen, wenn das feministischer klingt.«

»Max«, sage ich, schmecke das Wort und wünsche mir, es wären seine Lippen. »Das ist schon etwas besser, aber es klingt, als wärst du der beste Freund eines Mannes.«

Bei Max muss ich an das Min-Max-Theorem und seine Anwendungen in der Kryptografie denken, und dann hoffe ich wieder, dass das, was er unter seinem Handtuch hatte, Max und nicht Min war.

»Meinst du nicht den besten Freund einer Frau?«, fragt er. »Ich bin schockiert, dass du so einen sexistischen Ausdruck benutzt.«

»Es tut mir leid, wenn ich dein zartes Empfinden mit solch unverhohlenem Sexismus beleidigt habe, Max. Ich werde in Zukunft vorsichtiger sein.«

Ich kann praktisch hören, wie er grinst, als er sagt: »Das würde ich sehr begrüßen, Blue.«

»Wie ist dein Nachname?«, frage ich und versuche, lässig zu klingen.

Sobald ich seinen vollen Namen habe, gehört er mir.

»Stolyar«, sagt er.

Im Ernst: Es ist beleidigend, wie wenig Mühe er sich gibt, seine russischen Wurzeln zu verbergen. Hat er zu viele James Bond-Filme gesehen, so wie ich? Aus irgendeinem Grund sagt Bond auch jedem seinen richtigen Namen, sogar feindlichen Spionen. Aber ja, Stolyar ist ein typischer Nachname mit einem Berufshintergrund in Max' Heimatland. Es bedeutet entweder *Tischler* oder *Zimmermann* – ich muss erst in meinem russischen Wörterbuch nachsehen. Außerdem hat er es genau so ausgesprochen, wie es ein Russe tun würde. Das *L* in der Mitte war ein weicher Konsonant. Ein englischer Muttersprachler müsste sich die Zunge brechen, um das so zu sagen.

Großartig. Jetzt denke ich an Max' Zunge. Und, damit zusammenhängend, daran, auf seinem Gesicht zu sitzen. Was kommt als Nächstes? Stöhnen wie eine der Frauen von Telefonsex-Hotlines?

»Stolyar«, sage ich und lege meine Zunge an den Gaumen, um das *L* so auszusprechen, wie es uns mein Russischlehrer beigebracht hat – recht erfolglos, muss ich hinzufügen.

»Und wie lautet *dein* Nachname?«, fragt er.

Interessant. Er hat sich nicht zu meiner Aussprache seines Namens geäußert. Vielleicht war mein *L*, so schlecht, dass er meine Bemühungen gar nicht bemerkt hat? Oder vielleicht zieht er dort die Grenze, wenn es darum geht, seine russische Herkunft zu verbergen?

»Hyman«, sage ich und spanne mich an. Wenn er einen Witz über Jungfrauen macht, werde ich ihm sagen, dass er sich seine Kommunisten…

»Er ist schön«, sagt er.

»Ist er das?«

Er hat eindeutig eine dieser Spionageschulen besucht, die Verführung lehren. Er bringt mich fast mühelos dazu, in das Lied aus *West Side Story* zu platzen, denn ich fühle mich auch *Oh, so pretty* und vielleicht sogar *witty*, aber absolut nicht *gay*.

»Blue ist auch schön«, sagt er.

Verdammt. Er ist gut. Ich muss hier sehr vorsichtig sein.

»Max ist auch nicht so schlecht«, sage ich. »Von der Assoziation zu Hundeverbänden abgesehen.«

»Danke. Und was hat es mit dem Pokerchip auf sich?«

Ich zucke zusammen, bevor ich mich daran erinnere, dass er mich nicht sehen kann. Hoffentlich. Wenn ich ein paar Minuten Zeit hätte, könnte ich *ihn* durch die Kamera seines Handys sehen.

»Den habe ich mitgebracht, weil mir gesagt wurde, dass es bei dem Spiel viele attraktive Männer geben würde«, sage ich. »Ich bin Single, also dachte ich mir, dass ich meine Nummer vielleicht an einen von ihnen weitergeben möchte.«

Hey, ich will hier nicht subtil sein.

»Ich fühle mich geehrt«, sagt er. »Danke, dass du mir den Chip gegeben hast.«

»Du warst die offensichtliche Wahl.« Ich grinse böse. »Du warst nah genug, damit ich den Chip unbemerkt in deinen Stapel stecken konnte.«

Er lacht. »Es war also wie im Immobiliengeschäft: Lage, Lage, Lage?«

»Nicht nur. Deine Chips waren ordentlich gestapelt. Außerdem hat dein allgemeiner Mangel an Abscheulichkeit deiner Sache etwas geholfen.«

»Ich bin stolz auf meinen Mangel an Abscheulichkeit«, sagt er. »Ich bin froh, dass du ihn bemerkt hast.«

»Das ist deine beste Eigenschaft. Pflege sie.«

»Ich mag es, mit dir zu reden«, sagt er, und ich habe

das Gefühl, dass ich wieder in dieses Lied platzen muss. »Aber ich glaube, ich würde dich noch lieber sehen.«

Okay, ich muss die Schule ausfindig machen, die er besucht hat. Sie wissen eindeutig mehr über Verführung als Fabio. Andererseits sind wir Frauen in dieser Hinsicht einfachere Wesen: Wir haben keine Walnüsse in den Spalten unserer Hintern, wir müssen niemanden mit unseren Genitalien erwürgen – die Liste ist endlos lang.

»Willst du einen Videotelefonanruf machen?«, frage ich.

»Wie wäre es, wenn wir uns in der echten Welt treffen?«

Macht er vielleicht keine Videoanrufe? Vielleicht ist der Verzicht auf Videos eine Spionageaktion? Vielleicht will er nicht, dass sein Gesicht fotografiert wird? Oder vielleicht denkt er, dass eine Webcam die Seele eines russischen Spions stehlen könnte.

»Das Treffen müsste an einem öffentlichen Ort stattfinden«, sage ich. »Wir wissen nichts übereinander. Ich könnte eine Serienmörder-Tierpräparatorin sein, die gerne Trophäen aus nicht-abscheulichen Männern macht.«

»Wenn man bedenkt, wie spezifisch das ist, stimme ich der Idee mit dem Platz in der Öffentlichkeit zu. Wie wäre es mit dem Central Park?«

Er fragt mich nach einem Date, richtig? Wenn ja, bin ich dann wirklich dabei? Nun, warum nicht? Dafür war der Chip gedacht. Das ist meine Chance, zu erfahren, ob er ein Spion ist.

Ja. Deshalb bin ich so aufgeregt. Es ist rein beruflich. Das ist meine Geschichte, und ich bleibe dabei … es sei denn, mir wird mit Folter durch Spatzen gedroht.

»Sicher«, sage ich. »Wir können uns auf den Stufen des Metropolitan-Museums treffen. An wann hattest du denn gedacht?«

»Weißt du … es ist ein wunderschöner Samstagmorgen.« Er klingt auf einmal besonders lecker. »Ich habe Zeit, wenn es dir passt.«

Jetzt? Er will mich jetzt sehen? Ich bin noch nicht so weit. Ich muss meine Verführungskünste weiter verfeinern und einen Aktionsplan erstellen. Vielleicht könnte ich ihn zum Beispiel entführen, auf eine private Insel bringen und warten, bis das Stockholm-Syndrom einsetzt? Aber nein. Am Montag muss ich arbeiten, und No Such Agency lässt mich nicht aus der Ferne arbeiten.

»Ich habe in ein paar Stunden etwas«, sage ich und denke an die Operation Saving Beaky. »Vielleicht ein anderes …«

»Das passt hervorragend«, sagt er. »In zwei Stunden habe ich einen Geschäftstermin. Wenn wir uns beeilen, haben wir genug Zeit für einen Spaziergang.«

Mein Herz hämmert vor Aufregung. Ich schätze, das passiert jetzt wirklich. »Okay, wann kannst du da sein?«

»Fünfzehn Minuten?«

»Mach eine halbe Stunde für mich draus«, sage ich. Es wird die schnellste Vorbereitung in all meinen Jahren als Frau sein, aber ich bin bereit für die Herausforderung.

»Abgemacht«, sagt er. »Bis gleich.«

Er beendet das Gespräch, und ich springe vor – rein beruflicher – Aufregung auf und ab.

Ich beeile mich, mich fertig zu machen. Da er mich mit der Perücke mit dem faradayschen Käfig gesehen hat, muss ich diese oder eine ähnliche Perücke in Bezug auf Farbe und Haarlänge tragen. Ich bin noch nicht bereit, ihm von meinem Buzzcut zu erzählen – eine Bequemlichkeit für Perücken, die ich plötzlich bedauere. Wie es der Zufall so will, habe ich zufällig eine noch bessere Version der Perücke von gestern Abend. Wenn ich die aufsetze, wird Max nicht der Einzige sein, der in einer Shampoo-Werbung-Liga spielt. Ich entscheide mich für einen Rock, Schuhe und ein Make-up, das den Codenamen Maximus in Max' Hose zucken lässt – vorausgesetzt, er findet irgendetwas an mir attraktiv, was angesichts des Anrufs und der Verabredung und allem anderen wahrscheinlich ist.

»Wow«, sagt Olive, als ich ins Wohnzimmer stolpere. »Das ist ein ziemlich schicker Look für eine Krakenrettung.«

»Das ist nicht wegen Beaky«, sage ich. »Ich treffe mich vorher noch mit einem Freund. Keine Sorge, ich werde rechtzeitig zu unserer Mission zurück sein.«

Sie schaut mich von oben bis unten an. »Hundert Mäuse, dass dein Freund einen schönen Penis hat.«

Ich grinse. »Ich bin so optimistisch, dass ich ihn schon Maximus genannt habe.«

Sie holt eine Flasche Sonnencreme aus ich weiß nicht was für einer Öffnung. »Möchtest du die mitnehmen?

Wenn du ins Sonnenlicht gehst, solltest du dich erneut eincremen.«

»Nein danke«, sage ich und laufe nach draußen, um mir ein Taxi zu besorgen.

———

Als ich aus dem Taxi steige, fahre ich mit meinen Augen die Stufen des MET ab und verschlucke mich fast an meiner Zunge.

Max wartet schon mit einer Sonnenblume in der Hand auf mich.

Wie kann sein Haar heute noch besser aussehen? Trägt er auch eine Perücke?

Als ob die prächtige Mähne nicht schon genug wäre, trägt er auch noch einen maßgeschneiderten Anzug – das ist jetzt offiziell mein zweitliebster Anzug von ihm – nach seinem Geburtsanzug.

Oh, und habe ich schon die Krawatte erwähnt? Damit sieht er aus, als würde er gleich einen Martini bestellen, geschüttelt, nicht gerührt, oder Wodka direkt aus der Flasche …

»Hallo«, sagt er und reicht mir die Blume, als ich näher komme.

Ich wünschte, ich könnte die Schmetterlinge in meinem Bauch zum Schweigen bringen. Die Sonnenblume ist süß, auch wenn diese spezielle Pflanze eine seltsame Wahl für ein Date ist. Eine Rose oder eine Lilie wären traditioneller. Sie fühlt sich fast wie Spionagewerkzeug an. Wenn ich ein russischer Spion wäre, würde ich ihm vielleicht einen Kürbis zurückschenken – denn beide produzieren Kerne, die gut für die Gesundheit des Herz-Kreislauf-Systems sind.

»Du bist angezogen«, platzt es aus mir heraus.

Er zeigt mir dieses verheerende Grübchen. »Du auch.«

Geniales Gespräch. Vielleicht sollte ich ihm sagen, dass der Himmel blau ist, wenn ich schon gerade das Offensichtliche ausspreche.

»Ich bin Blue ... immer noch.« Ich strecke meine Hand aus.

»Max.« Er schüttelt meine Hand, und seine honigfarbenen Augen leuchten.

Heilige Scheiße.

Seinen Ellenbogen zu berühren hat mich nicht richtig darauf vorbereitet.

Meine Handfläche fühlt sich an, als hätte sie sich gerade in eine Klitoris verwandelt – und er hätte sie geleckt. Und an ihr gesaugt. Mein ganzer Körper brummt vor sexueller Energie. Captain und Sergeant erbieten Max einen scharfen militärischen Gruß, und meine echte Klitoris – deren Codename geheim ist – sehnt sich nach der Berührung, die meine Handfläche gerade erfahren hat.

Bevor ich einen öffentlichen Orgasmus bekomme – oder anfange, in slawischen Sprachen zu sprechen – ziehe ich meine Hand weg.

»Dorthin?« Ich zeige in Richtung der East 80th Street.

»Klar.« Er bietet mir seinen Arm an, als wären wir ein Ehepaar, das spazieren geht. »Wollen wir?«

Tja, wenn man in Rom ist, sollte man es wie die Russen machen. Ich schiebe meine Hand durch seine Ellenbeuge, und das Gefühl seines muskulösen Arms versetzt mich fast wieder in einen Orgasmusrausch.

Wir gehen los. Das Grün, die Bäume und die Bänke überall erinnern mich an diese Filmszenen, in denen Spione ein heimliches Rendezvous haben. Aber anders als in diesen Filmen tun wir nicht so, als würden wir uns nicht kennen.

Eine Schar von Frauen mit Kinderwagen schaut mich mit unverhohlenem Neid an.

Ja. Geht einfach weiter. Er gehört mir.

»Also«, sage ich, »wie bist du an diesem Pokertisch gelandet?«

Er wird langsamer. »Meinst du nicht, dass das eher eine Frage für ein drittes Date ist?«

Drittes Date? Ich habe vor, ihn bis dahin zu verführen, und wenn das passiert, wird er mir beim Bettgeflüster alles erzählen, was ich wissen will. Oder – wenn meine Fähigkeiten im Schlafzimmer auf dem neuesten Stand sind – er könnte tatsächlich die Seiten wechseln. Meine Muschi muss *so* gut sein. Für mein Land. Diese Wendung kommt in Spionagefilmen ständig vor, vor allem, wenn eine feindliche Femme fatale mit dem heißen Helden schläft, besonders wenn er James Bond ist.

»Tut mir leid«, sagt er. »Ich bin eine zurückhaltende Person, und wie du weißt, hat der Club mit dem Dark Web zu tun. Rein hypothetisch.«

Zurückhaltende Person. Ist das nicht ein Understatement?

»Rein hypothetisch, natürlich«, sage ich. »Was *kannst* du mir über dich erzählen?«

Er zuckt mit den Schultern. »Hilf mir, es einzugrenzen.«

»Du bist Single, richtig?«

Sei es besser.

»Ja, und du hast gesagt, du wärst es auch.« Sein Grübchen zeigt sich. »Bist du es noch?«

»Ja. Obwohl ich auf dem Weg hierher einen Haufen Heiratsanträge bekommen habe. Du bist dran. Wo bist du zur Schule gegangen?«

Sicherlich wird er nicht einfach mit *Moskau* herausplatzen.

»York University«, sagt er. »Was ist mit dir?«

York University? Wie in Toronto. Wie in Ontario. Wie in … Kanada?

Ich schätze, dort ist es kalt, also würde sich ein Russe dort wie zu Hause fühlen.

»Ich war auf der California State University«, sage ich. »Was hast du studiert?«

»Internationale Beziehungen«, sagt er und bleibt vor einer Statue mit drei Bären stehen.

Hm. Internationale Beziehungen sind genau das, was ein Spion studieren würde. Sollte ich wegen seiner fehlenden Subtilität beleidigt sein?

»Was ist mit dir?«, fragt er, mit dem Blick auf die Bären gerichtet.

»Cybersicherheit«, sage ich.

Genauer gesagt habe ich einen Master of Science in Nationaler Cybersicherheitsforschung, aber wenn ich so sehr ins Detail gehe, würde ich fast zugeben, was ich beruflich mache. Nicht, dass ich vorhätte, es zu verstecken. Wenn überhaupt, könnte mein Job bei der Verführung helfen. Wenn er beschließt, dass er *mich* die Seiten wechseln lassen will, steigen die Chancen auf ein drittes Date. Außerdem, wenn er für die Russen arbeitet, weiß er vielleicht schon, wo ich arbeite, da ich ihm meinen Namen gesagt habe.

Der einzige Grund, warum ich seinen Namen noch nicht nachgeschlagen habe, ist, dass ich es eilig hatte, hierherzukommen.

»Was machst du so?« Er wendet sich von den Bären ab und schaut mich mit diesen wunderschönen waldgrünen Augen an.

Hm. Vielleicht weiß er es *nicht*. Oder er ist gut darin, sich zu verstellen.

»Mein Job hat mit meinem Hauptfach zu tun«, sage ich. »Das meiste davon ist geheim. Tut mir leid.«

»Sag nichts mehr«, sagt er, ohne mit der Wimper zu zucken.

Aha. Er versteht die Notwendigkeit der Geheimhaltung – ein weiterer Hinweis darauf, dass er ein Spion ist.

Als er sich wieder den Bären zuwendet, murmelt er: »Ist das nicht eine tolle Statue?«

Sicher. Wenn du Heimweh nach Mütterchen Russland hast, wo – wie jeder weiß – Bären durch die Straßen streifen und in Flüssen von Wodka schwimmen.

»Sie sind in Ordnung. Mir gefällt die Statue von Alice im Wunderland besser.« Ich zeige in die Richtung, in die wir gehen.

»Ja«, sagt er und wirft mir einen Blick von der Seite zu. »Das Kaninchen ist gut gemacht. Die Maus auch. Und die Katze.«

Oh, er steht also nicht nur auf Bären. Anscheinend auf alle Tiere?

Das ... oder er hat gemerkt, dass der Bär ein Hinweis war.

Ich hoffe, das ist keine Tarnung. Da ich auf dem Bauernhof aufgewachsen bin, habe ich, wie die meisten meiner Geschwister, eine Liebe zu Tieren entwickelt, die ich auch bei anderen Menschen zu schätzen weiß. Erwähnenswert: Obwohl die Taxonomie behauptet, dass Vögel Tiere sind, denke ich, dass sie in einem eigenen Reich sein sollten, wie Pilze. Pilze sehen aus, als wären sie Pflanzen, sind aber in Wirklichkeit Pilze.

Als wir weitergehen, frage ich: »Was ist mit dir?«

Er fährt sich mit der Hand durch sein dunkelblondes Haar. »Was mit mir ist?«

Netter Versuch.

»Was machst *du* beruflich?«

Er wird wieder langsamer, aber das ist kaum spürbar.

Ist das ein Zeichen, wenn er lügt? Wenn ja, hat er Glück, dass er am Pokertisch stillsitzt.

»Ich bin Unternehmensberater«, antwortet er.

Bilde ich mir das nur ein, oder klingt er ein wenig verschlossen?

»Welche Art?«, frage ich.

»Oh, verschiedene Projekte in verschiedenen Branchen. Alles langweilig ...«

Ich höre nicht, was er als Nächstes sagt, denn ich sehe ein großes Problem auf unserem Weg liegen.

Wir reden hier von einem Problem, bei dem man sich in die Hosen scheißt und schreiend davonläuft.

Es vereint die schlimmsten Wörter der englischen Sprache.

A murder of crows. Auf Deutsch klingt es viel zu harmlos: Krähenschwarm, anstatt Krähenmord.

KAPITEL
Acht

DIESER WEG IST GERADE zu einem Horrorfilm geworden, wie *The Crow – Die Krähe*, den ich nicht gesehen habe, oder *28-Reihe*, den ich mir trotz meiner Abneigung gegen Zombies angeschaut habe. Ich war überhaupt nicht überrascht, dass – Spoiler-Alarm – eine Krähe das Virus übertragen hat.

»Geht es dir gut?«, fragt er, als ich auf der Stelle erstarre.

Ich bin stumm, und die Fakten über Krähen schwirren mir durch den Kopf, eine schrecklicher als die andere.

Krähen gehören zu den intelligentesten Vögeln. Ja. Sie sind so schlau, dass sie Werkzeuge herstellen und benutzen können, und was ist furchterregender als ein Vogel, der so schlau ist? Und es kommt noch schlimmer. Sie fressen so ziemlich alles, auch Menschenfleisch, sogar verrottendes Menschenfleisch. Krähen gelten in vielen Kulturen als Unglückssymbole, und das aus gutem Grund.

»Ernsthaft, was ist los?« Max ergreift mich an den Schultern und schüttelt mich sanft.

»Lass uns zurückgehen«, stoße ich hervor. Ich bin so aufgewühlt, dass ich kaum merke, dass er mich mit seinen großen, starken Händen berührt.

»Sicher.«

Als er mich loslässt, dreht er sich um, und ich folge seinem Beispiel – nur ist es zu spät.

Hinter uns wirft eine Frau Vogelfutter auf den Boden, und ein Schwarm Tauben stürzt sich bereits darauf. Sie haben nur ein kleines Zeitfenster, um zu schlemmen, bevor die Krähen es bemerken und sich auf sie stürzen.

Aus reinem Instinkt heraus drücke ich mich gegen Max. »Die Vögel. Ich mag keine Vögel.«

»Verstanden«, sagt er und legt einen Arm um meine Schultern, um mich an sich zu drücken, während er beginnt, die Krähen zu verscheuchen.

»Spiel nicht den Helden, halte dich an die Tauben!«, rufe ich, aber er hört nicht zu und fuchtelt mit seinem freien Arm weiter in Richtung Mord ... ähm, Schwarm. Erschaudernd, sage ich zu ihm: »Sie werden sich an dein Gesicht erinnern und einen Groll hegen.« Zumindest habe ich das in einer Studie gelesen, die mein Blut gefrieren lassen hat.

Wenn ich an seiner Stelle wäre, würde ich in Zukunft mit einem offenen Auge schlafen und hoffen, dass es nicht ausgehackt wird.

Die Krähen krächzen wütend, aber mein Retter gibt einen scharfen, krächzenden Laut von sich, der den mörderischen Schwarm endgültig vertreibt.

Ich atme erleichtert aus. Das erinnert mich an Filme über Spione, die unmögliche Dinge tun können, wie zum Beispiel eine Bombe aus einer Mikrowelle, einem Donut und einem Tampon bauen.

»Gehen wir.« Max drückt mich an seine Seite und führt mich durch den Bereich, den die Krähen vor einer Sekunde noch besetzt hatten.

Dann lässt er mich los, und wir rennen weg.

Die Krähen krächzen wütend, und eine versucht sogar, Max' Kopf mit einer Sturzflugbombe zu zertrümmern, aber mein Retter beweist seinen guten Ruf als Spion mit ein paar kampfsportähnlichen Bewegungen, die die Krähen endlich verscheuchen.

Das ist es. Ich werde Geld in einen Hut mit einer Vogelscheuche darauf investieren, vorausgesetzt, sie existieren. Wenigstens könnten der Intellekt und das lange Gedächtnis der Krähen dieses Mal zu meinen Gunsten arbeiten. Vielleicht haben sie gerade gelernt, Max oder seine Freunde nicht anzugreifen.

Das sage ich mir zumindest, um mich zu beruhigen, während wir langsamer weitergehen.

»Möchtest du beim Modellbootfahren zusehen?«, fragt Max und deutet auf die Attraktion vor uns. Er scheint von der Krähenattacke nicht annähernd so aufgewühlt zu sein wie ich.

Ich schüttele den Kopf. »Da könnten Enten sein, und ich bin nicht erholt genug, um Vögeln mit schraubenförmigen Genitalien zu begegnen.«

Er hebt eine Augenbraue. »Vielleicht gibt es etwas, was du mir erklären willst?«

Ich seufze. »Gut. Aber du wirst dich über mich lustig machen.«

»Ich schwöre, das werde ich nicht«, sagt er und presst eine Hand auf seine Brust.

Aaah, diese leicht behaarten Knöchel. Er weiß genau, wie er meine Knöpfe drücken kann. Wage ich es, ihm Munition zu geben, falls er mich später foltern muss? Könnte er das gegen mich verwenden?

Scheiß drauf. Er hat schon gesehen, wie ich auf Krähen reagiere.

Ich erzähle ihm von dem Massaker, und er hört mir ohne eine Spur von Belustigung zu. Wenn überhaupt, dann sieht er in meinem Namen wütend auf die Zombiemeise aus.

»Also, seit dem Zombiemeisenmassaker«, sage ich zum Schluss, »habe ich Angst vor Vögeln und Zombies, und ich bin kein Fan des Wortes Titte, seit ich weiß, dass Meisen auf Englisch *tits* heißen .«

Er wirft einen hungrigen Blick auf meine Brust. »Welchen Begriff bevorzugst du?«

»Kommt darauf an, ob sie groß oder klein sind«, sage ich.

Er verengt seine Augen. »Ich würde auf Körbchengröße B tippen.«

Verdammt. Das ist genau richtig – vorausgesetzt, wir reden über meine. »Ich nenne sie Zwillinge, aber das hauptsächlich, um bestimmte Geschwister zu ärgern. Für dich sind sie Babuschkas.«

Und so fängt man einen Spion. Er lacht, was bedeutet, dass er weiß, dass *babuschka* russisch für *Großmutter* ist. Hoffe ich.

»Babuschkas«, sagt er und lässt seinen Blick zu meinem Gesicht wandern. »Ich werde sie in Zukunft so nennen.«

»Mach das.« Ich strecke meine Hand nach seinem Ellenbogen aus, und er bringt seinen Arm für mich in Position.

Als wir weitergehen, frage ich: »Worüber haben wir vor den Krähen gesprochen?«

Er lächelt. »Was wir machen, wo wir zur Schule gegangen sind – solche Sachen.«

»Richtig«, sage ich. Ich bin wirklich erstaunt, dass er den Köder nicht geschluckt und das Thema gewechselt hat. Es sei denn ... Will er seine fadenscheinige Tarnung vor mir aufrechterhalten? »Wer war an der Reihe, eine Frage zu beantworten?«

»Du«, sagt er.

»Wie praktisch.«

Er grinst. »Was war dein Lieblingsfach in der Schule? Oder ist das geheim?«

»Ich kann dir sagen, was am faszinierendsten war.« Ich drücke seinen Ellenbogen. »Quantencomputing.«

»Quantencomputer ... Sie teilen die Berechnungen auf mehrere Universen auf, richtig?«

Ich hoffe wirklich, dass diese Frage nicht bedeutet, dass Russland auch daran arbeitet. Im Unterricht haben wir gelernt, dass ausgereiftes Quantencomputing – das es noch nicht gibt – zu einer Bedrohung für moderne kryptografische Algorithmen werden könnte. Wir haben auch einige Algorithmen besprochen, die zukünftigen Quantencomputern standhalten *könnten*, aber das werde ich ihm nicht sagen. Tatsächlich lenke ich das Gespräch weit weg von hier.

»Mehrere Universen sind nur eine Interpretation der Eigenheiten der Quantenphysik«, sage ich. »Glaubst du persönlich, dass sie existieren?«

So. Kein Gerede mehr über meine Ausbildung oder Arbeit.

Er wird etwas langsamer, was bedeuten könnte, dass er denkt, anstatt zu lügen. »Ja. Ich glaube, dass es da draußen unendlich viele Universen gibt.«

»Findest du das nicht seltsam?«

Er zuckt mit den Schultern. »Warum sollte ich?«

»Unendlich bedeutet, dass es da draußen eine andere Erde gibt, auf der eine andere Version von uns genauso herumläuft wie hier – oder eine, auf der wir von Krähen sprechen.« Ich erschaudere bei dieser schrecklichen Vorstellung.

Er lacht. »Sind wir in einigen dieser Universen ein Liebespaar?«

Du schlauer Spion. Wenn das Ziel war, mich kribbelig zu machen – oder *kibbeliger* –, dann ist das Ziel erreicht. »Ich wette, in einigen sind wir es, in anderen nicht. Das ist das Problem mit der Unendlichkeit. Sie erlaubt verrückte Optionen, wie ein Universum, in dem du ein Mädchen bist und ich ein Kerl mit einem sehr, sehr großen Schwanz. Du magst es hart, und wir stehen auf Doggy Style.«

Er lacht. »Ich glaube, ich mag die Universen, in denen du keinen Schwanz hast. Wie in diesem Fall, richtig?«

»Ich habe keinen Schwanz.« Ich seufze wehmütig.

»Aber hey, das war eine extra persönliche Frage, obwohl du nicht dran warst. Jetzt bist du mir zwei Antworten schuldig.«

»Ich wusste nicht, dass dies ein Quid pro quo ist. Was würdest du gerne wissen?«

»Für den Anfang musst du mir erst einmal sagen, wovor du Angst hast«, sage ich. »Ich habe dir gesagt, wovor ich Angst habe.«

Wie stehen die Chancen, dass ich etwas Kompromittierendes über *ihn* bekomme?

Er schaut zu den nahen Bäumen hinauf. »Das ist eigentlich keine Angst, aber als ich in Florida Urlaub gemacht habe, hatte ich Angst vor Palmen ... oder genauer gesagt davor, dass mir eine Kokosnuss auf den Kopf fällt.«

Ich sehe eine Taube in der Ferne und biege in einen schattigeren Teil des Parks ein. »Du hast Angst vor Palmen?«

Das ergibt einen seltsamen Sinn. Russland ist zu kalt, als dass er dort jemals eine Palme gesehen hätte. Als er also zum ersten Mal eine sah, muss sie wie eine exotische Pflanze ausgesehen haben, die er nicht verstand – und Menschen neigen dazu, das zu fürchten, was sie nicht verstehen.

»Es sind die herunterfallenden Kokosnüsse, und ich habe keine Angst vor ihnen«, sagt er. »Meine ursprüngliche Sorge galt eigentlich den Haien, aber mir wurde gesagt, dass das kein Problem sei und dass zehnmal mehr Menschen durch Kokosnüsse sterben, die auf ihren Kopf fallen, als durch Haiangriffe. Ich glaube, sie wollten, dass ich weniger Angst vor Haien habe, aber ich habe stattdessen angefangen, auf die Palmen zu achten.«

Soll ich ihm sagen, wie tödlich Vögel sein können? Ein Tritt von einem Strauß kann einen Löwen töten. Kann ein Hai oder eine Palme das tun? Ein Strauß hat Johnny Cash einmal fast umgebracht, und doch sind sie nicht die schlimmsten Vögel. Emus haben Krallen, die ausweiden können, Bartgeier wissen, wie sie die Knochen ihrer Opfer öffnen können, um das Mark aus ihnen herauszuholen, und die Greifkraft des Virginia-Uhus reicht aus, um dauerhaft zu entstellen, zu blenden oder zu töten.

Ja. Nein. Es ist besser, wenn er nur die sanftmütigen Palmen fürchtet und nicht das wirkliche Böse, wie die Vögel es sind. Ich trage diese Last.

»Du hast noch eine Frage«, sagt er.

Wage ich es, ihn das zu fragen, was ich wirklich wissen will?

Drauf geschissen. Wie man in seinem Heimatland sagt: Wer nichts riskiert, trinkt keinen Champagner.

Ich atme tief ein und frage so beiläufig wie möglich: »Woher kommst du?«

KAPITEL
Neun

»ICH WURDE IN EDMONTON, ALBERTA, GEBOREN«, sagt er. »Das ist in Kanada, falls du ...«

Schon wieder Kanada? Das ist es, worauf er hinauswill? Ernsthaft? Ich verstehe, dass das Wetter dort ähnlich wie in Russland ist, aber das ist das einzige ...

»Was ist mit dir?«, fragt er und reißt mich damit aus meinen Gedanken.

»Ich bin im Norden von New York geboren«, sage ich. »Dort liegt die Farm meiner Eltern. Aber können wir auf deine angebliche kanadische Herkunft zurückkommen?«

Er zieht eine Augenbraue in die Höhe. »Angebliche?«

»Du hast kein einziges Mal *eh* gesagt«, erkläre ich. »Du bist nicht höflicher als die meisten anderen Jungs, du hast während des Spaziergangs kein einziges Mal von Eishockey gesprochen – und zu guter Letzt hast du mir keine Poutine angeboten.«

»Du scheinst viel über uns Kanadier zu wissen, was?«, sagt er. »Ich glaube, du hast vergessen, mich zu fragen, ob ich WLAN in meinem Iglu habe, ob ich mit Skiern oder Schlittschuhen zur Arbeit fahre, was mein Lieblingsgericht auf der Tim-Hortons-Speisekarte ist, wie stark ich nach Ahornsirup süchtig bin, und nicht zuletzt, wie meine Haustiere heißen – der Eisbär, der Elch und die Hunde, die ich zum Schlittenfahren benutze.«

Ich lache. Er hat seine Hausaufgaben gemacht, das muss ich ihm lassen. »Als du aufgewachsen bist, kanntest du da Justin Bieber oder die beiden Ryans – Reynolds und Gosling?«

Sein Grübchen hat seinen Auftritt. »Nein, aber ich *bin* ein großer Fan von Céline Dion.«

Ein Typ, der Céline Dion mag? Seine Tarnung könnte vom leichtesten Windchen auffliegen.

Soll ich ihm sagen, wie sehr Oma Gia Céline Dion mag?

Nein. Ich habe eine bessere Idee.

»Wer ist Céline Dion?«, sage ich und gebe mein Bestes, ein Pokerface zu bewahren.

Er bleibt stehen und dreht sich mit großen Augen in meine Richtung. »Sie ist eine der erfolgreichsten Sängerinnen aller Zeiten. Hast du noch nie *Titanic* gesehen? Sie singt das Titellied.«

»Ah.« Ein verschlagenes Lächeln formt sich auf meinen Lippen. »*Jetzt* erinnere ich mich an sie.«

»Uff.« Er setzt seinen Weg fort. »Das war ein Scherz. Ich hatte fast einen Herzinfarkt.«

»Tut mir leid«, sage ich. »Aber ich bin mir sicher: *your heart will go on.*«

Er lacht wieder und zeigt auf den See in der Nähe. »Hast du Lust, ein Boot zu mieten?«

Ich blinzele auf den See. »Vielleicht. Das hängt von der Entensituation ab.«

Nutzt er meine Angst vor Vögeln, um nicht mehr über seine angebliche Heimat zu sprechen?

»Lass uns nachsehen.« Er beschleunigt sein Tempo und führt mich so nah wie möglich ans Wasser heran.

Ich betrachte das Wasser.

Keine Enten, und der Ort ist auch sehr romantisch.

Warum will ich plötzlich etwas Kanadisches in mir haben? Bacon, Max' Maximus ... Nein. Wovon rede ich eigentlich? Maximus ist, wie sein Besitzer, so russisch wie Tolstoi.

Als ob er meine Gedanken lesen könnte, dreht sich Max mit schweren Augenlidern in meine Richtung.

Ich schlucke.

Dank meines Krav-Maga-Trainings weiß ich genau, wie nah wir uns sind – nur ein paar Zentimeter voneinander entfernt. Würde er seinen Kopf neigen und ich mich auf meine Zehenspitzen stellen, könnten wir uns küssen.

Als wir beide diese Wahrheit erkennen, bewegen wir uns aufeinander zu, angezogen von der gleichen Kraft, die Russen zum Wodka zieht.

Mein Herz rast wie verrückt. Das ist es. Dies ist mein erster Ausflug ins Land der Femme fatale. Fabio hat mir nicht gesagt, wann ich das Walnuss-Manöver ausführen soll, aber ich denke mir, dass das nicht für das erste Date geeignet ist. Ein Kuss ist der klassische erste Schritt der Verführung. Apropos Verführung: Wer verführt hier gerade wen? Oder ist dies der Beginn eines dieser Verführungsduelle aus Spionagefilmen?

Als unsere Lippen nur eine Haaresbreite voneinander entfernt sind, höre ich es.

Ein schreckliches Geräusch, das eine Mischung aus Hupen und Bellen ist, mit einem bösen Gackern als Zugabe.

Ich springe von Max weg und drehe mich auf dem Absatz um.

Mein Blick fällt auf die Quelle des Geräuschs, und mein ohnehin schon überdrehtes Herz droht aus meiner Brust zu springen.

Nein.

Bitte nicht.

Aber es ist nicht zu übersehen.

Es ist wahrscheinlich das aggressivste und furchteinflößendste Monster, dem man begegnen kann, Serienmörder und Komodowarane eingeschlossen. Eine wirklich verrückte Kreatur, die nicht weiß, was Angst bedeutet. Honigdachse mit ihrem verrückten Ruf sind nichts gegen diese schrecklichen Dinger.

Allein ihr Name verwandelt mein Inneres in gefrorenen Glibber.

Die laute …

Die schreckliche …

Die Gans.

KAPITEL

Zehn

Ich ziehe mich zurück.

Max tritt zwischen uns. Wie ich bereits festgestellt habe, ist der Mann draufgängerisch und mutig.

Die Gans schlägt mit ihren riesigen Flügeln, öffnet ihren Schnabel und entblößt ihre gezackte Zunge, die aussieht, als wären ihr Zähne gewachsen.

Oh, und Gänse haben eine Platte aus *Horn* an ihrem Schnabelrand, Hornpapillen an den Zungenrändern und auch echte Nägel – oder Krallen – an ihren Schwimmfüßen.

Die Bestie kreischt wieder.

Ich bekomme eine Gänsehaut. Zweifellos hat diese Angstreaktion ihren Namen von einer schicksalhaften Gänsebegegnung.

Dank meines Kampfsporttrainings schießen mir ein Dutzend Handlungsoptionen in einem Wimpernschlag durch den Kopf.

Tot stellen? Nein, das macht man mit Bären – und

wenn das ein Bär wäre, würde Max einfach mit ihm tanzen. Problem gelöst.

Weglaufen? Nein, diese Viecher sind berühmt dafür, Leute zu jagen. Der Versuch, einem zu entkommen, ist aussichtslos – daher auch der englische Ausdruck *a wild goose chase*. Auf Deutsch völlig harmlos: ein aussichtsloses Unterfangen und keine Jagd auf eine wilde Gans. Außerdem wäre es nicht cool, Max zurückzulassen und so.

In den See springen? Ich glaube, das funktioniert nur bei Bienen in Cartoons.

Was dann? Kein Blickkontakt, natürlich. Keine plötzlichen Bewegungen – nicht, dass ich dazu in der Lage wäre, selbst wenn ich es versuchen würde.

Gibt es Gänseküken in der Nähe? Diese Kreaturen können besonders mörderisch werden, wenn sie ihre Jungen beschützen.

Mist. Habe ich dieses Übel heraufbeschworen, als ich vorhin Ryan Gosling erwähnte?

Außerdem ist dies definitiv eine kanadische Gans – der am wenigsten willkommene Export aus Max' angeblichem Geburtsland. Wäre Kanada nicht ein befreundetes Land, würde ich sie sogar verdächtigen, diese Biester als Terrorwaffen gentechnisch manipuliert zu haben.

»Husch«, sagt Max.

Husch? Wenn er wirklich Kanadier wäre, wüsste er dann nicht, wie ineffektiv das ist? Mit Sicherheit gehören Gänseangriffe zum kanadischen Alltag.

Und tatsächlich, die Gans wird noch aufgeregter und stürmt nach vorne.

»Blue, bleib hinter mir«, sagt Max.

Ja. Das muss man mir nicht zweimal sagen.

Der Schnabel der Gans öffnet sich wieder, und ihre Zunge sieht aus wie ein Aal aus einem Alptraum.

Mit der Geschwindigkeit einer Kobra fliegt die Gans für eine Sekunde durch die Luft und pickt Max die Augen aus.

Zumindest sieht es für einen Moment so aus. In Wirklichkeit schnappt die Gans nach Max' Krawatte und lässt sie nicht mehr los.

Heilige Scheiße.

Max trägt jetzt eine gänseförmige Halskette, die an die riesigen Uhren von Flavor Flav erinnert – nur aus der Hölle.

Warum lässt die Gans nicht los? Denkt sie, sie sei ein Pitbull?

Ich kann mir gar nicht vorstellen, wie verängstigt Max sein muss, wenn die Gans an seinem Hals hängt.

Nun. Das ist es. Wenn ich nicht will, dass Max erwürgt wird, muss ich handeln.

Ich überwinde meine Lähmung und greife nach einem Felsen in der Nähe. Nur habe ich immer noch zu viel Angst, mich dem Vogel zu nähern, um in die Nähe des Kopfstoßes zu kommen.

Vielleicht könnte ich den Stein werfen?

Nein. Das ist wie eine dieser Geiselsituationen. Es ist genauso wahrscheinlich, dass ich Max treffe, wie die Gans zu treffen.

Lachend, zweifellos hysterisch, zieht Max ein Butterfly-Messer aus seiner Tasche und löst die Klinge mit einer auffälligen Bewegung aus dem Handgelenk.

Ist das ein weiterer Hinweis auf seine Spionagetätigkeit? Warum sollte ein Unternehmensberater ein illegales Messer bei sich tragen und es so geschickt einsetzen?

»Ja«, rufe ich, »stich ihr durch das Auge ins Gehirn!«

Kopfschüttelnd entscheidet sich Max für eine viel weniger gewalttätige Lösung. Er schneidet seine Krawatte ab.

Als die Gans mit dem Krawattenstück im Schnabel auf dem Boden landet, schaut sie einen Moment lang verwirrt. Ich schätze, wir hatten Glück, und dieses Exemplar neigt nicht so sehr dazu, seine Opfer zu zerstückeln wie die anderen seiner Art.

Die Gans starrt uns an, kann aber nicht schreien, ohne ihr hart erkämpftes Souvenir zu verlieren, und flieht mit der Krawatte im Schnabel.

»Glaubst du, sie wird sie fressen?«, frage ich, als ich wieder sprechen kann.

Wenn ja, ist es gemein von mir, zu hoffen, dass sie daran erstickt?

»Vielleicht kann man damit ein Nest bauen.« Max dreht sich um, schaut mich an, und sein Blick wird ernst. »Geht es dir gut?«

»Ich könnte etwas Tafil gebrauchen.«

»Wie wäre es, wenn wir in den Zoo gehen?«, fragt er. »Ich finde es sehr beruhigend, einen Roten Panda zu beobachten.«

»Ich war noch nie in diesem Zoo«, sage ich vorsichtig. »Gibt es dort Vögel?«

Er fährt sich mit der Hand durch sein glattes Haar. »Papageien, glaube ich. Vielleicht einen Pfau. Auf jeden

Fall ein paar Arten von Pinguinen. Wir können diese Gehege aber auslassen.«

»Okay, gehen wir hin«, sage ich, vor allem um mein Gesicht zu wahren. Immerhin vertrete ich den amerikanischen Geheimdienst.

Trotzdem kostet es mich all meine Willenskraft, ihm nicht zu sagen, was ich von den Vögeln halte, die er gerade erwähnt hat.

Fangen wir mit den Papageien an. Sie sind verdammt unheimlich. Sie erinnern mich an Clowns aus der Vogelwelt – böse Clowns im Stil von Stephen King.

Pinguine? Es gibt einen guten Grund dafür, dass Batmans erbittertster Feind der Pinguin war. Sie sind offensichtlich böse. Was ist der beliebteste Film über sie? *March of the Penguins*. Wer sonst marschiert gerne? Armeen. Wer könnte einem die Grammatik korrigieren wollen? Der Penguins-Verlag.

Und ich sollte gar nicht erst mit den Pfauen anfangen, die zu den größten fliegenden Vögeln gehören. Sie sind auch die sexistischsten Vögel – so sehr, dass die männlichen Pfauen im englischen *peacock* gleich das Geschlecht in der Bezeichnung enthalten haben. Die Weibchen werden dagegen schlicht als *peahen* oder *peafowl*, also Pfauhenne bzw. Pfauenvögel, bezeichnet. Aber das ist noch nicht alles. Ein Pfau hat bis zu fünf Partnerinnen, daher ist es nicht verwunderlich, dass eine Gruppe von Pfauinnen Harem genannt wird. Ja. Die alten Griechen wussten, was vor sich ging. Sie glaubten, dass das Fleisch von Pfauen nach dem Tod nicht verwest – sie hielten diese Vögel für Zombies. Und nicht zuletzt enthalten die schicken Schwänze dieser Vögel, die das Patriarchat unterstützen, mikroskopisch kleine kristallähnliche Strukturen, die Wellenlängen des Lichts reflektieren, die man gar nicht wahrnehmen kann. Schießen Pfauenschwänze Röntgenstrahlen, von denen unschuldige Menschen Krebs bekommen? Das weiß niemand. Der Pfau will nicht, dass man die Wahrheit erfährt.

Max streckt seine Hand aus, ergreift die meine und schickt einen Stoß lustvoller Energie direkt zu Captain, Sergeant und meiner Klitoris – deren Codename immer noch geheim ist.

Wenn es darum ging, meine Gedanken von den Vögeln in die Gosse zu lenken, dann ist die Mission erfüllt. Aber ich bin nicht nur geil. Ich bin auch ruhig. Wer braucht schon Tafil und rote Pandas, wenn er die Hand eines super-sexy russischen Spions halten kann?

»Wer ist an der Reihe, Fragen zu stellen?«, fragt er.

»Ich«, sage ich. »Hast du Geschwister?«

Je mehr er mir erzählt, desto leichter wird es sein, seine Tarnung zu durchstoßen. Wie groß ist die Wahrscheinlichkeit, dass er mit einer Schar von Verwandten in Kanada eingedrungen ist?

Moment einmal. *Durchstoßen. Eindringen.* Seine Hand und die Haare auf seinen Fingerknöcheln überfluten mein Gehirn mit Hormonen.

Er nickt. »Ich habe eine große Familie. Drei Brüder und eine Schwester.«

Ich schnaube. »Vier Geschwister? Das ist für dich eine große Familie?«

Er zuckt mit den Schultern. »Die durchschnittliche Familiengröße in Kanada beträgt 2,9 Personen.«

Kanada. Richtig.

»Ich habe sieben Schwestern«, sage ich.

Seine Kinnlade klappt herunter, also erzähle ich ihm von meinem Wurf und den Zwillingen.

»Und alle sind eineiig?«, fragt er ungläubig.

»Ja. Die Zwillinge Holly und Gia sehen sich sehr ähnlich, und ich bin identisch mit den anderen Sechslingen.«

»Sehen die Zwillinge aus wie du?«, fragt er und mustert mich scharf.

»Wir haben viele Gemeinsamkeiten, mehr als üblich für Schwestern, würde ich sagen. Was ist mit dir? Siehst du aus wie deine Geschwister?«

»Manche scherzen, dass meine Brüder und ich Vierlinge sind, aber das sind wir nicht. Zum Glück sieht meine Schwester uns nicht ähnlich.«

Ich grinse. »Lass mich raten, deine Schwester ist die Jüngste.«

Er nickt.

»Deine Eltern wollten unbedingt ein Mädchen, richtig?«

»Du hast es erraten.«

»Meine wollten einen Jungen und bekamen sechs weitere Mädchen«, sage ich. »Wir sind ein Fall von schiefgelaufener assistierter Reproduktionstechnologie.«

»Ich weiß nicht …« Die Hitze in seinen Augen verstärkt sich, während er mich durchdringend anschaut. »Ich denke, du bist ein Fall von assistierter

Reproduktionstechnologie, die hervorragend funktioniert hat.«

Meine Wangen brennen. »Noch nie habe ich ein Kompliment als gelungenes Produkt der Fortpflanzungstechnologie bekommen.«

Er lässt ein paar weiße Zähne aufblitzen. »Ich möchte mich einschmeicheln. Wie war es, mit so vielen Schwestern aufzuwachsen?«

Ich beantworte ihm seine Frage ausführlich, und er erzählt mir daraufhin Geschichten, die gar nicht so anders sind. Während des Austauschs frage ich mich, ob er wirklich in einer großen Familie aufgewachsen ist – oder ob es sich nur um eine Tarnung handelt. Er hat auf jeden Fall viele Details richtig beschrieben. Wer auch immer das Drehbuch für seine Geschichte verfasst hat, muss eine Menge Geschwister haben.

Ich bin gerade mitten in einer Geschichte über Gias böse Streiche, als ein Paar mit einer Karte in der Hand auf uns zukommt. Sie sind mit Sonnenschutz bedeckt, den selbst Olive übertrieben finden würde: Darth-Vader-ähnliche Visiere, Sonnenschirme, richtig große Hüte, lange Ärmel – was auch immer es an Schutzkleidung gibt, sie tragen sie.

»*Sillyehamnida*.« Die Frau tippt auf die Karte. »Wo MET?«

War das *Entschuldigung* auf Koreanisch? Ich habe nur wenig Erfahrung mit dieser Sprache. *Gangnam Style* und ein paar andere K-Pop-Songs sind so ziemlich alles, was ich bisher kennengelernt habe.

Lächelnd fängt Max an zu sprechen, was sich für mich wie fließendes Koreanisch anhört – wenn das diese Sprache ist. Die Touristen schauen genauso beeindruckt wie ich, als er auf einen Punkt auf der Karte zeigt und sie, wie ich annehme, als seine Quellen in ihrem Heimatland rekrutiert.

Als die Touristen gehen, nimmt er wieder meine Hand und geht weiter, als wäre das, was gerade passiert ist, völlig normal.

»Welche Sprache war das?«, frage ich.

»Koreanisch«, sagt er.

Treffer. Wenigstens habe ich das richtig erkannt.

Ich werde langsamer. »Du sprichst also zufällig Koreanisch? Wenn es Französisch wäre, wäre ich weniger überrascht – du kommst ja aus Kanada und so.«

Er zuckt mit den Schultern. »Ich wollte Diplomat werden, also habe ich in meiner Jugend mehrere Fremdsprachen gelernt.« Er sieht mich an. »Sprichst du nur Englisch?«

Das ist meine Chance. Ich beobachte sein Gesicht genau, während ich in seine Muttersprache wechsele und sage: »Nein. Ich spreche auch Russisch.«

»*Da*«, sagt er. »*Neploho.*«

Verdammt. Ich dachte, er würde so tun, als spräche er es nicht, aber das hat er nicht getan. Seine Aussprache ist ein wenig daneben – es sei denn, das ist ein Trick, um mich glauben zu lassen, er sei ein Kanadier, der eine Sprache spricht, die er gelernt hat.

»Welche anderen Sprachen sprichst du?«, frage ich.

»Ich mag es nicht, zu prahlen.«

Ich drücke seine Hand. »Komm schon. Sag es mir.«

Er runzelt die Stirn.

Scheiße. Habe ich da zu hartnäckig geklungen?

»Ich wollte dich schon lange etwas fragen.« Er räuspert sich. »Ich weiß, dass deine Arbeit geheim ist, aber ... hast du vielleicht deines Jobs wegen Interesse an mir?«

Das habe ich davon, wenn ich beim ersten Date so hartnäckig zwanzig Fragen stelle.

Was zum Teufel soll ich sagen? Ich habe versucht, ehrlich zu ihm zu sein. Für den winzigen Fall, dass er kein Spion ist und wir am Ende verheiratet sind und Kinder haben, möchte ich nicht, dass irgendwelche Geheimnisse auf uns lasten.

Nun, wenn ich diese Frage vorsichtig beantworte, muss ich nicht lügen. Ich mache ein so ernstes Gesicht wie möglich und sage: »Ich frage dich nicht wegen meines Jobs.«

Das stimmt. Ich mache das mehr als Hobby und als Möglichkeit, in Zukunft vielleicht den Beruf zu wechseln.

Ich kann nicht sagen, ob sein übertrieben erleichtertes Ausatmen ein Scherz ist oder nicht.

»Wir sind da.« Er zeigt auf den Eingang des Zoos. »Hast du noch genug Zeit?«

Ich schaue auf mein Handy. »Ja. Und du?«

Er blickt auf seine Uhr. »Leider wird das heute unser letztes Ziel sein. Aber ich glaube, wir können alle Tiere sehen.«

Und genau das tun wir auch: erst Seelöwen, dann Lemuren, dann Rote Pandas – die genauso beruhigend sind wie angekündigt –, Grizzlybären, Schneeaffen und schließlich Schneeleoparden. Danach gehen wir in den

Geschenkeladen, wo er neben einer Auslage mit ausgestopften Schneeleoparden stehen bleibt.

»Bekommst du Heimweh?«, frage ich und nicke zu den Spielzeugen.

»Warum?«, fragt er. »Die gibt es bei uns in Kanada nicht.«

Es war einen Versuch wert. Ich weiß ganz genau, dass Schneeleoparden in den Bergen Zentralasiens vorkommen.

»Was ist mit dem Bären?« Ich zeige auf einen Teddybär.

Er zuckt mit den Schultern. »Wir haben Grizzlys in Kanada, aber ich bin noch nie einem begegnet, also habe ich auch kein Heimweh nach ihnen.«

Wow. Es ist bewundernswert, wie ernst er aussieht, als er behauptet, noch nie einen Bären getroffen zu haben. Ich wette, er hätte genauso ernst geschaut, wenn er gesagt hätte, dass er noch nie mit einem getanzt hat.

»Apropos Bären, haben dir die Roten Pandas gefallen?«, fragt er und zeigt auf einen ausgestopften weiß-schwarzen Panda.

Ich rümpfe gespielt die Nase. »Sie sind in Ordnung. Wenn du auf so etwas stehst.«

»Du meinst auf süß?«

Ich hebe das Spielzeug auf und betrachte es genau. »Nun, zunächst einmal haben Rote Pandas nichts mit normalen Pandabären zu tun. Sie sind eng mit Waschbären, Stinktieren und Wieseln verwandt.«

»Jede Kreatur, die du gerade aufgezählt hast, ist wahnsinnig süß«, sagt er.

»Wenn du das sagst.« Ich hole mein Handy heraus

und rufe ein Bild von einem Nacktmull auf. Ich halte es ihm entgegen. »Das hier ist ein echtes Schätzchen. Ich habe keine Ahnung, warum sie hier kein Plüschtier davon haben.«

Er schaut sich das Bild mit einem Grinsen an. »Ich liebe Tiere, aber das ist eine Kreatur, die Glück hat, fast blind zu sein. Sonst würde sie sofort aufhören, sich fortzupflanzen.«

»Sie haben einen einzigartigen Fortpflanzungsprozess mit Königinnen, die sich mit mehreren Männchen paaren, und sterilen Weibchen – ein bisschen wie bei Ameisen und Bienen.« Ich stecke mein Handy weg. »Pandas vermehren sich nur ungern. Heißt das, sie sind hässlich?«

Er lacht. »Das sind die normalen Pandas, nicht die roten. Außerdem sind die auch süß.« Er schnappt sich das Spielzeug und führt es mir vor. »Sie haben nur in Gefangenschaft Probleme mit der Fortpflanzung – wahrscheinlich, weil sie das ausgefallene Paarungsritual brauchen, das sie in der Wildnis durchführen.«

»Ich wette, ihre kleinen Penisse sind nicht hilfreich«, sage ich. »Sie haben die kleinsten Penisse im Verhältnis zu ihrer Körpergröße von allen Tieren auf dem Planeten.«

»Damit ist die Sache entschieden.« Er nimmt zwei Plüschpandas und geht zur Kasse. »Ich kaufe einen für mich und einen für dich.«

Aaah. Das ist beinahe zu viel Wärme und Kuscheligkeit. Als er mir den Panda gibt, drücke ich ihn an meine Brust. »Es ist kein Nacktmull, aber ich nehme ihn.«

Er blickt auf seine Uhr. »Ich muss gehen.«

»Okay.« Ich schaue mich um. Wir sind in einem Gebäude, also gibt es keine Gänse, Tauben, Krähen oder andere schreckliche Tiere. Nur ich, er und die Verkäuferin im Geschenkeladen.

Ich überbrücke den Abstand zwischen uns mit einem einzigen Ziel – ihn zu verführen. Ich bin mir nicht sicher, ob ich ihn in die Toilette des Geschenkeladens zerren und mich dort mit ihm vergnügen soll – oder ob ich die Verkäuferin bestechen soll, damit sie geht.

Ich weiß nur, dass jeglicher Widerstand gegen meine Machenschaften zwecklos sein wird.

Meine Stimme hat genau den richtigen Anteil an Heiserkeit mit einer Prise Koketterie. »Ich denke, wir sollten uns besser verabschieden … richtig.«

Er betritt meinen persönlichen Bereich, und sein Ahorn-Lavendelduft ist berauschend. »Wir sind uns einen richtigen Abschied schuldig.« Er streicht mir eine Strähne meiner Perücke hinters Ohr und lässt mich einen Blick auf die Haare auf seinen Fingerknöcheln werfen.

Verdammt, er ist gut.

Als er sich nach unten beugt, bin ich schon auf Zehenspitzen, da meine Lippen es nicht mehr erwarten können.

Er zieht mich zu sich und küsst mich gekonnt.

KAPITEL
Elf

DIE WELT um uns herum verschwindet.

Seine Lippen sind weich, seine Zunge köstlich.

Bevor ich merke, was passiert, ist meine freie Hand auf seinem Hintern, aber ich greife nicht in seine Hose und suche nach seiner Walnuss … noch nicht. In einem Verführungsduell gegen einen furchterregenden Gegner muss ein Mädchen einige Karten auf der Zunge tragen.

In der Ferne räuspert sich jemand demonstrativ.

Ich ignoriere die Ablenkung und verliere mich wieder in dem Kuss. Max' Zunge tanzt diesen russischen Kniebeugentanz in meinem Mund, und ich stehe kurz vor einem Mundgasmus. Das ist der beste Kuss meines Lebens, ohne Wenn und Aber. Wenn ich vor Freude platze, werde ich als glückliche Frau sterben. Die Feldarbeit ist sogar noch toller, als ich erwartet hatte.

Das Räuspern wird immer lauter.

Max zieht sich zurück und rückt das, was von seiner Krawatte übrig ist, zurecht.

Keuchend werfe ich der Angestellten einen tödlichen Blick zu.

Max' Augen sehen hungrig aus. »Ich melde mich bei dir.«

Nein. Ich bin noch nicht fertig damit, ihn zu verführen. Das wird die Enthüllungen im Bett erheblich verzögern, ganz zu schweigen von meiner Femme-fatale-Lizenz.

Bevor ich etwas tun oder sagen kann, dreht er sich auf den Fersen um und verlässt den Laden.

Ich schaue auf mein Handy.

Es ist noch etwas Zeit bis zur Operation Saving Beaky. Vielleicht kann ich noch etwas über mein geheimnisvolles Date erfahren. Was hat er denn so Dringendes vor?

Ja. Vielleicht kann ich ihn dabei erwischen, wie er mit seinem Offizier spricht.

Mit dem Plüschpanda fest in der Hand, laufe ich nach draußen und suche nach Max.

Puh. Er ist nicht weit weg.

Ich nutze einen nahen Baum als Deckung, während ich darauf warte, dass er mehr Abstand zwischen uns bringt.

Als es sich sicher anfühlt, laufe ich zum nächsten Baum, dann zum nächsten. Es ist mir egal, ob meine Taktik von Cartoons inspiriert ist. Bis jetzt hat er mich noch nicht entdeckt, und ich habe ihn nicht verloren.

Er verlässt den Park.

Mist.

Ich nehme meine Perücke ab und hoffe, dass das ausreicht, um mich zu tarnen. Ab hier muss ich vorsichtiger sein. Wenn er mich erwischt, könnte ich in großen Schwierigkeiten sein. Spione haben die Angewohnheit, Zeugen nicht am Leben zu lassen – wie in jeder Folge von *The Americans* zu sehen ist. Du weißt, was auf dich zukommt, wenn sie dich fragen: »Hast du jemandem erzählt, was du gesehen oder gehört hast?« Dann kannst du dich von deinem Leben verabschieden und ihnen eine Liste mit Menschen geben, die du so sehr hasst, dass du möchtest, dass sie kurz nach dir sterben.

Die gute Nachricht ist, dass New York eine überfüllte Stadt ist, was es leicht macht, sich an jemanden heranzupirschen – eine Tatsache, die normalerweise zum Nachteil einer Frau ist, mir aber jetzt gerade hilft. Trotzdem muss ich beim nächsten Mal einen Wintermantel und vielleicht ein paar Perücken mitnehmen, um das Ganze sicherer zu gestalten. Wenn nur diese Latexmasken-Verkleidungen aus dem *Mission-Impossible*-Franchise echt wären ... Aber vielleicht sind sie es?

Mein Telefon klingelt mit einer SMS.

Ich schaue sie mir an.

Sie ist von Gia, und es sind die Details zu ihrer Zaubershow heute Abend.

Nein, warte. Du darfst dich nicht ablenken lassen.

Als ich hektisch nach oben schaue, ist Max verschwunden.

Argh. Wie konnte ich nur so dumm sein? Ich denke, wenn man jemanden stalkt, gelten dieselben Regeln wie bei einer Hochzeit oder im Kino – dein Handy muss ausgeschaltet sein.

Moment einmal. Da ist er. Er sitzt in einem Café auf der anderen Straßenseite.

Zum Glück habe ich ihn nicht verloren – und führe diese Operation allein durch. Wenn jemand herausfinden würde, dass ich meine Zielperson aufgrund einer SMS fast verloren hätte, müsste ich der Spionagetradition folgen und sie eliminieren.

Ich gehe in einen Beauty-Salon, der sich direkt gegenüber von Max' Laden befindet. Die Frontscheibe ist getönt und mit einem Spiegelglanz versehen, so dass man mich im Inneren kaum sehen kann.

»Wie kann ich Ihnen helfen?«, fragt mich eine Dame.

Ich schaue mir die Optionen an: Maniküre, Augenbrauenwaxing, Brazilian, Fischpediküre ... Ich könnte schwören, dass Olive mir gesagt hat, dass diese letzte Option in New York verboten wurde. Da andere Dinge mit neugierigen Angestellten verbunden sind, entscheide ich mich trotzdem für die Fischbehandlung und schwöre, meiner meerestierliebenden Schwester nichts davon zu erzählen. Als die Dame mich zu meinem fischigen Verhängnis führt, frage ich nach einem Platz mit Blick auf das Fenster.

Als die Spezialfische meine Füße angreifen, fühlt sich das auf eine beunruhigende Art und Weise kitzlig an. Ich hoffe sehr, dass niemand sie in die freie Wildbahn entlässt. Sie haben jetzt eine Vorliebe für menschliche Haut, und es wäre nur eine Frage der Zeit, bis sie anfangen würden, das ganze Fleisch von den Knochen der Menschen zu essen, wie die Piranhas, die der Bösewicht aus *Der Spion, der mich liebte* benutzt.

Max sitzt immer noch allein da.

Seltsam.

Ich nehme mein Handy heraus und starte die Kamera-App. Dieses Wunderwerk der modernen Technik hat eine Kamera, die bis zu hundertfach heranzoomen kann – etwas, um das einen sogar James Bond beneiden würde.

Wenn ich das Handy auf Max richte, kann ich ihn deutlich auf dem Bildschirm sehen, was mich freut. Er spricht mit jemandem, ohne den Kopf zu drehen – ein klassisches Spionagemanöver.

Scheiße. Ich wünschte, ich hätte ein Gerät, mit dem ich mithören könnte, was er sagt, aber leider habe ich keines. Hoffentlich kann ich sein Telefon später in ein Abhörgerät umwandeln.

Hey, wenigstens kann ich sehen, mit wem er redet.

Es ist eine Frau, die mit dem Rücken zu ihm steht und Geschäftskleidung trägt.

Eine nervtötend attraktive Frau, die besser seine Offizierin oder sein Ziel ist, und nicht etwa seine Freundin oder Frau.

Ich mache ein Foto, damit ich später nachforschen und sichergehen kann, dass ihr Nachname nicht Stolyar ist.

Bin ich eifersüchtig? Nein, das ist lächerlich. Das ist ein rein berufliches Interesse. Außerdem, warum sollte er so mit seiner Frau oder Freundin reden? Sie versuchen eindeutig, sich bedeckt zu halten. Im besten Fall haben sie eine Affäre und sie ist die Frau eines anderen. Aber hoffentlich haben sie eine platonische Beziehung zwischen Agent und Agent oder Zielobjekt und Spion.

Oder könnte ich mich komplett irren? Was ist, wenn sie beide einen Bluetooth-Kopfhörer tragen, die ich nicht sehen kann, und mit unterschiedlichen Personen telefonieren?

Aber nein.

Als das Gespräch zu Ende ist, stehen sie beide gleichzeitig auf und gehen getrennte Wege. Wie groß ist die Wahrscheinlichkeit, dass ihre Telefonate auf diese Weise synchronisiert wurden? Außerdem habe ich nicht gesehen, dass Max einen Ohrhörer eingesetzt hat.

Ich beende die Arbeit der menschenfressenden Fische, trockne meine Füße ab, gebe großzügig Trinkgeld und eile zurück nach Hause.

Auf dem Weg dorthin erhalte ich eine Benachrichtigung von meinem Kontakt beim FBI.

Olives Ex wurde verhaftet, also kann die Operation Saving Beaky starten.

KAPITEL

Zwölf

ALS ICH IN meine Wohnung komme, liegt meine Wurfschwester neben Machete auf der Couch und spielt mit ihrem Handy – und als ich das Spiel auf ihrem Bildschirm sehe, wünschte ich, ich hätte nicht hingesehen.

Der Titel ist eine alptraumhafte Tautologie: *Angry Birds*.

»Hey, Schwesterherz.« Olive sperrt ihr Telefon und bewahrt mich davor, Zeugin des Massakers an unschuldigen Schweinen und der bösartigen Zerstörung von Eigentum zu werden, das den Hauptteil des schrecklichen Spiels ausmacht. Normalerweise stehe ich nicht auf der Seite von Leuten, die behaupten, dass Videospiele der Grund für den Anstieg der Gewalt unter jungen Menschen sind, aber wenn jemand *dieses* Spiel aus diesen Gründen verbieten würde, wäre ich dafür.

»Hey«, sage ich.

Sie schiebt Machete weg und steht auf.

Er starrt sie wütend an.

Sie schnaubt. »Dein Haustier erinnert mich an dieses Grumpy-Cat-Meme.«

Der Blick wird tödlich.

Fick dich, Octopussy. Machete isst Grumpy Cat zum Frühstück. Dann greift er alle Katzen an, die wie bin Laden aussehen und …

Eskaliert das vielleicht zu schnell?

»Bereit, zu gehen?« Ich lasse meine Perücke und den Geschenkpanda auf den Couchtisch fallen.

»Eine Minute.« Olive nimmt sich zehn Minuten, die sich wie eine Stunde anfühlen, um sich mit Sonnencreme einzuschmieren. Dann zieht sie ein langärmeliges Shirt an und schnappt sich einen Sonnenschirm. »Bereit.«

———

»Du bringst uns noch um.« Olive hebt ihre Sonnenbrille und blickt mich mit zusammengekniffenen Augen an. »Das Tempolimit ist vierzig km/h, nicht hundertvierzig.«

Ich zwinkere ihr zu. »Wir haben ein begrenztes Zeitfenster für die Aktion, und du hast einen Teil davon für den Sonnenschutz verbraucht.«

Sie sticht mit dem Finger gegen die Windschutzscheibe. »Um Himmels willen, schau auf die Straße.«

Ich tue, was sie sagt – gerade noch rechtzeitig, um nicht mit einem gelben Taxi zusammenzustoßen.

»Cthulhu?«, frage ich, meinen Blick fest auf die Straße gerichtet.

»Ein fiktives kosmisches Wesen aus den Werken von H. P. Lovecraft«, sagt sie. »Es soll wie ein Krake geformt sein.«

»War er oder sie nicht auch ein riesiger Humanoid mit Drachenflügeln?«

Sie schnaubt. »Ich ziehe es vor, mir den Ancient One überwiegend als Krake vorzustellen.«

Ich schüttele den Kopf. Meine Schwester hat nicht nur einen Krakenfetisch – sie ist Meeresbiologin und liebt alle Arten von Meeresbewohnern, nur nicht so sehr wie ihre tentakeligen Lieblinge. Wenigstens ist sie keine Ornithologin – ein Beruf, der so düster und makaber ist wie die Nekromantie.

Im Gegensatz zu mir, die ihre Berufung als Spionin erst später im Leben entdeckt hat, geht Olives Besessenheit so weit zurück, wie ich mich erinnern kann. An einem Sommertag pinkelte sie wiederholt in ein Becken, das mit der Chemikalie gefüllt war, die den Urin blau färbt, und schrie dabei fröhlich: »Ich schieße Tinte.«

Für den Rest der Fahrt spielen wir *Ich sehe was, was du nicht siehst*, und natürlich gewinne ich.

»Halte dort an«, sagt Olive und deutet nach vorne.

Ich parke.

»Ich fahre mit meinem eigenen Auto zurück, gelobt sei Cthulhu«, murmelt Olive, als sie die Tür öffnet.

»Du hast ein Auto?«, frage ich.

Sie zeigt auf einen weißen Lieferwagen auf der anderen Straßenseite. »Ich habe ihn für Beaky gekauft.«

Beaky brauchte einen Van? Wie groß ist dieser Oktopus?

Bevor ich meine Frage stellen kann, betreten Olive und ich das Gebäude. Als wir zum Aufzug gehen, bekomme ich eine SMS von meinem FBI-Freund:

Der Typ hat sich einen Anwalt genommen, also mussten wir ihn gehen lassen.

»Scheiße«, sage ich und erkläre Olive die Situation. »Er könnte uns erwischen. Es könnte sicherer sein, die Mission vorerst abzubrechen und sich neu zu formieren.«

Ihr niedergeschlagener Gesichtsausdruck zerreißt mir das Herz.

»Was ist, wenn er Beaky wehtut?«

Ich beiße die Zähne zusammen. »Gut. Warte hier.«

»Nein«, sagt sie. »Du wirst meine Hilfe brauchen. Außerdem kann Beaky bei Leuten, die er nicht kennt, sehr nervös sein.«

Ich rolle mit den Augen. »Wird er nicht annehmen, dass ich du bin?«

Sie steht aufrechter. »Beaky ist schlauer als manche Menschen. Ich komme mit, und damit basta.«

Ich stoße einen langen Seufzer aus. »Ich habe keine Zeit, dich zur Vernunft zu bringen.«

»Gut.«

Ich eile in den Aufzug, und sie folgt mir.

Als wir in der Etage ihres Ex ankommen, sprinten wir zur Tür.

Olive steckt ihren Schlüssel in das Schloss und runzelt die Stirn, als sie versucht, ihn zu drehen.

Ich schaue mich verstohlen um. »Beeil dich.«

Sie hört auf, mit dem Schlüssel herumzuspielen. »Ich glaube, er hat die Schlösser ausgetauscht.«

»Rutsch rüber.« Ich greife in meine Tasche und ziehe mein Dietrich-Set heraus. Gia beherrscht diese Fähigkeit als Teil ihres Magierrepertoires, und ich habe sie mir von ihr beibringen lassen – zusammen mit dem Knacken von Tresoren, was bei diesem Raub hoffentlich nicht nötig sein wird, da ich nicht so gut darin bin wie mit Schlössern.

»Warum dauert das so lange?«, fragt Olive, als ich endlich ein Geräusch im Schloss höre.

Ich stoße die Tür auf und werfe ihr einen *Willst-du-mich-verarschen*-Blick zu.

Olive scheint das nicht zu interessieren. Sie stürzt in die Wohnung und sprintet so schnell durch das Wohnzimmer, dass ich Mühe habe, mitzuhalten. Als ich ihr folge, komme ich nicht umhin, einen zerbrochenen Bilderrahmen auf dem Boden zu bemerken. Das Foto zeigt Olive und einen Mann, bei dem es sich um ihren Ex, Brett, handeln muss.

Hat jemand einen Wutanfall bekommen, nachdem meine Schwester gegangen ist? Jetzt bin ich doppelt froh, dass sie es getan *hat*.

Als ich sie im Schlafzimmer einhole, steht Olive neben einem silbrigen kommodenähnlichen Ding, das eines der größten Aquarien beherbergt, die ich je gesehen habe.

Ein leeres Aquarium.

»Hallo, mein Schatz«, sagt Olive beruhigend zum Wasser.

Das war's. Sie hat endgültig den Verstand verloren.

Wenn das FBI und das Bild, das ich gerade gesehen habe, nicht wären, würde ich auch an der Existenz des Ex-Freundes zweifeln.

Plötzlich verwandelt sich das, was wie ein Stein aussieht, in einen riesigen Kopffüßer.

Erschrocken weiche ich zurück.

Obwohl er nicht gerade so angsteinflößend ist wie Vögel, ist er doch unheimlich. Kein Wunder, dass seine Art das Aussehen von Cthulhu, dem Kraken und Horden von außerirdischen Invasoren inspiriert hat.

Ich schätze, die Regel lautet: Wenn es einen Schnabel hat, ist es offiziell ein Alptraum.

»... und wir werden dich hier rausbringen«, sagt Olive, und ich merke, dass ich den Monolog verpasst habe, den sie gerade an ihren Schatz gerichtet hat.

Ich betrachte das Aquarium skeptisch. »Das sieht aus, als würde es eine Tonne wiegen. Wenn Brett sein eigenes Haustier hat, stehlen wir es vielleicht und machen später einen Gefangenenaustausch.«

»Ich sagte doch, du brauchst mich.« Sie deutet auf den Boden der Kommode, und ich erkenne, dass sich dort Räder befinden.

»Das sollte helfen«, sage ich. »Aber selbst damit sieht es schwer aus.«

Sie beugt sich herunter und greift nach einer kleinen Fernbedienung, die mit einem Magneten am Boden des Tanks befestigt war. »Dieses Ding ist motorisiert. Der einzige Grund, warum wir schieben müssen, ist, um das Ganze zu beschleunigen.«

Sie entriegelt ein Sicherheitsschloss an den Rädern und aktiviert den Motor, bevor sie mich schieben lässt, während sie das Gefährt durch die Wohnung zieht. Selbst mit dem Motor, der uns bei der Handarbeit hilft, bewegt sich das Ding langsam, und ich habe Angst, dass ihr Ex uns auf frischer Tat ertappen könnte.

»Was ist mit deinen anderen Sachen?«, frage ich, als wir am Wohnzimmer vorbeikommen.

»Mir ist nur Beaky wichtig«, sagt sie. »Ich wollte mir sowieso neue Kleidung kaufen. Die meisten meiner Shirts haben nicht genug UV-Schutz.«

Ich nicke zu den Sachen, die ihrem Ex gehören müssen. »Willst du die Wohnung schnell durchwühlen, wie sie es in Spionagefilmen tun? Brett würde zurückkommen und sich vor Angst in die Hosen machen.«

Sie schüttelt den Kopf. »Nicht, wenn das bedeutet, dass ich sein dummes Gesicht wiedersehe.«

Oh, richtig. Unsere Zeit ist begrenzt.

»Wie lautet Bretts Nachname?«, frage ich und gebe mein Bestes, um beiläufig zu klingen.

Sie sagt ihn mir und ich speichere ihn für später ab. Der zerbrochene Bilderrahmen gefällt mir nicht, also werde ich einige Schritte unternehmen, um meine Schwester zu schützen – Schritte, von denen sie nichts wissen muss.

Zuerst scheint Beaky die Fahrt zu genießen, weil er herumschwebt und alles untersucht. Als er das satthat, beschließt er, mich zu ärgern, zumindest nehme ich das an. Was er wirklich tut, ist, mich mit seinen schlitzartigen Alien-Augen anzustarren. Augen, die mit einem überirdischen Intellekt zu glänzen scheinen.

Als wir den Serviceaufzug betreten, bemerke ich ein Problem. »Dieses Aquarium passt nicht in mein Auto.«

Sie nickt. »Dafür habe ich meinen Van.«

Ergibt Sinn.

Als wir den besagten Van erreichen, runzelt Olive die Stirn – und als ich sehe, warum, fluche ich leise vor mich hin.

Jemand – und es ist nicht schwer zu erraten, wer – hat das Wort *Bitch* auf die Beifahrertür gekratzt.

Mit zusammengekniffenen Augen untersucht Olive den Deckel des Aquariums, dort, wo er einrastet. »Arschloch«, schreit sie und fährt sich mit der Hand durch die Haare. »Er hat auch versucht, an Beaky heranzukommen, aber er konnte nicht herausfinden, wie.«

Sieht so aus, als ob der Penis ihres Ex nicht sein kleinstes Organ ist. Sein Gehirn gewinnt diesen Preis. Olive stellt nebenbei Puzzles für Kraken her und passt auf, dass sie nicht aus ihrem Zuhause fliehen – etwas, was sie gerne tun, wie in dem Dokumentarfilm *Finding Dory* zu sehen ist.

»So«, sage ich spöttisch, »jetzt wissen wir wohl, dass Brett nicht schlauer ist als ein Krake.«

»Nicht mal annähernd.« Olive zieht eine Rampe heraus, die eindeutig für dieses Aquarium auf Rädern entworfen wurde.

Als wir Beaky die Rampe hochschieben, spreizt er drohend seine acht Beine und wird wütend rot. Zumindest nehme ich an, dass er wütend ist. Es könnte auch sein, dass er Olive nur sagt, dass er sie liebt.

Sobald das mobile Aquarium die Rampe

hinaufgefahren ist, mache ich ein Foto von dem Kraken – gerade als er wieder seine Farbe wechselt.

»Okay«, sagt Olive, als Beaky gesichert ist. »Wir sehen uns bei dir?«

Ich nicke und gehe hinüber zu meinem Auto.

Gerade als ich mich anschnalle, bekomme ich eine SMS.

Mein Herz beginnt zu flattern.

Sie ist von Max. Er hat mir ein Bild des süßesten schläfrigen Kätzchens geschickt, das ich je gesehen habe, zusammen mit:

SO sieht süß aus.

Ich grinse und antworte:

Nein. So sieht FAUL aus. Lass das Ding nie ans Steuer. Wenn du etwas Niedliches sehen willst, schau dir das an.

Ich hänge das Bild von Beaky an.

Max' Antwort kommt fast sofort:

Danke. Ich musste heute Nacht sowieso nicht schlafen.

Ich antworte mit einem Smiley, und er schickt mir ein *Lass uns bald wieder ein Treffen vereinbaren.*

Das Schwindelgefühl, das ich verspüre, ist lächerlich. Man könnte meinen, ich wäre eine Mittelschülerin, die ihrem ersten Freund eine Sex-SMS schreibt.

Als ich den Motor zünde, frage ich mich vor lauter Aufregung, ob das Fahrzeug explodieren wird. Als dies nicht der Fall ist, behalte ich im Hinterkopf, weniger Spionagefilme zu schauen. Wenn jemand in ihnen den Zündschlüssel umdreht, knallt es.

Außerdem muss ich meine Gefühle in den Griff bekommen. Nur weil Max mir eine süße SMS geschickt hat, heißt das nicht, dass er weniger ein feindlicher Agent ist. Im Allgemeinen muss ich sehr darauf achten, dass meine Gefühle ihm gegenüber angemessen sind. Er ist das Ziel meiner Verführungskünste, mehr nicht. In Spionagefilmen kommt es häufig vor, dass man auf sein Ziel hereinfällt – vor allem, wenn es sich um einen Attentäter handelt –, also muss ich wachsam bleiben. Selbst wenn ich einen Freund wollte, was ich nicht tue, wäre das ganz sicher kein russischer Spion.

Ein potenziell verheirateter Spion. Ich muss noch die Frau recherchieren, mit der er sich unterhalten hat.

Und bin ich sicher, dass er mich will? Und wenn er es tut, würde er es dann immer noch tun, wenn er mich ohne meine Perücke sieht? Ich habe nicht wirklich Zeit, meinen Buzzcut wachsen zu lassen.

Um mich von den verräterischen Gedanken an Max abzulenken, übe ich mich in der Kunst, jemanden zu beschatten, indem ich Olives Van als Ziel nehme.

»Hast du gesehen, dass ich dir gefolgt bin?«, frage ich, nachdem wir geparkt haben und ich zu ihr hinübergehe.

»Du bist mir gefolgt?«, fragt Olive. »Ich dachte, du würdest wieder *The Fast and the Furious* nachspielen.«

Mit einem Augenzwinkern helfe ich ihr, Beaky in mein Gebäude zu schieben.

Als wir meine Wohnung betreten, beäugt Machete das Aquarium mit unverhohlener Gier.

Endlich. Fisch. Machete wird sich an seinem Blut und Fleisch laben.

Als ob er auf ein neues Publikum warten würde, spreizt Beaky seine Tentakel, damit er wie ein

Seeungeheuer aussieht, und wechselt ein paarmal die Farbe, wobei seine seltsamen Augen meine Katze hypnotisieren.

Ich wusste nicht, dass Katzen blass werden können, aber Machete kommt dem schon sehr nahe – was seltsam ist, denn er hat sich noch nie vor irgendetwas gefürchtet, nicht einmal vor Riesengurken.

Machete hat keine Angst. Machete versteht, dass der Fisch verstört ist. Besessen vom Bösen. Er wird Machetes Magen schmerzen lassen.

Halb fauchend, halb wimmernd rennt mein knallharter Kater mit eingeklemmtem Schwanz davon.

»Jetzt habe ich alles gesehen«, sage ich und grinse.

»Wo willst du ihn haben?«, fragt Olive.

»Das ist der einzige Ort, an den dieses Aquarium passt«, sage ich. »Das Wohnzimmer.«

Vielleicht kuschelt sich Machete jetzt an die richtige Schwester – die, die ihn füttert.

»Gehst du zu Gias Show?«, fragt Olive, sobald Beakys Aquarienmotor ausgeschaltet ist und die Räder eingerastet sind.

Oh, richtig. Die ist ja bald. »Natürlich komme ich mit, aber wir sollten erst einmal essen gehen.«

Wir fangen an, uns über das Restaurant zu streiten. Ich mag keine, die viel Geflügel auf der Karte haben, und sie ist nicht scharf auf Meeresfrüchte. Wir entscheiden uns für ein Steakhouse und machen uns bereit, zumindest ich. Sie sieht genauso aus wie vorher, als ich fertig bin.

»Wie in alten Zeiten«, sagt sie und mustert meine Perücke.

Ich wusste, dass sie sich darüber freuen würde. Damals in der Highschool hatte ich meine Haare passend zu meinem Namen gefärbt, und diese marineblaue Perücke sieht genauso aus wie meine Haare damals.

»Fertig?«, frage ich sie.

»Eine Sekunde«, sagt sie und trägt erneut Sonnencreme auf ihr Gesicht auf. »Willst du welche?«

»Nein, ich habe meine schon aufgetragen«, lüge ich.

Soll ich sie daran erinnern, dass es nach vier Uhr nachmittags ist und daher der UV-Index fast nicht mehr vorhanden ist?

Nein. Das ist den Vortrag, den ich dann vielleicht von ihr bekommen werde, nicht wert.

Wir verlassen meine Wohnung, aber dann weigert sie sich, in mein Auto zu steigen.

»Was ist das Problem?«, frage ich.

»Lass mich fahren«, sagt sie.

Ich spitze meine Lippen. »Wenn du es kaputt machst, kaufst du es mir ab.«

Sie schüttelt den Kopf. »Selbst wenn ich nicht pleite wäre, was ich bin, könnte ich mir dieses Auto nicht leisten.«

»Damit wäre das geklärt«, sage ich und öffne die Tür.

»Ja«, sagt sie. »Wir nehmen meinen Van.«

Ich ziehe eine Augenbraue in die Höhe. »Einen Van anstatt eines Aston Martins?«

»Nein«, sagt sie. »Überleben statt Unfall.«

Ich knalle die Tür zu und schlurfe zu dem blöden Van.

Mein Telefon klingelt mit einer SMS, und als ich sehe, wer sie geschickt hat, hebt sich meine Stimmung dramatisch, obwohl ein Teil von mir weiß, dass das nicht so sein sollte.

Morgen Mittagessen?, fragt Max.

Mit einem irren Grinsen bejahe ich die Frage und frage ihn, wo und wann.

Wo passt es dir?, antwortet er. *Und wann?*

Bedeutet das, dass sein Zeitplan flexibler ist ... wie der eines Spions?

Soll ich einen Ort in der Nähe meiner Arbeit vorschlagen? Nein. Ich arbeite in einem Gebäude, das nicht öffentlich als Hauptsitz meiner Agentur bekannt ist. Ich meine, es ist ein fensterloser Wolkenkratzer, von dem jeder vermutet, dass er das ist, was er ist, aber niemand weiß es genau, und ich will nicht der Grund dafür sein, dass das Geheimnis herauskommt.

Wie wäre es mit 13.00 Uhr?, antworte ich. *Und du suchst das Restaurant aus, entweder Downtown oder Midtown.*

So. Das sollte die Dinge etwas verschleiern.

Abgemacht, antwortet er. *Triff mich hier.*

Die Adresse, die er mir schickt, ist fast perfekt – nur eine kurze Taxifahrt von meinem Büro entfernt.

Als ich vom Telefon aufschaue, ertappe ich Olive dabei, wie sie schamlos mitliest.

»Wer ist Max?« Sie wackelt mit den Augenbrauen.

Ich seufze. »Ich erzähle es dir auf dem Weg.«

———

Ich bin immer noch dabei, alle Details zu erklären, als wir im Steakhaus einen Platz bekommen, also mache ich eine kurze Pause, um zu bestellen.

»Ich glaube, du hast einen Spionagefilm zu viel gesehen«, sagt Olive, als ich fertig bin. »Was, wenn er nur ein Typ ist?«

Ich nippe an meinem Wasser. »Er ist nicht nur ein Typ.«

»Aber was wäre, wenn?«, fragt sie.

Ich zucke mit den Schultern. »In diesem sehr unwahrscheinlichen Fall könnte ich mit ihm ausgehen.«

Natürlich wage ich nicht einmal zu hoffen, dass er nur ein Typ ist. Alle Beweise deuten auf das Gegenteil hin.

Sie springt vor Aufregung fast auf und ab. »Ich wusste es. Du magst diesen Kerl.«

»Nein, tue ich nicht«, sage ich und wünschte, ich könnte mich selbst davon überzeugen.

»Du magst ihn.« Olive fällt eindeutig in die Zeit der Mittelschule zurück — etwas, was meine Wurfschwestern oft gegenseitig auslösen. Wenn ich nicht schnell handele, singt sie bestimmt etwas wie: »Blue und Max sitzen auf einem Baum. U. N. D. K. Ü. S. S. E. N.«

»Genug von mir«, sage ich. »Was sind deine Pläne?«

Sie reagiert auf meine Frage, als hätte ich ihr einen Kübel Eiswasser über den Kopf geschüttet.

Ich fühle mich sofort schlecht, also sage ich schnell: »Du kannst so lange bei mir bleiben, wie du willst.«

Ich weiß, dass das Meerestierheim, in dem sie gearbeitet hat, vor kurzem den Betrieb eingestellt hat, und sie darum kämpft, eine ähnliche Stelle in ihrem Bereich zu finden.

»Ich habe mich auf eine Reihe von Stellen außerhalb des Landes beworben«, sagt sie. »Jetzt, wo ich Single bin, kann ich überall hingehen, und das hilft mir sehr.«

Ich starre sie mit offenem Mund an. »Du willst New York verlassen?«

Der Kellner kommt mit unserem Essen, und Olive wartet mit ihrer Antwort, bis wir wieder ungestört sind.

»So sehr ich dich und alle anderen auch vermissen werde, ganz zu schweigen von dieser Stadt, die Jobs, die ich brauche, gibt es hier fast nie«, sagt sie.

Ich schneide in mein Steak. »Und wo hast du dich beworben?«

»Überall im Land, aber lustigerweise war die vielversprechendste Stellenausschreibung in Palm Pilot.«

Ich grinse. »Hast du es ihnen schon gesagt?«

Sie schüttelt den Kopf. »Ich werde es ihnen nur sagen, wenn ich den Job bekomme.«

Palm Islet – oder Palm Pilot, wie wir es scherzhaft nennen – ist die Stadt in Florida, in der unsere Großeltern im Ruhestand leben. Meine Geschwister, die sich keinen richtigen Urlaub leisten können, fahren auch dorthin, wenn sie sich eine Pause gönnen wollen.

Wenn Olive diesen Job bekäme, wäre das perfekt für sie.

Na ja, fast perfekt.

Florida ist der »Sunshine State«, und sie hat sich in letzter Zeit zu sehr um den UV-Schutz gesorgt.

Ich spreche diesen Punkt nicht an, und das nicht

nur, um ihr nicht die Laune zu vermiesen. Ich habe ein bisschen Angst davor, zu erfahren, was es mit der Sonnencreme auf sich hat. Ich mache mir Sorgen, dass ich mich ihr im Dunkeln anschließen werde, wenn sie es mir erklärt. Das Thema zu vermeiden ist meine generelle Strategie, wenn meine Geschwister seltsame Macken entwickeln – und sie scheinen dafür anfällig zu sein. Es ist nie etwas Logisches wie meine völlig verständliche Angst vor Tötungsmaschinen wie Vögeln.

Wenn ich so darüber nachdenke, ist Gia durch ein solches Gespräch mit Olive so blass wie ein Vampir geworden? Sie sagte, es sei für ihre Bühnenpersönlichkeit, aber ich frage mich, ob …

»Erde an Blue«, sagt Olive mit Nachdruck.

Mist. »Tut mir leid«, sage ich und konzentriere mich wieder auf unser Essen, während wir zu dem Thema wechseln, ohne das unser Wurf nicht leben kann: Klatsch und Tratsch übereinander.

Nach dem Abendessen fahren wir zu Gias Show und Olive setzt sich wieder ans Steuer. Als wir neben einem riesigen Hotel namens The Palace halten, runzele ich die Stirn.

Warum kommt mir dieser Name so bekannt vor? Habe ich das in einer Fernsehsendung gesehen? Es heißt nicht nur The Palace, sondern sieht auch so aus, also kann ich verstehen, warum es im Fernsehen auftauchen könnte.

Wir öffnen die Türen des Lieferwagens und ein Parkwächter rümpft die Nase über Olives Schlüssel.

Nun, das ist dumm. Sein großzügiges Trinkgeld ist gerade geschrumpft.

Als wir auf die Eingangstür zugehen, wird es mir endlich klar.

Das Palace ist der Ort, an dem mein GPS-Gerät den Standort des Hot Poker Clubs markiert hat.

Das ist großartig. Ich kann nicht nur meine Schwester unterstützen, sondern auch nach der Show herumschnüffeln und mehr über den Club erfahren.

Aber als wir in die Hotellobby kommen, wird mir klar, dass ich gar keine Gelegenheit zum Schnüffeln haben werde.

Oder um Gias Show zu sehen.

Oder um einen weiteren Schritt zu machen.

Nicht bei den entsetzlichen Dingen, die uns auf allen Seiten umgeben.

Vögel. Jede Menge Vögel.

KAPITEL
Dreizehn

MEIN HERZ RAST SO SCHNELL, dass meine Brust schmerzt.

In der Lobby wimmelt es von Käfigen voller Papageien, die wie Furien schreien und nach Blut lechzen. Das ist der einzige Punkt, in dem Papageien viel schlimmer sind als Killerclowns. Da sie kleiner sind, können mehr von ihnen auf einen bestimmten Platz gequetscht werden, und ein selbstmörderischer Sadist hat genau das getan.

So schlimm das auch ist, es kommt noch schlimmer.

Es gibt frei herumlaufende Pfauen.

Unzählige Pfauen, die ihre Schwänze spöttisch öffnen, ohne sich um jemanden zu kümmern, den sie verletzen könnten.

Mit weichen Knien mache ich einen zitternden Schritt zurück. Dann noch einen und noch einen. Sobald ich die Türen passiert habe, drehe ich mich auf dem Absatz um und fliehe. Irgendwann bleibe ich stehen und versuche, meine Überschallatmung zu beruhigen.

»Was zum Teufel …?«, keucht Olive, als sie mich eingeholt hat.

»Vögel«, stoße ich hervor.

»Oh, richtig.« Sie legt mir eine Hand auf die Schulter. »Geht es dir gut?«

Ich schüttele den Kopf. »Bitte sag Gia, dass es mir leidtut. Ich werde es nicht in die Show schaffen.«

»Ich soll es Gia sagen?« Sie reißt ihre Hand zurück. »Weißt du, was sie macht, wenn sie wütend ist?«

»Ich weiß, dass sie dann Streiche spielt, aber was kann ich tun?«

»Zu der Show gehen?«, traut sich Olive vorzuschlagen.

»Nicht zu dieser. Ich werde zu einer anderen Show von ihr gehen.«

»Ich glaube, sie wird längerfristig hier auftreten. Es gibt vielleicht keine woanders.«

Ich zucke mit den Schultern. »Gias Zorn ist mir allemal lieber als Vögel.«

Olive sieht nachdenklich aus. »Wie wäre es, wenn du mir deine Perücke gibst? Ich kann sie überziehen und nach der Show mit Gia reden.«

»Danke, aber nein«, sage ich. »Wenn es jemand anderes wäre, würde ich es riskieren, aber Gia ist heikel.«

»Du hast recht«, sagt Olive. »Am besten riskierst du es nicht. Geht es dir gut genug, um allein zu sein?«

»Ja. Geh.«

Widerwillig verlässt sie mich, und ich gehe auf den Bürgersteig, um ein Taxi zu rufen.

»Hey«, sagt eine vertraute Stimme hinter mir. »Ich glaube, du gehst in die falsche Richtung.«

Ich drehe mich um und lächele.

Ich kenne nur eine Person, die sich wie eine Piratin kleidet.

Das ist Clarice, Gias magische Mitbewohnerin und meine ehemalige Pokerlehrerin.

»Ich gehe nicht zu der Show«, sage ich. »Nicht dieses Mal.«

Wie sie es oft tut, wenn sie nervös ist, zieht Clarice ein Kartenspiel heraus und beginnt, damit zu spielen. »Wie ist dein Pokerspiel gelaufen?«

Ah. Ich weiß, worum es hier geht.

»Das Spiel war unglaublich«, sage ich. »Ich wollte dir die tollen Neuigkeiten schicken. Ich habe mein Buy-In verdoppelt, das heißt, ich kann dir helfen. Vorausgesetzt, du willst immer noch gehen, nachdem ich dir von den Sicherheitsvorkehrungen erzählt habe.«

Ich beschreibe die schwarze Tüte über dem Kopf und den Rest, aber das dämpft ihre Begeisterung nicht im Geringsten. Ich überlege, ob ich ihr sagen sollte, dass sie in das Gebäude geht, in dem das Spiel stattfinden soll, aber ich entscheide mich dagegen – zu ihrem Schutz. Es werden weniger Menschen getötet, weil sie zu wenig wissen, als weil sie zu viel wissen, zumindest in Spionagefilmen.

»Ich kann nicht glauben, dass ich zu dem Spiel gehe.« Clarice macht einen super-schicken Schnitt mit den Karten, für den sie ein Jahr lang geübt haben muss. »Ich weiß nicht, wie ich dir danken soll.«

Ich zwinkere ihr zu. »Die Hälfte deines Gewinns wird Dank genug sein. Wollen wir morgen die Details besprechen?«

Sie steckt ihre Karten ein. »Ja. Jetzt gehe ich besser zur Show.«

»Viel Spaß!«

Sie eilt davon, und ich nehme ein Taxi.

Als ich nach Hause komme, wird mir rückwirkend etwas Schreckliches klar.

Um mich zum Hot Poker Club zu bringen, muss mich das Sicherheitsteam durch die Lobby mit den Papageien und den Pfauen gebracht haben. Ich hatte die Augen verbunden und wusste daher nicht, in welcher Gefahr ich mich befand, aber ich bin froh, dass ich überlebt habe.

Es sei denn … sie haben einen geheimen Eingang ins Hotel und haben mich auf diese Weise hineingebracht.

Ja. Das muss es sein. Schließlich würden die anderen Hotelgäste jemanden, der mit einer Tüte über dem Kopf durch die Lobby geschleift wird, mit Argwohn betrachten. Außerdem hätte ich die Schreie der Papageien auch mit Ohrenschützern gehört.

Aber Moment einmal, wenn es einen geheimen Eingang gibt, kann ich ihn dann benutzen, um zu Gias Show zu kommen?

Nein. Er wird wahrscheinlich bewacht. Außerdem ist es bereits zu spät. Wenn ich ins Hotel zurückkehre, ist die Show schon fast vorbei.

Gut. Ich denke, ich bin für heute fertig.

Ich schalte das Licht im Wohnzimmer an und sehe Machete, der Beaky von der Ecke aus anschaut. Beaky starrt mit seinen überirdischen Augen zurück und macht dann eine unhöfliche Geste mit seinen Tentakeln.

Die Katze weicht zurück.

Machete rennt nicht weg. Machete wollte sehen, ob der Fisch noch gestört ist, und das ist er. Machete weigert sich, ihn zu essen. Oder ihn anzuschauen. Oder im selben Raum wie er zu sein.

Mit einem Grinsen schütte ich Machete das Futter in seinen Napf.

Ja. Das stimmt, kleiner Mensch. Magnanimous Machete lässt dich einen weiteren Tag mit unverletztem Gesicht aufwachen.

Gerade als ich ins Bett gehen will, bekomme ich eine SMS von Max. Es ist ein Bild der niedlichsten Kreatur, die es gibt, mit einer Bildunterschrift: *Das ist ein bärtiger Kaisertamarin.*

Ist das sein böser Plan, mich dazu zu bringen, beim Anblick dieser Kreaturen Oxytocin zu produzieren, damit ich das gute Gefühl mit ihm assoziiere?

Weil er vielleicht funktioniert.

Das ist ein schicker Name, antworte ich. *Vor allem, wenn man bedenkt, dass das Ding aussieht wie ein Hipster-Affe mit einem ironischen Schnurrbart. Wenn du etwas Niedliches willst, hier.*

Ich recherchiere kurz im Internet und schicke ihm ein Bild von einem Lemuren aus Madagaskar, dem Fingertier.

Max antwortet mit einem Angstschrei-Emoji und:

Wenn Nosferatu ein Affe wäre und spinnenartige Hände hätte, würde er so aussehen.

Im Ernst, ich muss auf meine Oxytocinproduktion achten. Vielleicht sollte ich Atosiban einnehmen, ein Medikament, das diese Produktion hemmt. Normalerweise wird es verwendet, um vorzeitige Wehen zu stoppen, aber das könnte ein Off-Label-Einsatz für Spione sein – ähnlich wie Natriumthiopental, ein Narkosemittel, das manche Spione als Wahrheitsserum verwenden.

Aber nein. Das ist wahrscheinlich zu viel des Guten. Willenskraft muss ausreichen.

Ich schreibe ihm eine SMS. *Ich gehe ins Bett. Bis morgen.*

Er antwortet sofort:

Jetzt stelle ich mir dich im Bett vor. Süße Träume.

Verdammt. Warum stelle *ich* mir jetzt ihn im Bett vor? Oder besser gesagt, uns zusammen?

Dumme russische Verführungsschulen. Sie haben Max ein wenig zu gut vorbereitet.

Mit einem Seufzer schalte ich mein Telefon aus. Ich habe eine wichtige Entscheidung zu treffen.

Masturbieren oder nicht masturbieren – das ist hier die Frage.

Wenn ich masturbiere, könnte ich dabei an Max denken, was schlecht wäre, aber wenn ich nicht masturbiere, werde ich sexuell aufgeladener sein, wenn ich ihn morgen sehe. Auch schlecht.

Ich wette, Hamlet ist die Entscheidung nicht so schwergefallen.

Nein. Ich darf überhaupt nicht an Max denken.

Auch nicht masturbieren. Ihn aus meinen Gedanken zu verbannen, wenn ich masturbiere, wäre ein Kunststück, zu dem ich nicht fähig bin, so wie ich einer erweiterten Verhörtechnik mit Vögeln nicht widerstehen könnte.

So entschlossen klettere ich ins Bett und versuche zu schlafen, was mir aber eine Weile lang nicht gelingt. Schließlich kuschelt sich Machete aber an mich, und sein Schnurren lässt mich einnicken.

KAPITEL
Vierzehn

AM NÄCHSTEN MORGEN betrete ich mein Arbeitsgebäude.

Zu sagen, dass es nicht gemütlich ist, wäre eine Untertreibung. Abgesehen davon, dass es fensterlos ist, ist er düster und kalt, aber hey, er wurde gebaut, um einer Atomexplosion standzuhalten, also kann ich mich mit dieser Tatsache an einem schönen sonnigen Tag aufheitern.

Wie vieles, was mit meinem Job zu tun hat, kann ich nicht mehr über das Gebäude sagen, weil es geheim ist, aber es könnte in der Folge von *Akte X* mit dem Titel *Excelsis Dei* aufgetaucht sein oder auch nicht, sowie in der dritten Staffel von *Mr. Roboter*, wo es ein Lager für die Evil Corp. darstellte.

Ja. Der letzte Satz war subtil.

Als ich an meinen Schreibtisch komme, fragt mich ein Kollege – Name geheim: »Wie war dein Wochenende?«

Der Rest des Austauschs ist nicht geheim, aber so langweilig, dass ich ihn aus dem Protokoll streichen werde.

Wenn ich mich in die **geheime Nachrichtensoftware** einlogge, gibt mir mein Chef – Name geheim – eine Aufgabe, deren Details, man kann es sich denken, geheim sind.

Wie so oft bin ich schneller fertig als mein Chef erwartet. Ich bin gut in meinem Job. Ich bevorzuge einfach den Außeneinsatz gegenüber der Berechnung von Zahlen – oder was auch immer meine hypothetische und hochgradig geheime Arbeit ist.

Ich bitte meinen Chef, mir ein anderes Projekt zu geben, und während ich warte, tue ich etwas, was ich nicht tun sollte: Ich nutze die Arbeitsressourcen – die meisten davon sind geheim – für private Zwecke.

Ich beginne mit den niedrig hängenden Früchten.

Mit Hilfe von **geheim** kann ich überprüfen, dass ein Max Stolyar tatsächlich einen Abschluss an der York University gemacht hat. Als Nächstes schlage ich alles nach, was Max mir sonst noch erzählt hat, zum Beispiel, dass er in Kanada geboren wurde und vier Geschwister hat.

Ja. Stimmt alles. Andererseits habe ich auch nicht erwartet, dass es anders sein würde. Er wäre kein Spion, der sein Geld wert wäre, wenn man solche grundlegenden Informationen nicht überprüfen könnte.

Ich traue mich nicht, tiefer zu graben. Stattdessen wende ich mich an einen Kanada-Experten, dessen Name geheim ist und der mir noch etwas schuldet. Ich schreibe in die Betreffzeile *Persönlicher Gefallen*, um klarzustellen, dass es sich nicht um eine offizielle Angelegenheit der Agentur handelt.

Die Antwort kommt schnell:

Ich habe diese Woche eine Menge zu tun. Entschuldigung. Ich kümmere mich darum, sobald ich Zeit habe.

Schade, aber nicht unerwartet. Für den Moment gibt es etwas anderes, was ich ausprobieren kann. Da ich Max' Nummer kenne, benutze ich **geheim**, um mich in sein Telefon zu hacken.

Es scheitert.

Ich versuche es stattdessen mit **geheim**.

Der gleiche Mangel an Ergebnissen.

Ich bin enttäuscht, aber nicht überrascht. Das ist nur ein weiterer Hinweis darauf, dass er Teil der Geheimdienstgemeinschaft ist. Der Zugang zu unserer Hardware ist nicht so einfach wie zu der einer normalen Privatperson. Wenn er versuchen würde, an mein Telefon zu kommen, würde er auch scheitern. Hoffentlich.

Es gibt natürlich auch andere Methoden, mit denen ich mir den Weg bahnen kann, aber das könnte mich verraten.

Ich sollte besser zu etwas anderem übergehen.

Verstohlen schaue ich mich um, ziehe einen USB-Stick aus dem faradayschen Käfig in meiner Perücke und übertrage die Fotos, die ich dort gespeichert habe, auf meinen Arbeitscomputer.

Sobald ich fertig bin, verstecke ich den USB-Stick

wieder. Das Mitbringen von Aufzeichnungsgeräten jeglicher Art ist ein grober Verstoß gegen das Protokoll, denn so kommt man in eine Snowden-Situation. Ich drücke die Daumen, dass mich beim nächsten Lügendetektor-Interview niemand danach fragt ... Moment, sind *diese* geheim?

Ich verbinde die Gesichter aller Männer aus dem Hot Poker-Spiel, an dem ich teilgenommen habe, mit ihren Namen, und dann tue ich dasselbe für die Frau, mit der Max gesprochen hat.

Mit den Namen bewaffnet, erfahre ich mehr über diese Menschen, angefangen bei der Frau.

Seltsam.

Sie ist eine Führungskraft bei J. P. Morgan. Was hat das Investmentbanking mit Russland zu tun?

Keine Ahnung. Vielleicht ist sie in die Finanzierung des Terrorismus verwickelt, oder vielleicht hat es mit einem Konflikt zu tun, in dem Russland steckt? Haben sie nicht neulich wieder die Ukraine verärgert?

Oder Max könnte die ganze Sache als Trick eingefädelt haben. Vielleicht wusste er, dass ich ihm folgen würde?

Nein. Ich bin paranoid.

Die andere Möglichkeit – dass das Treffen mit ihr persönlich war – ist auch noch im Raum und ich hasse es, wie sehr sie mich stört.

Um mich abzulenken, schaue ich mir die Männer des Hot Poker Clubs an. Immerhin schien einer von ihnen Max' Zielperson zu sein.

Ich beginne mit dem einzigen unattraktiven Spieler und erfahre, dass er Besitzer einer Ölfirma ist.

Könnte Russland an ihm interessiert sein?

Unwahrscheinlich. Sie haben genug eigenes Öl.

Der nächste Typ, der eine Skulptur aus seinen Chips gebaut hat, heißt Bogdan Velik und hat keinen Beruf angegeben. Könnte er ein professioneller Pokerspieler sein? Ich muss meinen FBI-Kontakt anpingen, um zu sehen, ob sie es wissen.

Ein anderer Typ entpuppt sich als Besitzer eines Hedgefonds. Würde Max sich für ihn interessieren? Vielleicht handelt dieser Fonds mit russischen Aktien?

Und dann ist da noch der Immobilienmagnat. War er derjenige, hinter dem Max her war? Vielleicht will Russland in eine erstklassige Immobilie in Manhattan investieren? Aber warum sollte man es heimlich tun?

Hmm. Vielleicht war der nächste Typ das Ziel von Max. Er ist der Geschäftsführer eines Biotech-Unternehmens. Es sieht nicht so aus, als ob das Unternehmen etwas herstellt, was als Waffe verwendet werden kann, aber man weiß nie, was Russland interessant finden könnte. Soweit ich weiß, sind sie auf der Suche nach einem Getränk, das stärker als Wodka ist – oder nach dem ultimativen Mittel gegen Kater.

Die nächste Person, die ich überprüfe, ist Schlampenstapel, dessen richtigen Namen ich mir nicht merken kann, weil er für mich immer Schlampenstapel sein wird.

Interessant. Schlampenstapel ist ein Software-Ingenieur. Nicht gerade ein Job, der gut genug bezahlt wird, um bei diesem Spiel dabei zu sein. Könnte er Max' Ziel sein?

Ich benutze **geheim** und sehe, dass die

Softwarefirma von Schlampenstapel Handelsplattformen herstellt, was für Russland nicht von Interesse sein dürfte.

Ich schicke alle Namen, die ich herausgefunden habe, an meinen FBI-Kontakt – zum Teil, um zu sehen, ob ich mehr erfahren kann, aber auch, um meinen Aktionen mehr Legitimität zu verleihen, falls ich erwischt werde. Die Zusammenarbeit von Agenturen hört sich gut an – eine Mitarbeiterin, die für Privatangelegenheiten herumschnüffelt, nicht so sehr.

Für den nächsten Teil habe ich keine Ausrede, also hoffe ich doppelt, dass ich nicht dabei erwischt werde. Mit **geheim** dringe ich in Bretts Telefon ein und installiere eine Ortungs-App darauf. Jetzt bekomme ich einen Alarm, wenn er sich Olive – oder, genauer gesagt, ihrem Telefon – bis auf fünfzehn Meter nähert.

Zu guter Letzt räche ich mich dafür, dass er Olives Auto zerkratzt hat, indem ich dafür sorge, dass er nächstes Jahr vom Finanzamt überprüft wird.

Mist. Es ist bereits Mittagszeit.

Ich will mich gerade abmelden, als ich eine Nachricht von meinem FBI-Kontakt bekomme.

Es ist eine Info über Bogdan, den Typen, der eine Skulptur aus seinen Chips gebaut hat. Das FBI glaubt, dass er der Organisator des Hot Poker Clubs ist. Außerdem wird mir dringend empfohlen, mich nicht mit ihm anzulegen. Einem Informanten zufolge hat dieser Typ den Ruf, extrem gefährlich zu sein.

Ist er derjenige, dessen Telefon Max abhören wollte?

Nein, das bezweifele ich. Warum sollte die Person,

die den Club leitet, ihr Telefon in einem Schließfach aufbewahren? Es wäre in seinem Büro oder an einem ähnlichen Ort.

Mein Herz setzt einen Schlag aus, als ich an jene Nacht zurückdenke. Wenn dieser Bogdan wirklich gefährlich *ist*, hätte Max verletzt werden können.

Apropos Max, ich komme zu spät zu unserem Mittagessen.

———

Ich eile aus dem Gebäude, springe in ein Taxi und rattere die Adresse herunter, die Max mir geschickt hat.

Das Taxi fährt so langsam, dass ich mir wünsche, ich hätte heute mein Auto genommen. Der Grund, warum ich mich dagegen entschieden habe, ist, dass das Gebäude, in dem ich arbeite, von meiner Wohnung aus zu Fuß zu erreichen ist, und das Parken in Manhattan ein echtes Problem sein kann.

Um die Zeit totzuschlagen, rufe ich Gia per Videocall an.

»Hey, Schwesterherz«, sagt sie.

»Hey. Es tut mir sehr leid.«

Gia räuspert sich. »Was tut dir dieses Mal leid?«

Ist das ein Trick? Wahrscheinlich. Gias ganzes Leben ist das.

»Da waren Vögel in der Lobby.« Ich tue mein Bestes, um so entschuldigend wie möglich zu klingen.

»Du hast die Show verpasst?«

Scheiße. Sie wusste es nicht?

Und warum klingt sie schuldbewusst und nicht sauer? Das muss ein Trick sein.

»Es tut mir leid«, sage ich. »Ich konnte nicht eintreten. Es wäre so, als würdest du in ein Krankenhaus gehen müssen. Wenn du irgendwo anders auftrittst, werde ich da sein, das schwöre ich.«

»Eigentlich sollte es mir leidtun«, sagt Gia. »Wenn ich in die Lobby gehe, denke ich immer daran, wie sehr du es hassen würdest, aber als ich dich eingeladen habe, habe ich das komplett vergessen.«

Ich starre sie mit offenem Mund an. Im Ernst, ist das ein Trick?

»Trotzdem«, sage ich vorsichtig. »Ich hätte es überwinden müssen, für dich.«

Gias Lächeln ist teuflisch. »Ich schätze deine Ehrlichkeit. Zufälligerweise habe ich bald eine Show an einem anderen Ort und könnte Unterstützung gebrauchen. Du kommst doch, oder?«

Ich kann das *oder sonst*, schon fast hören.

»Ich werde da sein«, verspreche ich ihr.

»Gut«, sagt sie. »Und wir sollten uns treffen, damit du den Gefallen einlösen kannst, den du mir schuldest.«

Das habe ich ganz vergessen. Kein Wunder, dass sie so versöhnlich ist. Sie braucht mich immer noch lebendig.

»Wann immer du willst«, sage ich.

»Ich melde mich wegen der Details. Sowohl für die Show als auch für das Treffen.«

»Richtig.« Ich wechsele zu einer Form von

Schweinelatein, die ich entwickelt habe, als wir Kinder waren – meine erste kryptografische Errungenschaft. Die Idee dahinter war, dass wir vor unseren Eltern über Geheimnisse reden konnten, aber es hält auch den Taxifahrer aus der Sache heraus. »Ich habe mich gefragt, wie du zu diesem Veranstaltungsort gekommen bist ... The Palace, meine ich?«

»Warum?«, fragt Gia.

»Der Hot Poker Club ist im selben Hotel.«

Ist das eine schockierte Stille?

»Auf keinen Fall«, sagt sie.

»Auf jeden Fall.«

»Nun, ich habe die Show bekommen, weil das Hotel dem Bruder meines Freundes gehört.«

»Ist der Name des Bruders Bogdan Velik?«, frage ich.

»Nein«, sagt sie. »Sein Name ist Kazimir Cezaroff, kurz Kaz.«

Richtig. Sie erwähnte das, als sie mir von ihrem neuen Freund erzählte. Ich habe mir nur den Namen des Hotels nicht gemerkt.

»Wer ist denn dieser Bogdan?«, frage ich.

»Keine Ahnung. Ich werde mal nachfragen.«

»Danke. Wenn du es herausfindest, sag mir Bescheid.«

Sie sagt, dass sie es tun wird, und ich beende das Gespräch. Als Nächstes rufe ich Clarice an, und wir arrangieren alles, damit sie am Hot Poker Club teilnehmen kann, wann es ihr passt.

»Kann ich es bald tun?«, fragt sie.

»Deine Entscheidung.«

»Ich will dir nicht auf die Füße treten«, sagt sie.

»Ich werde nicht mehr hingehen. Sie gehören alle dir.«

Sie lacht. »Danke.«

Ich warne sie davor, sich mit Bogdan anzulegen, während sie dort ist, und lege auf, als das Taxi an den Bordstein fährt.

Ich starre auf das Schild des Restaurants, das Max ausgesucht hat.

Сало.

Im lateinischen Alphabet geschrieben heißt es *salo*, was ein russisches Wort für ein Gericht ist, das, so wie ich es verstehe, aus reinem Tierfett besteht – wie Speck. Angeblich passt es an einem kalten Tag gut zu Wodka. Wenn du sichergehen willst, dass du an einem Herzinfarkt stirbst, bevor deine Leber versagt, dann ist das das perfekte Gericht.

Ich kann mir den Gedankengang des russischen Erfinders gut vorstellen, als er sich diese Delikatesse ausdachte. Amerikaner essen Speck? Weicheier. Speck hat *etwas* Fleisch dran. Da wir Russen sind, werden wir jedes Fleisch loswerden. Sie braten ihres? Wir essen unsere roh oder hängen es bestenfalls ab.

Bedeutet das, dass dies ein russisches Restaurant ist?

Als ich eintrete, höre ich Stimmen, die sich wie Russisch anhören, und die Gesichter der Kellner haben Max' slawische Züge.

Was zum Teufel …? Hat Max kein Vertrauen in meine Fähigkeiten, seine seifenblasendünne Hülle zu durchschauen? Oder ist das eine seltsame umgekehrte Psychologie?

Vielleicht hofft er, dass ich mich in das Essen verliebe und nach Russland überlaufen möchte?

»Hi«, sagt eine vertraute tiefe Männerstimme hinter mir.

KAPITEL
Fünfzehn

ICH DREHE mich um und keuche fast.

Es ist erst einen Tag her, aber ich habe schon die volle Wirkung von Max' Nähe vergessen.

Ich bin mir nicht sicher, was das russische Essen angeht, aber diese Haare und diese Lippen könnten mich vielleicht dazu bringen, die Seite zu wechseln.

Er kommt näher.

Mein Herzschlag beschleunigt sich.

Werden wir uns gleich wieder küssen? Das wäre nicht gerade förderlich, um bei Verstand zu bleiben, aber ...

Eine Kellnerin tritt zwischen uns, und ihre blinzelnden Augen kleben an Max. Kokett plappert sie etwas auf Russisch vor sich hin, während ich gegen den Drang ankämpfe, sie mit einem Krav-Maga-Tritt in die Leber niederzustrecken.

Zumindest glaube ich, dass sie Russisch spricht. Es klingt ein wenig komisch. Vielleicht spricht sie es nicht fließend?

Max tritt einen Schritt zurück, bevor er um sie herumgeht und meine Hand nimmt. »Jeder Tisch ist in Ordnung«, sagt er auf Englisch, während ein Kribbeln dort meinen Arm hinaufläuft, wo sich unsere Handflächen berühren.

Die Kellnerin blickt auf unsere verbundenen Hände und setzt dann ein falsches Lächeln auf, als sie uns am Fenster platziert. Ohne ein Wort zu sagen, drückt sie mir eine Speisekarte in die Hand und gibt Max die seine auf eine elegantere Art.

»Kennst du sie?«, frage ich, als die Kellnerin geht.

»Nicht mit Namen, aber ich habe sie schon einmal gesehen. Ich kenne jeden hier vom Sehen, da ich sehr häufig hier esse.«

Ein russisches Restaurant, in das er immer wieder kommt.

Es ist, als würde er mich mit seinem Russischsein verhöhnen.

»Arbeitest du in der Nähe?«, frage ich.

Er schüttelt den Kopf. »Ich komme immer hierher, wenn ich Heimweh habe.«

Okay, er versucht nicht nur nicht, es zu verbergen, sondern gibt mir auch noch diese Antwort. Was ist sein Plan? Vielleicht sollte ich ihn jetzt einfach offen fragen, ob er ein russischer Spion ist. Ist es das, was er will?

Ich bin es leid, verwirrt zu sein, und werfe einen Blick auf die Speisekarte. Auf der einen Seite ist sie auf Englisch, auf der anderen auf Russisch.

Borschtsch, salo – natürlich – und *blini*, alles Grundnahrungsmittel der russischen Küche.

Aber Moment einmal. Ist das eigentlich Russisch auf

der Speisekarte? Einige Gerichte haben ein kleines *i* in ihrem Namen. Das ist kein Buchstabe, der im russischen Alphabet vorkommt. Und sind Kartoffelpuffer ein russisches Gericht?

»Soll ich etwas für dich bestellen?«, fragt Max, der meinen Gesichtsausdruck wahrscheinlich missverstanden hat.

»Was ist das für eine Küche?«, frage ich.

Er zeigt mir sein Grübchen. »Ukrainisch. Hast du das schon mal gegessen?«

Ukrainisch?

Russland und die Ukraine stehen nicht gerade auf gutem Fuß. Ist das der subtile Zug, den er spielt?

Ich beschließe, es einfach zu tun. »Warum bekommst du bei ukrainischem Essen Heimweh?«

Wenn er mir erzählt, dass *borschtsch* die Poutine als traditionelles kanadisches Gericht abgelöst hat, beschuldige ich ihn schlichtweg, ein Spion zu sein.

Er legt seine Speisekarte weg. »Ich bin ein ukrainischer Kanadier.«

»Häh?«, ist meine geniale Antwort.

»Meine Eltern sind aus der Ukraine nach Kanada eingewandert. Damals war sie noch Teil der UdSSR.«

»Oh.« Ich habe gerade eine Glückssträhne, was geistreiche Schlagfertigkeit betrifft.

»Die Ukrainer sind die siebtgrößte ethnische Gruppe Kanadas. Es gibt mehr als eine Million von uns.«

Wie kommt es, dass ich das noch nie gehört habe? Es muss aber die Wahrheit sein. Sonst würde er nicht eine so leicht nachprüfbare Aussage machen.

Ich nehme alle meine frühere Kritik an seiner Tarnung zurück. Es stellt sich heraus, dass sie teuflisch clever ist. Mit dieser einen Wendung hat er eine Erklärung für seine slawischen Gesichtszüge, seine Fähigkeit, weiche Konsonanten auszusprechen, und seinen Heißhunger auf *borschtsch*.

»Im Ernst?«, ist meine neueste Perle der Unterhaltung.

»Ja. Wir haben viele Parallelen zu den italienischen Amerikanern«, sagt er. »Wusstest du, dass sie in den USA auch an siebter Stelle stehen?«

Ich schüttele den Kopf.

»Es stimmt. Und wie sie halten wir die Traditionen unserer Heimat aufrecht, vor allem, wenn es ums Essen geht.« Er hebt die Speisekarte hoch. »Als du gesagt hast, wir könnten überall essen, habe ich mich für diesen Ort entschieden. Ist das in Ordnung?«

»Natürlich«, sage ich und bin froh, dass ich endlich wieder bei Verstand bin. »Ich probiere gerne neue Dinge aus.«

Er wirft mir einen hitzigen Blick zu. »Das ist gut. Ich finde, du solltest Ukrainisch ausprobieren.«

Schlucken. Warum stelle ich mir etwas anderes als Essen in meinem Mund vor? Etwas mit dem edlen Namen eines Gladiators.

Ich räuspere meine seltsam trockene Kehle. »Um auf dein Angebot von vorhin zurückzukommen: Bestell bitte etwas für mich, von dem du glaubst, dass ich es mögen könnte.«

»Gute Wahl, *sonechko*«, murmelt er.

Ich drehe meine Speisekarte um. »Was bedeutet *sonechko*?«

»Es ist ukrainisch. Es bedeutet Sonne.«

Widerstehen. In Ohnmacht fallen. Überlastung.

Die Kellnerin kommt zurück.

Max unterhält sich angeregt mit ihr auf Ukrainisch, wie ich jetzt weiß. Gelegentlich kann ich ein oder zwei Wörter ausmachen, wie *borschtsch*, *salo* und *holodets*.

Während sie reden, überlege ich, ob er vielleicht ein ukrainischer Spion ist und kein russischer. Ihr Geheimdienst heißt SBU und hat eine bewegte Vergangenheit, wenn es um Russland geht. Als eine ursprüngliche Abteilung des KGB wurde der SBU nach der Unabhängigkeit der Ukraine stark von russischen Spionen unterwandert. Das bedeutet, dass, selbst wenn er ein ukrainischer Spion *ist*, er auch ein russischer Doppelagent sein könnte. Oder auch nicht. Vor ein paar Jahren haben sie aufgeräumt und behaupten nun, viel strengere Protokolle zu haben, um eine Unterwanderung zu verhindern, was so weit geht, dass sie regelmäßig Loyalitätstests durch Verhöre und Lügendetektortests durchführen.

So oder so, ein ausländischer Spion ist ein ausländischer Spion.

Die Kellnerin geht, und ich beschließe, mein Gegenüber subtil nach Spionagewissen zu fragen.

»Welche Art von Filmen magst du?«, frage ich.

Bevor er antworten kann, kommt die Kellnerin zurück und stellt zwei Schüsseln mit dunkelroter Suppe vor uns hin.

Borschtsch. Natürlich.

»Ich habe kein bestimmtes Genre, das ich bevorzuge«, sagt er. »Aber in all meinen Lieblingsfilmen kommen Tiere vor. Falls du es noch nicht bemerkt hast, ich mag Tiere sehr.«

Gibt es einen Zusammenhang zwischen der Vorliebe für Tiere und der Tatsache, dass du ein Tier im Bett bist?

Ich frage für eine Freundin.

»Du hast es nicht besonders gut versteckt«, sage ich. »Welcher ist dein Lieblingsfilm? *Das Dschungelbuch*? *Der König der Löwen*?«

Er taucht einen Holzlöffel in seinen *borschtsch*. »Du wirst dich über mich lustig machen, aber mein Lieblingsfilm heißt *Max*. Es geht um einen Kriegshund.«

Ist das ein Anhaltspunkt? Würde sich ein Spion in einem gestressten Kriegshund wiedererkennen?

»Ich, mich über dich lustig machen? Das würde ich nie tun.« Ich fächele mir Luft zu. »Nur weil das super narzisstisch klingt, heißt das nicht, dass es lustig ist. Oder?«

Zu seiner Verteidigung: Wenn es einen Spionagefilm mit einem Hauptdarsteller namens Blue gäbe, wäre das auch mein Favorit.

Er grinst und führt einen Löffel der Suppe zum Mund. »Was ist mit dir? Welche Art von Filmen magst du?«

Jackpot. »Spionagefilme«, sage ich und beobachte seine Reaktion.

Er zuckt nicht zusammen. Stattdessen schluckt er den *borschtsch* und schließt genüsslich die Augen.

Gut. Dieses Spiel kann man auch zu zweit spielen.

Ich nehme einen Löffel *borschtsch* zu mir und spucke ihn sofort wieder aus.

borschtsch besteht eigentlich aus Rüben, Kartoffeln, Kohl und so weiter, aber die wichtigste und vielleicht einzige Zutat in diesem *borschtsch* ist Knoblauch.

Genug Knoblauch, um alle Vampire in Transsylvanien und Sunnydale auf einmal zu töten.

»Was ist los?«, fragt Max.

»Zu wenig *borschtsch* in meinem Knoblauch«, krächze ich heraus.

Er runzelt die Stirn. »In meinem ist fast kein Knoblauch.«

Ist er wahnsinnig?

Er probiert meine Suppe, und sein Stirnrunzeln vertieft sich.

Er winkt der Kellnerin zu und redet streng mit ihr. Sie schaut ihn unschuldig an, als sie ihm antwortet, aber als sie einen Blick auf mich wirft, bin ich mir sicher, dass sie diejenige war, die den ganzen Knoblauch in meinen *borschtsch* geworfen hat.

Nachdem sie sich meine Schüssel geschnappt hat und geht, sage ich: »Vielleicht rufen wir eine andere Kellnerin. Ich glaube, sie mag dich zu sehr, als dass sie nicht Rattengift in meine nächste Portion mischen würde, zusammen mit etwas Spucke.«

Er stellt seinen *borschtsch* vor mich hin. »Ich habe eine bessere Idee.«

Er winkt der Kellnerin zu, während ich die Suppe probiere.

Wow. Die herzhafte Köstlichkeit lässt mich fast laut aufstöhnen.

Was haben sie mit diesen Rüben gemacht? Sie massiert und ihnen Bier gegeben, wie es die Japaner mit Kobe-Rindern tun?

Die Kellnerin kommt herüber und schaut besorgt auf den Tellertausch.

»Bevor Sie das nächste Gericht bringen, wollte ich Sie daran erinnern, dass ich gut mit dem Besitzer befreundet bin«, sagt Max zu ihr auf Englisch. »Außerdem werden wir ab jetzt alles teilen.«

Sie erblasst. Ich schätze, sie will diesen Job behalten.

Ich bin mir jetzt sicher, dass der Knoblauch von ihr stammt und nicht von einem Missgeschick in der Küche. Wollte sie unseren Kuss nach dem Essen sabotieren? Ich habe schon von Frauen gehört, die ihre Männer mit Knoblauch füttern, um sicherzugehen, dass sie nicht fremdgehen, aber dies einer Rivalin anzutun ist eine neue Ebene der Hinterhältigkeit.

Verdammt. Wie soll ich ihn jetzt küssen?

Ich beschließe, dass ich mich revanchieren muss.

»Danke.« Ich schiebe Max' Suppe auf seine Seite. »Warum teilen wir sie nicht, wie du gesagt hast?«

Er grinst und nimmt seinen Löffel in die Hand.

Ich krame mein Handy unter der bodenlangen Tischdecke hervor.

Die Apps, die ich jetzt gleich benutzen werde, sind nicht geheim, weil ich sie selbst entwickelt habe. Wahrscheinlich sind sie aber illegal, also je weniger über sie gesagt wird, desto besser.

Zuerst gehe ich in das lokale WLAN für Gäste und von dort in das private Netzwerk des Restaurants.

Leute wie ich sind der Grund dafür, dass die Nutzung von öffentlichem WLAN nicht sicher ist.

Nur wenige Geräte sind an dieses Netzwerk angeschlossen, und noch weniger davon sind Telefone. Ich gehe zum ersten Telefon – nein, der Name eines Mannes. Ich wechsele zu einem anderen. Weiblich. Gut. Und hat Social-Media-Apps installiert. Noch besser.

Ich lasse zuerst die Twitter-App laufen.

Ja. Das Profilbild ist das der Kellnerin. Ich bin wie beabsichtigt in ihrem Telefon.

Mysteriöserweise ist ihr nächster Tweet der folgende, auf Englisch und dann von Google ins Ukrainische übersetzt:

Ich habe mir gerade wieder in die Hose gemacht!

Diese sehr informative Information wird auch auf ihrem Facebook-Profil aktualisiert.

»Du bist dran.« Max schiebt die Suppe zurück.

Ich verstecke mein Handy und nehme noch einen Löffel.

So gut.

Ich schiebe sie zu ihm zurück. »Gibt es einen Unterschied zwischen dem russischen und dem ukrainischen *borschtsch*-Rezept?«

»Ich würde sagen, jedes Familienrezept ist ein wenig anders.« Er nimmt genüsslich einen weiteren Löffel voll. »Der Grund, warum ich diesen Ort mag, ist, dass das Rezept dem meiner Mutter so ähnlich ist. Ihre ist nur ein kleines bisschen dicker.«

Wie groß ist die Chance, dass seine Mutter das Rezept in digitaler Form gespeichert hat und ich es stehlen kann? Dann könnte ich das für ihn machen. Die

Verführung durch den Magen ist etwas, was ich bei den Femmes fatales im Film noch nicht gesehen habe, aber warum nicht?

Die Kellnerin ist zurück. Sie bringt noch einen *borschtsch*. Mit einem verwirrten Blick stellt sie ihn in die Mitte des Tisches.

Max nimmt ihn sich als Erster und probiert ihn demonstrativ.

»Danke«, sagt er und schaut auf.

Als sie wegzugehen beginnt, holt sie ihr Handy heraus, und ihre Augen weiten sich.

Ich öffne eine Übersetzungs-App auf meinem Handy und gebe ein: »Wie du kann Karma eine echte Schlampe sein.« Dann lasse ich die App das laut auf Ukrainisch sagen.

Sie dreht sich in meine Richtung, und ihre Augen werden noch größer.

»Ups«, sage ich. »Diese Übersetzungs-App ist eindeutig inkompetent. Ich wollte, dass sie sagt: ›Danke, dass Sie so zuvorkommend sind‹.«

Verärgert macht sie auf dem Absatz kehrt und stürmt davon.

»Was sollte das denn?«, fragt Max.

Ich zucke mit den Schultern. »Jemand scheint mehr in dich verknallt zu sein, als wir anfangs dachten.«

Er schiebt den neuen *borschtsch* in meine Richtung. »Es ist mir egal, was sie denkt.«

Hervorragende Antwort. Er darf weiterleben.

»Worüber haben wir vorhin gesprochen?«, frage ich und bin neugierig, ob er dem Thema Spionagefilme ausweichen wird, denn das liegt auf der Hand.

»Du hast gesagt, du magst Spionagefilme«, sagt er. »Hast du einen Favoriten?«

Sehr direkt.

Ich erzähle ihm von den Serien und Filmen, die ich liebe, vielleicht ein wenig zu leidenschaftlich.

Ein männlicher Kellner kommt mit zwei Tellern. »Da es hier einen englischsprachigen Gast gibt, wurde ich gebeten, den Tisch zu übernehmen.«

Sicher. Das ist der Grund. Nicht, weil die Kellnerin sich dank meiner Wenigkeit vor Angst in die Hose macht – schon wieder?

Als der Typ geht, schaue ich mir die neue Vorspeise an. Sie sieht aus wie Pfannkuchen. Das müssen die aus Kartoffeln sein, die ich auf der Speisekarte gesehen habe. Ich probiere einen.

Lecker.

»Was ist das realistischste Element, das du je in einem Spionagefilm gesehen hast?«, fragt Max. »Natürlich ohne etwas Geheimes zu verraten.«

Ich kaue nachdenklich auf meinem Pfannkuchen, bevor ich sage: »Zahlensender.«

Ich beobachte wieder seine Reaktion, aber sein Pokerface macht es unmöglich, mir auf diese Weise einen Vorteil zu verschaffen.

»Zahlensender«, wiederholt er.

»Ja. Weißt du, was das ist?«

Wie mutig ist er?

»Sind das nicht Radiosender, die einen Haufen Nummern senden?«, fragt er. »Für Geheimdienstler, die in fremden Ländern operieren, richtig?«

Ich nicke. In der Tat mutig. Das ist genau das, was

sie sind – und die Tatsache, dass er das weiß, bedeutet, dass er einen benutzt ... es sei denn, er benutzt keinen und es ist ein Ablenkungsmanöver für mich. Bei Spionen muss man auf Verschwörungen innerhalb von Verschwörungen achten.

Der Kellner kommt mit etwas Neuem zurück, einem panierten runden Etwas, das wie gebraten aussieht.

»Was ist das?«, frage ich, als er geht.

»Ich bin mir nicht sicher, ob man das am besten mit einem Burger oder einer Frikadelle vergleichen kann«, sagt Max. »Es ist aus Hähnchenfleisch und wird nach Kiewer Art zubereitet, das heißt, es hat geschmolzene Butter in der Mitte.«

Ich ziehe mich vom Tisch zurück. »Hast du Huhn gesagt?«

Er schaut sich das Ding an und zuckt zusammen. »Ich fürchte ja. Ich wusste nicht, dass sich deine Abneigung gegen Vögel auch auf kulinarische Vorlieben erstreckt. Ich dachte, du würdest sie aus Rache gerne essen.«

Ich schüttele vehement den Kopf. »Denk an Vogelspinnen. Fliegende, die dir die Augen aushacken können. Würdest du eine Vogelspinne essen?«

»Sag nichts weiter.« Er ruft den Kellner herbei, und das Gericht wird weggebracht.

»Oh, ich wollte nicht, dass *du* es nicht isst«, sage ich.

Sein Grübchen zeigt sich. »Ich will nicht, dass du dich später vor mir ekelst.«

Scheiße. Er macht kein Geheimnis aus seinem Plan, mich zu küssen. Die beste Ablenkung von einem gekochten Vogel aller Zeiten.

Ich befeuchte meine Lippen. »Wenn sich jemand ekeln wird, dann du. Erinnerst du dich an den ganzen Knoblauch?«

Er schaut hungrig auf meine Lippen. »Das ist mir egal.«

Die Rechnung, bitte.

Der Kellner kommt zurück und stellt einen Teller mit Brot und einem Stück Speck darauf hin – *salo*. Er stellt auch zwei Schnapsgläser bereit, die er mit einer klaren Flüssigkeit füllt, die wie Wodka aussieht.

»Das ist *horilka*«, sagt Max. »Ist es okay für dich, beim Mittagessen etwas zu trinken?«

Ich nicke.

Er schneidet ein Stück *salo* ab, gibt es auf ein Stück Brot und legt es auf meinem Teller ab. Dann tut er das Gleiche für sich und hebt das Glas. »Vorsicht, hier sind Chilischoten drin.«

Ich erhebe mein Glas. »Ich bin sicher, dass ich damit umgehen kann.«

»*Budmo!*« Er kippt das Getränk hinunter.

»Prost.« Ich schlucke meines.

Heiliger Strohsack. Wenn er mich nicht vor den Chilischoten gewarnt hätte, würde ich denken, dass die böse Kellnerin wieder am Werk war.

Warum nimmst du Wodka, ein Getränk, das bereits brennt, und fügst ihm Capsaicin hinzu? Sind Ukrainer Masochisten? Versuchen sie, das Gefühl von Herpes zu erzeugen, aber ganzkörperlich?

Max beißt in sein *salo*-Sandwich, also tue ich dasselbe.

Das hilft.

Ein wenig.

Ich glaube, ich verstehe jetzt die Idee hinter *horilka*. Wenn du ein Stück Speck verdauen willst, musst du zuerst deine Geschmacksknospen ausbrennen.

Max bedeckt meine Hand mit seiner großen. »Was denkst du?«

Seine Berührung passt zu dem Brennen in meinem Bauch, und die Wärme des Alkohols breitet sich in jeder Zelle aus und setzt sich in meinem Inneren fest – und ich bin mir nicht sicher, ob das Max' Einfluss oder die *horilka ist.*

Wie stark ist dieses Getränk? vierzigprozentig? Ich spüre sofort einen Rausch.

»Ich komme auf den Geschmack von Ukrainisch.« Meine Stimme ist heiser, und das nicht nur wegen der *horilka.*

Der Kellner kommt mit einem weiteren Gericht zurück.

Max zieht seine Hand weg. Ich vermisse sie sofort.

Das neue Gericht sind gefüllte Kohlrouladen, *golubtsi,* und ich entdecke, dass ich ein großer Fan davon bin, vor allem, wenn ich wie empfohlen einen Klecks saure Sahne dazugebe.

»Hast du Haustiere?«, frage ich, als ich mich von einem weiteren Mundgasmus erholt habe.

»Leider nein.«

Er mag also Tiere, hat aber keine Haustiere? Ich denke, es ist schwer, sie mit dem vollen Terminkalender eines Spions zu halten. Oder er versucht, nicht zu viele Dinge zu haben, an denen er hängt.

»Was ist mit dir?«, fragt Max.

»Ich habe einen Kater.« Ich hole mein Handy heraus und rufe ein Bild von Machete auf.

Er grinst. »Sehr süß.«

Ich bin froh, dass Machete nicht hier ist, um ihm für so eine Beleidigung das Gesicht zu zerkratzen. »Angsteinflößend, meinst du.«

»Natürlich.« Er lächelt.

Ich grinse. »Ich habe auch einen echten Kraken bei mir zu Hause. Erinnerst du dich an das Bild?«

»Ernsthaft?«

»Ja.« Ich rufe das Bild noch einmal auf und zeige es ihm. »Sein Name ist Beaky.«

Er schüttelt den Kopf. »Jetzt möchte ich unbedingt zu dir kommen und ihn sehen. Und deinen Kater.«

Sicher. Besuche mich, um meinen Kater zu sehen ... nicht meine Muschi.

Ich räuspere mich. »Beaky ist das Haustier meiner Schwester. Sie wohnt im Moment bei mir.« Das heißt, wenn es zu einem Techtelmechtel kommen sollte, ist es bei dir besser aufgehoben.

Sein Blick ist erhitzt. Er hat mich durchschaut. Ich wette, er wird gleich ...

Der Kellner kommt zurück.

Nein. Max war gerade dabei, sich einen Grund einfallen zu lassen, warum ich ihn besuchen sollte. Da bin ich mir sicher.

Ein Teller wird auf den Tisch gestellt.

Ich blinzele ihn an. Und blinzele noch mehr.

Es ist Wackelpudding, aber anders als alle anderen, die ich je gesehen habe, und ich dachte, ich hätte alle

Farben und Geschmacksrichtungen, mit und ohne Früchte probiert. Sogar Jell-O-Shots.

In diesem hier ist Fleisch drin. Und Karotten und Sellerie – die Dinge eben, die jeder mit Götterspeise verbindet.

Der Kellner stellt auch eine Beilage aus einer rötlich-violetten Paste auf den Tisch. Eindeutig etwas mit Rüben. Und warum auch nicht?

Max zeigt auf den Fleischwackelpudding. »Das ist *holodets*.« Dann deutet er auf den Kleister. »Und das ist *hren*, ein Meerrettich, der hervorragend dazu passt.«

Ich behalte meine Zweifel für mich. Ich hoffe, dass er, wenn ich das esse, wieder auf das Thema zurückkommt, mich zu sich nach Hause einzuladen.

»Wollen wir noch einen Wodka trinken?«, frage ich.

Ich brauche flüssigen Mut, um diesen *holodets* zu essen.

Er schaut auf seine Uhr. »Ich habe bald ein Treffen, aber ein weiterer Schnaps sollte in Ordnung sein.« Er deutet auf den Kellner und sagt auf Ukrainisch etwas über *horilka*.

Ehe ich mich versehe, stehen zwei weitere Gläser vor uns.

»Ich mache das.« Max legt mir die Götterspeise auf den Teller und gibt noch etwas Meerrettich dazu.

Er macht mir das? Ich weiß, dass er von der Ritterlichkeit bei Tisch spricht, für die die Russen – und ich schätze, auch Ukrainer – bekannt sind, aber ich kann nicht umhin, an die schmutzige Version zu denken.

»*Budmo.*« Ich schnappe mir meinen Wodka und schütte ihn in einem Zug hinunter.

»*Hey*.« Er kippt seinen herunter.

Obwohl ich es erwarte, fühle ich mich immer noch, als hätte mich gerade ein Drache Mund zu Mund beatmet.

Er isst ein Stück *holodets*, das mit Meerrettich bedeckt ist, und ich folge seinem Beispiel.

Ach du grüne Neune. Die Paste ist so stark wie Wasabi und verdreifacht das Brennen.

In meiner Verzweiflung esse ich ein Stück Fleischwackelpudding pur.

Uff. Ich glaube, ich kann wieder atmen.

Das Gericht ist nicht so schlecht, wie ich erwartet hatte. Erinnert mich an Suppe. Eine kalte, sehr dicke Suppe mit einer gallertartigen Textur, die schmilzt, wenn man sie in den Mund nimmt. Außerdem ist sie sehr knoblauchhaltig, also haben wir jetzt beide Knoblauchatem.

Warum macht mich selbst das nicht weniger geil? Wenn überhaupt, dann werde ich von Sekunde zu Sekunde geiler. Letzte Nacht nicht zu masturbieren war ein taktischer Fehler, vor dem einen jedes Femme-fatale-Regelwerk warnt.

»Magst du die ukrainische Küche?«, fragt Max.

So. Ich wette, wenn ich Ja sage, lädt er mich zum Abendessen ein und bietet mir an, *mich mit mehr ukrainischen Delikatessen zu füllen.*

»Ich liebe sie.« Meine Worte kommen heiser heraus, ein totaler Femme-fatale-Zug.

»Ich bin erleichtert«, sagt er. »Ich war besorgt, dass die Sache mit dem Huhn es ruiniert hat.«

Grr.

Wo ist meine Einladung?

Vielleicht ist es an der Zeit, die Dinge selbst in die Hand zu nehmen und den Femme-fatale-Modus zu aktivieren. Oder besser gesagt, angesichts der Idee, die ich habe, die Sache selbst in die Hand zu nehmen.

Ich schiebe meinen Hintern an den Rand meines Sitzes und ziehe mir die Schuhe aus.

Mein Herz schlägt schneller.

Bin ich mutig genug, das zu tun?

Angetrunken genug?

Es ist mir egal. Ich mach es jetzt einfach. Mit dem dicken Tischtuch wird es niemandem auffallen, und Max wird sich endlich fügen.

Behutsam, aber entschlossen, schiebe ich vorsichtig meinem linken Fuß zu seiner Wade und führe ihn seinen Oberschenkel hinauf, bevor ich ihn auf seinen Schritt lege. Schüchterne Füßchen sind etwas für Jungfrauen, Nonnen und IRA-Agenten. Eine Femme fatale, eine CIA-Agentin, lässt sich nicht lumpen.

Sie geht direkt zum Schwanz.

KAPITEL
Sechzehn

Ich bewege meinen Fuß, bis ich sie spüre.

Härte.

Große Härte.

Wow. Entweder ist Maximus so groß, wie der Name vermuten lässt, oder mein Fuß kann die Größe nicht gut abschätzen.

Max' Augen weiten sich.

Bingo.

Ich streichele Maximus auf und ab.

Max' Augen verfinstern sich, und er streckt seine Hand aus, um sie auf meine zu legen.

Geht doch.

Ich wackele mit den Zehen.

Sein Atem stockt hörbar. Er beugt sich vor und sagt heiser: »Berühre dich selbst.«

So herrisch.

Ich liebe es.

Ich betrachte meine Umgebung. Niemand scheint uns Aufmerksamkeit zu schenken.

Ich gleite noch ein Stück weiter nach unten, schiebe meine rechte Hand in mein durchnässtes Höschen und nicke Max zu, um ihm zu zeigen, dass ich seinem Befehl gehorche.

Seine Augen werden bestialisch.

Mein linker Fuß tanzt auf seinem Schwanz.

Seine Nasenlöcher blähen sich auf, und Maximus fühlt sich an, als sei er kurz davor, sich aus Max' Hose zu befreien.

Mein Kitzler ist überempfindlich, und meine Falten glitschig. Ich bewege meine Finger schneller, während sich ein Orgasmus in meinem Inneren aufbaut. Ich gleite noch tiefer und ziehe meine Hand unter seiner weg, damit ich mich an der Ecke des Tisches festhalten kann. Dann greife ich mit meinem anderen Fuß nach oben und packe Maximus auf beiden Seiten, wie ein Affe.

Max saugt die Luft ein und lehnt sich wieder nach vorne. Seine Stimme ist ein leises, tiefes Knurren. »Kommst du für mich, *sonechko*?«

Ich nicke und meine es ernst.

Ich bin nah dran.

So nah.

Ich beschleunige und drücke auf die Tischkante, bis meine Knöchel weiß werden.

Er stöhnt anerkennend.

Bedeutet das, dass er auch nah dran ist?

Ich rutsche noch ein wenig weiter hinunter, damit ich Maximus anfassen kann.

Ein starker Knoblauchgeruch steigt mir in die Nase, als ein Kellner mit einem Teller an unserem Tisch vorbeigeht.

Als ich sehe, was daraufliegt, gefriert mein Blut.

Es ist ein kleiner Vogel, den jemand aus einem unvorstellbaren Grund gekreuzigt hat. Zumindest sieht es so aus.

Der unheimliche Anblick unterbricht meine Konzentration – und mein Hintern rutscht von der Kante des Stuhls.

Alles passiert auf einmal.

Ich versuche, meine Hand aus meinem Höschen zu ziehen, aber ich habe kein Glück.

Ich fuchtele mit meinem freien Arm herum, aber erwische die Tischkante nicht mehr rechtzeitig.

Ich schreie auf und lande unsanft auf meinem Hintern, während einer meiner Füße Max' Eier zerquetscht und der andere ihm in den Schwanz tritt.

KAPITEL
Siebzehn

MAX' GESICHT VERFÄRBT sich so grün wie seine Augen, und ein schmerzhaftes Grunzen entweicht ihm.

Oh mein Gott! Habe ich ihm den Schwanz gebrochen?

Meine Ohren klingeln, und mein Steißbein fühlt sich an, als hätte es eine *horilka*-Spritze bekommen.

Bevor mich jemand wegen Masturbation in der Öffentlichkeit verhaften kann, ziehe ich endlich meine Hand aus dem Höschen. Während ich mich mit der sauberen Hand an der Tischkante festhalte, stütze ich mich mit der anderen Hand auf dem Boden ab und schiebe mich halb hoch, nur um dann fast wieder zu fallen, weil die Hand am Boden glitschig ist – nicht grundlos.

Das ist der Moment, in dem mich starke Hände auffangen.

Der Kellner?

Nein. Es ist Max.

Wie kann er sich bewegen, nach dem, was ich gerade mit ihm gemacht habe?

Beim Krav Maga lernen wir, wie wir einen Angreifer so brutal wie möglich vernichten können, und der Eckpfeiler dafür ist der Leistentritt, den ich ihm im Wesentlichen gerade verpasst habe.

Trotzdem hilft er mir auf.

Das muss ein weiterer Hinweis auf seine Spionagewurzeln sein. In *Casino Royale* werden James Bonds Eier brutal gefoltert. Hat diese Szene jemanden auf die Idee gebracht, seine Agenten so zu trainieren, dass sie das aushalten?

Hoffentlich nicht. Hoffentlich habe ich Max' Eier oder seinen Schwanz nicht verletzt. Ich habe immer noch große Pläne, die sie beinhalten.

»Geht es dir gut?«, murmelt er und setzt mich auf meinen Stuhl.

»Mir?« Ich springe auf die Füße. »Geht es dir gut?«

Er blickt nach unten. Seine Stimme ist ein wenig heiser, aber sein Gesicht ist weniger grün. »Ich komme schon klar.«

»Alles in Ordnung hier?«, fragt der Kellner.

Ich drehe mich um. Er hält immer noch die gekreuzigte Gräueltat auf dem Teller.

»Was ist das?«, frage ich entsetzt.

»Auf Englisch würde man es *chick tobacco* nennen«, sagt der Kellner. »Wir pressen das Hähnchen wie ein Panino und braten es mit Knoblauch und Gewürzen.«

Dieses Chick könnte eine Zigarette gebrauchen, nachdem sie das gesehen hat, das ist sicher.

»Können wir bitte die Rechnung bekommen?«, sage ich und wende meine Augen ab.

»Was ist mit dem Nachtisch?«, fragt der Kellner.

Kopfschüttelnd schiebe ich meine Füße in die Schuhe.

»Das nächste Mal.« Max wirft etwas Geld auf den Tisch und hilft mir aus dem Restaurant.

Mist. Ihm geht es nicht gut. Er geht, als hätte ich seine Walnuss ein wenig zu enthusiastisch verwöhnt. Wenn ich eine Femme-fatale-Lizenz hätte, wäre sie nach diesem sogenannten Verführungsversuch offiziell null und nichtig.

»Im Ernst, geht es dir gut?«, fragt Max.

»Im Ernst, geht es *dir* gut?«

»Mir geht es gut.« Er wackelt von einem Fuß auf den anderen. »Ich glaube, ich sollte jetzt zu meinem Termin gehen. Vielleicht holst du dir unterwegs etwas Eis.«

»Es tut mir leid.« Ich widerstehe dem Drang, zu sagen, dass ich bereit bin, ihn dort zu küssen, bis er sich besser fühlt.

»Das muss dir nicht leidtun.« Er küsst mich auf die Stirn. »Ich gehe jetzt besser.«

Und einfach so ist er verschwunden.

KAPITEL
Achtzehn

Ein verdammter Kuss auf die Stirn? Nachdem meine Füße eine BDSM-Orgie mit seinem Schwanz und seinen Eiern hatten?

Es sei denn ... vielleicht vermeidet er einen leidenschaftlichen Kuss, weil ihn das stark erregen könnte – wie es nur bei einem Kuss mit mir möglich wäre – und somit sein lädiertes Gemächt schmerzen würde?

Das sollte besser der Grund dafür sein. Ich möchte nicht denken, dass ich es versaut habe. Oder *es verblaut* habe, wie meine Geschwister mich aufziehen würden.

Egal, ob er die Nase voll von mir hat oder nicht, ich muss noch spionieren. Mit wem auch immer er sich trifft, ich muss ihm folgen und sehen, ob ich etwas Neues erfahren kann.

Das wird mir klar, als er in ein Taxi einsteigt.

Ich laufe los, suche mir ebenfalls ein Taxi und finde problemlos ein leeres, das sofort anhält. Großartig. Das ist meine Chance, etwas zu tun, was ich schon immer in

Filmen gesehen habe. Ich nehme einen Hundertdollarschein heraus und werfe ihn dem Fahrer zu. »Folgen Sie dem Taxi.«

Der Fahrer sieht mich an, als wäre ich verrückt – und in New York haben diese Typen eine hohe Toleranz für Verrücktheiten. Zum Glück siegt die Gier, und er gehorcht.

Die gute Nachricht ist, dass wir in die Innenstadt fahren, in Richtung meines Arbeitsgebäudes, so dass meine Mittagspause nicht zwei Stunden lang sein wird.

Während sich das Taxi durch den Verkehr schlängelt, wende ich meine Jacke. Sie ist außen rot und innen gelb. Dann nehme ich, wie beim letzten Mal, meine Perücke ab und verändere mein Make-up.

So. Ein völlig anderer Mensch.

Als Max' Taxi anhält, lasse ich meins ein Stück um den Block fahren, um sicherzugehen, dass ich nicht gesehen werde. Dann gebe ich ein großzügiges Trinkgeld und steige aus.

Max scheint wieder normaler gehen zu können, während er den Block hinunterläuft. Gut. Je weniger seine Eier wehtun, desto geringer ist die Wahrscheinlichkeit, dass er nicht mehr mit mir spricht.

Ich nutze andere Fußgänger als Deckung und folge ihm einen halben Häuserblock lang.

Er geht neben einer neu aussehenden blauen Ladenfront um die Ecke.

Das ist seltsam. Warum soll das Taxi ihn so weit vom Treffpunkt entfernt absetzen? Ist er so paranoid, oder könnte das eine Falle für mich sein?

Ich stelle mir vor, wie ich um die Ecke biege und von ihm zur Rede gestellt werde.

Nein. Darauf falle ich nicht herein. Ich lehne mich mit der Brust gegen die Wand und schaue mit einem Auge um die Ecke.

Aha.

Max setzt sich in ein Café.

Moment einmal. Was ist das für ein klebriger Scheiß auf meinen Brüsten? Rieche ich Farbe?

Ich ziehe mich von der Wand zurück und schaue nach unten.

Ja. Ich bin ganz blau – von allen verdammten ironischen Farben.

Ich seufze. Meine Tarnfähigkeiten sind heute so gut wie der sprichwörtliche Elefant im Porzellanladen.

Wie auch immer. Ich muss wissen, was Max vorhat.

Ich nehme mein Handy heraus, schalte es in den Kameramodus und halte es so, dass ich um die Ecke sehen kann, ohne mich zu verstecken. Das ist das Manöver, das ich von vornherein hätte machen sollen.

Bumm. Erwischt.

Max macht genau dasselbe wie mit der Frau von J. P. Morgan. Nur ist es dieses Mal ein Mann, mit dem er Rücken an Rücken spricht.

Das ist eine angenehme Abwechslung. Ich hoffe, das bedeutet, dass die Frau das letzte Mal geschäftlich da war, und nicht, dass Max bi ist und so mit all seinen Geliebten spricht.

Worüber reden sie? Schade, dass ich es nicht geschafft habe, Max' Telefon in ein Abhörgerät zu verwandeln.

Als sie ihr Gespräch beendet haben, geht Max in meine Richtung.

Scheiße. Mit der Farbe, die meinen Namen trägt, bin ich extrem auffällig. Bevor er mich auch nur erspähen kann, jogge ich durch das Gedränge der Fußgänger davon.

Als ich weit genug weg bin, verschnaufe ich und nehme mir ein Taxi.

Ich muss nach Hause fahren. So kann ich nicht im Büro auftauchen. Meine Kollegen machen so schon Wortspiele und Witze, die sich auf meinen Namen beziehen, und im Gegensatz zu meinen Schwestern mit ihren halbwegs cleveren Perlen wie *gestern hat sich etwas zusammengeblaut*, sind meine Kollegen scheiße darin. Ich bin mir nicht sicher, ob das alle Büroangestellten betrifft oder nur Cybersecurity-Profis, aber ich habe alles gehört, und das meiste davon ist extrem schlecht.

Mein Büro ist mal wieder ein Blaustall. Rom wurde nicht an einem Tag erblaut. Hast du heute schlechte Blaune. Blauer macht lustig, aber erst nach drei Tagen. Nachts sind alle Katzen blau. Das ist ja blauenhaft.

Die Kombinationen und Permutationen sind unendlich, aber das ist noch nicht alles. *Dem Braten kann man nicht blauen. Sein eigenes Süppchen blauen. Eine blaue Maus sein. Das ist blaugut. Blau keinem außer dir selbst. Blauzeuge. Mist blauen. Das ist blauenvoll. Seid doch nicht so blausam. Du siehst so blaurig aus, wie kann ich dich aufheitern? Und dazu kommen noch die ganz normalen Ausdrücke mit blau. Blaumachen. Blau sein. Jemandem ein blaues Auge verpassen. Blau wie ein Seemann. Ein Schuss ins Blaue.* Und nicht zu vergessen, die allseits beliebten

Zungenbrecher. *Blaukraut bleibt Blaukraut und Brautkleid bleibt Brautkleid. Brautkleid bleibt Brautkleid und Blaukraut bleibt Blaukraut.*

Braun-blaues Brautkleid. Natürlich gibt es auch jede Menge Witze, die ich jetzt nicht alle aufzählen möchte. Der beste zu dem Thema, den ich in meinem Büro jemals gehört habe, lautet: *Lila ist besser als Rot und Blau zusammen.*

Aber hey, zumindest bekomme ich jedes Mal, wenn ich mit ihnen in eine Bar gehe, unbegrenzt Bier … so lange es *Blue Moon* ist. Barausflüge wären besonders toll, wenn sie aufhören würden, mir Buffalo Wings – die nicht aus Büffeln gemacht sind – mit *Blauschimmel-käsedressing* zu bestellen oder diesen Song in der Jukebox spielen würden: *Blue (Da Ba Dee)* von Eiffel 65. Außerdem haben sie mir letztes Jahr zu meinem Geburtstag Karten für die *Blue Man Group* geschenkt.

Wenigstens machen sie sich nie über meinen Nachnamen lustig, wahrscheinlich wegen der Schulungen zur sexuellen Belästigung.

Mein Telefon klingelt und holt mich aus meinem Büroblues heraus. Es ist Gia, und sie erzählt mir, dass Bogdan ein guter Freund des Bruders ihres Freundes ist. Sie bestätigt, dass er einen schlechten Ruf hat, und rät mir, mich nicht mit dem Kerl anzulegen.

»Warum erlaubt der Bruder deines Freundes ihm, das Hotel für Pokerspiele zu nutzen?«, frage ich.

»Das ist gut fürs Geschäft. Viele der Stammgäste des Hot Poker Clubs wohnen in den Penthouse-Suiten.«

Das Taxi hält direkt vor meinem Haus, ich bedanke mich bei Gia und lege auf.

Als ich meine Wohnung betrete, ist Olive nicht da, was gut ist. Wenn sie mich sonst mit Farbe bedeckt sähe, würde sie wahrscheinlich den Satz aus *Arrested Development* zitieren, der mich schon oft zum Gruseln gebracht hat: »I'm afraid I just ›blue‹ myself.«

Als ich das Wohnzimmer betrete, schaut mich Beaky an und wird – auch wenn das ein Zufall sein könnte – blau.

In meinem Schlafzimmer liegt Machete auf meinem Kopfkissen. Als ich die knarrende Schranktür öffne, reißt er ein Auge auf und schafft es, diese kleine Geste mit der Art von Mürrischkeit zu versehen, die man nach Jahren einer kohlenhydratarmen Diät bekommt.

Wie kannst du es wagen, mickriger Mensch? Wecke Machete noch einmal auf, und er wird dich häuten.

Ich ziehe mich um und lade das Bild von dem Typen, den ich mit Max gesehen habe, auf den USB-Stick meiner Perücke.

Immerhin bin ich davon wirklich blau geworden.

———

Als ich zur Arbeit zurückkomme, wartet in meinem Posteingang eine Aufgabe auf mich. Nachdem ich sie erledigt habe, hole ich den USB-Stick aus meiner Perücke und schaue nach, wer der Typ ist.

Hmm. Er arbeitet bei der Bank of America, ebenfalls in der Investmentbanking-Abteilung. Es ist anzunehmen, dass dies mit Max' Treffen mit der Frau zusammenhängt.

Aber was will ein russischer oder ukrainischer Spion

von Investmentbankern? Ist Max ein Agent Provocateur? Versucht er, eine weitere Finanzkrise herbeizuführen? So etwas könnte dem Land mehr schaden als irgendwelche physischen Bedrohungen.

Ich brauche mehr Informationen, um weiterzumachen. Wenn ich jemals die Gelegenheit bekomme, Max zu besuchen, finde ich vielleicht einen Hinweis bei ihm zu Hause.

Ja, genau das ist es. Spionieren ist der Grund, warum ich zu Max gehen will. Nicht Lust.

Ich bekomme eine neue Aufgabe in meinen Posteingang und arbeite den Rest des Tages daran, bevor ich nach Hause fahre, wo Olive gerade ein neues Puzzle in Beakys Tank legt.

»Hallo«, sage ich.

»Hey.« Sie versiegelt den Tank. »Wie war dein Tag?«

»Gut.« Ich schaue auf den Tank. »Kannst du Puzzles für Katzen machen? Vielleicht kann Machete eines gebrauchen?«

Als er seinen Namen hört, wirft Machete mir von der Ecke aus einen bösen Blick zu.

Hast du den Film Saw *gesehen? Das sind die Art von Rätseln, die Machete für dich baut, wenn du ihn ärgerst.*

»Ich habe noch nie versucht, Spielzeug für Katzen zu machen, aber ich denke, sie sind leicht zu unterhalten«, sagt Olive. »Mach einfach eines dieser YouTube-Videos für Katzen an.«

Ich grinse und gehe hinüber zur Kommode, um mein altes iPad herauszuholen. »Das passiert, wenn ich es versuche.«

Mit offenem Mund begutachtet sie fasziniert das

zerfetzte iPad. »Ich kann verstehen, wie er den Deckel zerfetzt hat, und auch die Rillen im Metall auf der Rückseite ergeben Sinn. Aber wie hat er es geschafft, Kratzspuren auf dem Glas zu hinterlassen?«

Ich zucke mit den Schultern. »Ich glaube, das sind Risse. Ich hoffe es jedenfalls.«

Es klingelt an der Tür.

Ich checke die App. Ja. Das ist Fabio, der mir beibringen will, wie man einen Mann befriedigt.

Als ich ihn hereinlasse, schaut er leicht missbilligend von mir zu Olive. »Wer ist wer? Und wer wird den Unterricht bei mir haben?«

Ich nehme meine Perücke ab. »Ich bin Blue.«

Er sieht Olive mit zusammengekniffenen Augen an. »Und du?«

»Olive«, sagt sie mit einem Augenzwinkern.

»Komm in mein Schlafzimmer«, sage ich schnell zu Fabio.

Ich bin mir nicht sicher, ob Olive wissen muss, was wir jetzt tun werden.

Fabio schaut auf die Wand mit den Monitoren. »Kommen Gia und ihre Piratenfreundin heute?«

»Nein«, sage ich.

Er schmollt. »Ich hatte Witze vorbereitet.«

Großartig. Fabios Witze sind meist älter als meine Großeltern.

»Willst du sie hören?«, fragt er mich.

Ich schüttele den Kopf.

»Was ist mit dir?«, fragt er Olive.

Sie nickt.

Verräterin.

»Ein Vampir – ich meine Gia – kommt in eine Bar und bestellt heißes Wasser«, sagt er. »Der Barkeeper ist einverstanden und sagt dann: ›Ich dachte, du trinkst nur Blut.‹« Fabio grinst. »Der Vampir holt einen gebrauchten Tampon heraus. ›Ich will mir einen Tee machen.‹«

Du misst mit zweierlei Maß? Das eine Mal, als ich das Wort *Tampon* in seiner Gegenwart ausgesprochen habe, hat er fast einen Anfall bekommen.

»Willst du den anderen Witz hören?«, fragt Fabio.

Ich sage Nein, aber Olive verrät mich wieder.

»Ein Pirat kommt in eine Bar und hat das Steuerrad eines Schiffes in der Hose stecken. Der Barkeeper schaut auf das Rad. ›Tut das nicht weh?‹ Der Pirat zieht am Lenkrad. ›Arrrr, ich weiß. That is driving me nuts‹.«

»Kumpel«, sage ich. »Ging es dabei um Clarice?«

Er nickt.

»Ist dir klar, dass sie keine *nuts*, also Eier hat?«

»Sie könnte«, sagt Fabio abwehrend. »Wenn sie trans wäre.«

Ich nicke. »Ich habe sie noch nicht nackt gesehen, also ist alles möglich.«

Olive grinst wie eine Verrückte. »Apropos nackte Menschen, hat Fabio nicht deine bärtige Muschel gesehen, bevor er den Frauen für immer abgeschworen hat?«

Fabio macht ein würgendes Geräusch. »Blau hat keine *nuts*. Sie ist *nuts*.«

Dieses Thema erinnert mich an Bill. Wer auch immer ihn geformt hat, hat sich nicht die Mühe gemacht, ihm Silikonhoden zu verpassen. Noch wichtiger ist, dass sein Schwanz immer noch beschädigt ist, also hoffe ich, dass Fabio einen Plan dafür hat.

In diesem Zusammenhang hoffe ich, dass Max' Teile in Ordnung sind.

»Bereit?«, frage ich Fabio.

Mit einem Augenzwinkern tänzelt er in Richtung meines Schlafzimmers.

»Bis später«, sage ich zu Olive und folge ihm.

Als ich den Raum betrete, holt Fabio bereits Bill aus dem Schrank – was mich an den Satz *Hol Hinkebein raus* aus *Pulp Fiction* denken lässt. Bevor ich fragen kann, holt Fabio eine Rolle Klebeband aus seiner Tasche und umwickelt damit Bills Silikonschwanz.

Mein Gott. Ich hoffe wirklich, dass Max solche Reparaturen nicht machen musste.

»Viel besser.« Fabio schaut wie ein Bildhauer auf sein Meisterwerk. Dann holt er ein Kondom heraus und reicht es mir. »Du kannst mir genauso gut zeigen, wie qualifiziert du damit umgehst.«

»Dafür gibt es auch Qualifikationen?«

Soll ich es mit den Zähnen auspacken oder so? Aber das birgt das Risiko, dass das Latex reißt.

Er blickt mich missbilligend an. »Natürlich gibt es Qualifikationen. Am besten nimmst du ihn in den Mund und rollst ihn so über ihn, aber das braucht etwas Übung.«

»Wie wäre es, wenn wir das zu einer separaten Lektion machen?« Ich öffne das Ding mit meinen Händen und ziehe es über Bill. »Blasen ist wichtiger, meinst du nicht?«

Fabio nickt. »Hast du deine Hausaufgaben für den Deep Throat gemacht?«

»Ja«, lüge ich. In Wahrheit bin ich eine schlechte Schülerin gewesen.

»Ein Kollege hat mich auf eine Idee gebracht, dass es dir dabei helfen sollte«, sagt er. »Lern ein Blasinstrument zu spielen. Eine Flöte wäre toll, aber auch eine Oboe oder ein Fagott würde funktionieren. Vielleicht sogar eine Klarinette.«

»Wie wäre es mit einem Saxophon?«, frage ich sarkastisch.

»Es könnte funktionieren.«

»Wie?«

»So lernst du, deine Rachenmuskeln zu kontrollieren, was beim Würgereflex helfen kann.«

»Ich hab's.« Ich sehe nach, ob Machete in der Nähe ist. Die Luft scheint rein zu sein. »Sollen wir anfangen?«

»Bist du heute gut hydriert?«, fragt Fabio.

Ich runzele die Stirn. »Ja. Ich glaube schon.«

»Richtige Flüssigkeitszufuhr ist extrem wichtig. Hilft bei der Speichelproduktion. Wenn es um Blowjobs geht, musst du sabbern. Viel, viel sabbern.«

Ich lache. »Würde es helfen, wenn ich über ein saftiges Steak fantasiere?«

Er sieht mich ernst an. »Auf keinen Fall. Das ist das Schlimmste, was du bei einem Blowjob tun kannst.«

»Ganz ruhig, das war ein Scherz.«

»Blowjobs sind kein Scherz.« Er schiebt Bill weiter auf das Bett. »Sie sind der Grundstein einer Beziehung.«

Ist Kommunikation nicht der Grundstein für eine Beziehung? Oder Anziehung?

»Okay«, sage ich. »Wie wär's, wenn ich vorsichtshalber einen Drink zu mir nehme?«

Er nickt. »Bring außerdem zwei Zahnstocher und zwei Avocados mit.«

»Ich habe keine Avocados.«

»Was ist mit Litschis?«

»Die Frucht oder der Käfer? Wie auch immer, ich habe keins von beidem.«

Fabio schüttelt den Kopf. »Rambutan? Aprikosen? Feigen?«

»Nö.«

Er seufzt. »Du brauchst Obst auf deinem Speiseplan. Und Gemüse. Das ist der Schlüssel für Analsex, aber das ist eine Lektion für einen anderen Tag, aber ich kann es dir genauso gut jetzt sagen.«

»Ich habe Ballaststoffe in meiner Ernährung.« Ich stemmte meine Hände in die Hüften. »Ich habe Kirschen, Trauben und Kiwis in meinem Kühlschrank. Tomaten auch, und Zwiebeln und …«

»Gut«, sagt er knapp. »Bring zwei Kiwis mit.«

Ich glaube, ich weiß, warum er sie braucht, also frage ich nicht. Ich eile in die Küche, trinke etwas Wasser, wasche die Kiwis, für den Fall, dass ich recht habe, suche die Zahnstocher für das Sandwich und eile zurück.

Es ist, wie ich vermutet habe. Fabio nimmt die Zahnstocher, klemmt sie unter Bills Schwanz und befestigt die Kiwis darunter, so dass Bill erstaunlicherweise so aussieht, als hätte er Hoden.

»Der richtige Umgang mit den Eiern ist für einen Blowjob von grundlegender Bedeutung«, sagt Fabio und nimmt dabei einen professoralen Ton an. »Aber das ist eine Kunst, die für jedes Paar Eier einzigartig sein wird. Zieh an ihnen – manche lieben es, manche hassen es. Oder leichte Schläge – manche Typen werden durch einen kleinen Klaps auf die Eier besonders hart, während andere ganz weich werden und dir vielleicht auf die Nase hauen.«

Kann es sein, dass Max mochte, was mein Fuß gemacht hat?

Nee, das bezweifele ich. Wahrscheinlicher ist, dass er verärgert ist und mich meidet, also ist dieses Training für jemand anderen.

Daran darfst du nicht denken.

Ich zeige auf Bills Kiwis. »Was ist ein sicherer Schritt? Etwas, was ich tun kann, bevor ich in ein *Was-soll-ich-mit-deinen-Eiern-machen*-Gespräch einsteige.«

»Mit sanftem Saugen und Lecken kannst du nichts falsch machen«, sagt Fabio. »Aber du solltest jede Beziehung mit einem *Was-willst-du-dass-ich-mit-deinen-Eiern-mache*-Gespräch beginnen. Ich tue das.«

Es ist nicht das erste Mal, dass ich Zweifel an der Praktikabilität von Fabios Ratschlägen habe. »Gibt es ein bestimmtes Tempo, das Jungs mögen? Schnell, langsam?«

»Kommt auf den Typ an«, sagt er. »Sieh zu, wie er vor dir masturbiert, dann wirst du es wissen.«

Ja. Das ist super einfach. Ich bin mir sicher, dass jede Femme fatale einen Typen bittet, sich vor ihr einen runterzuholen, bevor sie ihn verführt.

»Soll ich Bill jetzt einen blasen?«, frage ich.

»Nein, ein paar Tipps mehr.« Fabio zeigt unter die Kiwis. »Das ist das Perineum. Du solltest darauf achten, dass du von Zeit zu Zeit darüberleckst.«

»Verstanden.«

»Leck auch das Poloch, aber näher an der Prostata-Massage.«

»Würde ich das nicht auch gleichzeitig tun?«

Er neigt seinen Kopf. »Lerne, zu gehen, bevor du läufst.«

»Kein Finger im Hintern, wenn du abgelenkt bist.« Ich salutiere. »Verstanden.«

»Gut.« Fabio schnippt wieder spielerisch gegen Bills Erektion. Jetzt, wo sie getaped ist, schwingt er viel langsamer.

»Alter«, sage ich und rümpfe die Nase. »Das kommt in meinen Mund.«

»Tut mir leid«, sagt er verlegen. »Sollen wir die Kondome tauschen?«

»Hast du dir die Hände gewaschen?«

Er nickt.

»Dann nicht. Ich bin nicht so paranoid wie Gia, was Keime angeht. Fass es einfach nicht mehr an.«

»Abgemacht.« Er tritt vom Bett weg, als ob Abstand die einzige Möglichkeit wäre, die Versuchung zu bekämpfen, gegen einen Schwanz zu schnippen. »Haben wir über Winkel gesprochen?«

Ich schüttele den Kopf. Gia hat mir gesagt, dass Winkel für die Magie wichtig sind, aber Fabio spricht von einer anderen Art der Anwendung.

»Je nachdem, wie ein Schwanz gekrümmt ist,

solltest du dich ihm von verschiedenen Positionen aus nähern«, sagt er. »Wenn er sich nach unten biegt, kannst du auf den Knien sein. Wenn es nach oben kippt, wäre neunundsechzig besser.«

»Warum?«

Er macht eine Geste in Richtung seines Halses. »Ein Hals hat eine Abwärtskurve, also um ihn zu erreichen, funktioniert am besten eine Abwärtskurve oder gerade. Wenn der Schwanz nach oben zeigt, bekommst du ihn in deine Nebenhöhlen.«

»Oh. Richtig.«

»Du willst bestimmt kein Sperma in deinen Nebenhöhlen haben.« Er macht ein angewidertes Gesicht. »Es sei denn, er steht darauf und du willst ihm einen Gefallen tun, in diesem Fall bemitleide ich dich. Ich persönlich glaube, ich würde es lieber in die Augen bekommen.«

»Ich glaube nicht, dass ich es in den Augen *oder* der Nase haben will«, sage ich.

»Grenzen sind in Ordnung, aber es gibt Dinge, die du tun willst, auch wenn du sie nicht magst.«

»Was zum Beispiel?«

Er holt ein Glas heraus und kippt ein grünes, schleimiges Zeug heraus. »Das ist Cra-Z-Art Nickelodeon Slime. Das sollte dir eine Vorstellung davon geben, wie Sperma ist.«

Ich erröte. »Ich habe schon mal Sperma gesehen.«

Er wirft mir ein kleines Stück der grünen Substanz zu, aber ich schaffe es nicht, es zu fangen, so dass es an der Wand kleben bleibt.

»Bist du sicher, dass du es außerhalb von Pornos gesehen hast?« Er wirft mir noch etwas zu.

Diesmal fange ich es. »Natürlich.« Ich drücke die klebrige Substanz. »Das fühlt sich eher wie Hulks Rotz als Sperma an.«

»Es ist das Ungiftigste, was ich finden konnte.« Er stellt das Glas mit *Sperma* weg. »Weißt du, wie man richtig mit ihm umgeht?«

Ich ziehe den klebrigen grünen Ersatz auseinander. »Gibt es einen richtigen Weg?«

»Ja. Spucke es zum Beispiel nicht mit einem angewiderten Gesichtsausdruck aus. Das ist das Schlimmste, was du tun kannst.«

»Okay.«

»Das sollte offensichtlich sein, aber viele Leute machen diesen Fehler«, sagt er. »Und nichts ist abtörnender. Schlucken ist am besten, aber wenn das nicht dein Ding ist, kannst du ihn stattdessen bitten, auf deinem Po zu kommen. Aber im Ernst: Wenn du mich als Referenz benutzen willst, musst du lernen, zu schlucken.«

Klar, ich werde ihn auf jeden Fall als Referenz in meinem Lebenslauf angeben. Ich kann mir das Gespräch zwischen ihm und Max gut vorstellen.

»Es ist sogar gut für dich«, sagt Fabio, als ich mich wieder auf ihn konzentriere. »Sperma enthält Eiweiß, hat aber nicht viel Kalorien. Du bekommst Zucker, sowohl Fruktose als auch Glukose, sowie Citrat, Zink, Kalzium, Milchsäure, Magnesium, Kalium – und so weiter.«

»Lecker.« Ich halte den grünen Schleim zwischen

zwei Fingern. »Was ist, wenn es an deinen Händen klebt?«

»Bei einem Hetero willst du nicht zu Spiderman werden, ohne dich zu vergewissern, dass er es mag. Vielleicht fragst du ihn auch, vor dem Snowballing.«

Snowballing ist das Teilen von Sperma von Mund zu Mund, aber von Spidermanning habe ich noch nie gehört.

»Das ist, wenn du etwas auf deinen Händen hast und es ihm ins Gesicht schnippst.« Fabio macht es vor und sorgt dafür, dass meine Wand einen weiteren grünen Glibberfleck bekommt.

»Das mache ich nicht«, sage ich. »Mach dir keine Sorgen.«

»Okay.« Er macht einen Schritt nach vorne, dann wieder zurück und kämpft offensichtlich gegen den Drang an, wieder gegen den Schwanz zu schnippen. »Die letzte und wichtigste Regel für einen Blowjob ist: Gib nicht auf, wenn es *hart* wird.«

Ich verdrehe demonstrativ die Augen.

Er lacht. »Das ist der Blowjob-Spirit. Jetzt bist du bereit für das hier.«

Er nimmt sein Handy heraus und startet ein Lied. Nach zwei Sekunden erkenne ich *Candy Shop* von 50 Cent.

Fabio grinst. »Um dich in die richtige Stimmung zu versetzen.«

Mit der Angst, die ich normalerweise beim Sparring in meinem Krav-Maga-Dojo habe, knie ich mich neben Bill und nehme ihn in meinen Mund.

KAPITEL

Neunzehn

D AS K ONDOM IST MIT E RDBEERGESCHMACK. Die Kiwis fühlen sich überraschend echt an, als ich sie in die Hand nehme – nur eben seltsam getrennt ohne Hodensack. Vielleicht hätten wir sie zuerst in einen Luftballon stecken sollen?

Die Musik hört auf.

Ich mache weiter.

»Stopp!« Fabio klingt irritiert.

Ich ziehe mich zurück.

Er verschränkt seine Arme vor der Brust. »Was war das?«

»Ein Blowjob?«

Er schüttelt den Kopf. »Wo ist das Gefühl? Wo sind die Emotionen? Hast du kein Wort von dem gehört, was ich gesagt habe?«

Ich schnippe gegen Bills Schwanz. »Es ist schwer, Gefühle und Emotionen zu entwickeln, wenn du eine kopflose Puppe befriedigst.«

»Dann denk an jemand anderen«, sagt er. »Du hast eine blühende Fantasie, nicht wahr?«

Das ist eine hervorragende Idee.

Ich schließe die Augen und stelle mir vor, dass es Max ist, den ich befriedige.

Ein Teil von mir weiß, dass er mich wahrscheinlich nie wieder anrufen wird, aber das tut der Fantasie keinen Abbruch, und schon ist meine Hand viel sanfter, als ich seine Kiwis streichele. Ich sauge an der Eichel, stelle mir vor, wie er vor Dankbarkeit stöhnt, und massiere den Schaft mit meiner Hand in der Geschwindigkeit, von der ich mir vorstelle, dass er sie gerne hätte.

Soll ich nach der Walnuss greifen? Nein. Fabio sagt, das ist ein fortgeschrittener Schritt.

Ich lutsche die linke Kiwi, dann die rechte. Um in Stimmung zu kommen, lecke ich den Fleck unter den Kiwis und gehe dann zurück zu meinem Erdbeerlutscher. Ich ziehe ihn tief hinein und wechsele zwischen schnell und langsam.

Fabios Stimme erreicht mich wie aus weiter Ferne. Er sagt mir wieder, dass ich aufhören soll.

Scheiße. Bin ich ein so hoffnungsloser Fall?

Als ich mich zurückziehe, sieht Fabio mich an wie ein stolzer Vater.

Er tut so, als würde er sich eine Träne abwischen und sagt mit gespielt brechender Stimme: »Der Schüler ist der Meister geworden.«

»Ich war gut?« Ich platze vor Stolz.

»Besser als manche Männer, die ich kenne.« Er geht

hinüber und schnippt gegen den Schwanz, so dass etwas Sabber auf mein Bett fliegt. Gia würde ihn dafür umbringen.

»Ein zweifelhaftes Kompliment, aber ich nehme es an.«

Er schnippt wieder gegen den Schwanz. »Ich meinte es als das größte …«

Fabio bringt seinen Satz nicht zu Ende, denn in diesem Moment springt Machete unter dem Bett hervor.

Er muss während unserer Stunde geschlafen haben, aber jetzt ist er wach.

Mörderisch wach.

Mit ausgefahrenen Krallen zerreißt er das Kondom auf Bills Schwanz in einem Wimpernschlag. Zwei weitere Prankenhiebe, und Fabios Klebeband ist zerfetzt. Ich sehe nicht einmal den nächsten Schlag seiner Pfote, aber die Kiwis sind jetzt Obstsalat.

»Will er ihm eine Geschlechtsumwandlung verpassen?«, flüstert Fabio entsetzt.

Machete dreht sich mit unaussprechlichen Absichten in seinen Katzenaugen zu Fabio um.

Machete ist kein Chirurg. Machete ist ein Metzger. Und jetzt wird er dich abschlachten.

»Böser Kater!«, rufe ich und nehme Machete in einem besonderen Griff, der es mir sogar ermöglicht, der bösen Kreatur ein Bad zu verpassen, ohne meine Gliedmaßen zu verlieren. Ich musste meinen SEAL-Team-Six-Kontakt befragen, um von ihm zu erfahren – und nein, ich weiß nicht, warum sie besondere

Fähigkeiten im Katzenhalten haben. Trotzdem traue ich mich nur einmal im Jahr, Machete zu baden, und auch nur, wenn er wirklich schmutzig ist. Ich bin nicht selbstmordgefährdet.

Machete muss denken, dass ich ihn jetzt waschen werde, denn er faucht, zischt und knurrt, und seine Pfoten krallen sich in die Luft, jede einzelne wie ein Freddy-Krueger-Killerschlag.

Fabios Gesicht wird aschfahl.

Die Tür zu meinem Zimmer geht auf, und herein kommt Olive, deren Augen so groß sind wie intakte Kiwis.

»Das ist nicht das, wonach es aussieht«, keuche ich.

Sie betrachtet den grünen Glibber an der Wand, die kopflose Puppe mit beschädigtem Gemächt, den versteinerten Fabio und mich mit einer gemeingefährlichen Katze in meinen Armen.

»Was auch immer es ist, es sieht sehr pervers aus«, sagt sie. »Wir reden hier von Gottesanbeterin-Cosplay und Serienmörder-Orgie.«

»Hör auf zu reden und hilf«, knurre ich.

»Wie?«

»Hol den Laserpointer aus der Schublade.« Ich zeige mit meinem Fuß darauf. »Beeil dich.«

Sie tut, was ich sage, und sobald Machete den kleinen roten Punkt an der Wand sieht, verwandelt er sich in eine Stoffpuppe.

»Verlass den Raum«, sage ich zu Fabio.

Das muss ich ihm nicht zweimal sagen. Er flieht so schnell, dass er auf dem Weg nach draußen fast stolpert.

Olive spielt weiter mit dem Laser, und ich setzte Machete langsam ab.

Die Katze folgt jeder Bewegung des Pointers. Wie immer existiert die Welt für ihn nicht mehr.

Puh.

Dieser rote Punkt ist Machetes einziges Kryptonit. So bekomme ich ihn ins Badezimmer, wenn ich die schreckliche Prozedur des Katzenwaschens durchführe. Ich benutze ihn auch, um ihn in eine Transportbox zu bekommen, wenn ich zum Tierarzt gehe.

Pass gut auf, was du sagst, unbedeutender Mensch. Machete hat keine Angst davor, nass zu werden. Er zieht es aber vor, das nicht zu tun. Er schützt das Wasser vor seinem Zorn.

Ich gehe hinüber und hole einen weiteren Laserpointer – eine vollautomatische Version, die ich vor kurzem online gekauft habe. Ich stelle ihn auf den *Müdigkeitsmodus* und warte, bis Machete seine Aufmerksamkeit von Olives dünnem roten Punkt auf den dickeren des Geräts lenkt.

An diesem Punkt sage ich ihr, dass die Luft rein ist, und wir schleichen aus meinem Zimmer.

»Sieht so aus, als hättest du Spielzeug für deine Katze«, sagt sie.

»Aber kein Puzzle«, sage ich.

Wir finden Fabio in der Küche, wo er sich Luft zufächelt.

»Nächstes Mal machen wir das bei mir zu Hause«, sagt er.

»In Ordnung«, stimme ich zu. »Tut mir leid wegen des Schrecks.«

»Du schuldest mir ein Abendessen«, sagt er. »Mit Getränken.«

»Sicher«, sage ich. »Olive, willst du mitkommen?«

»Wohin?«, fragt sie.

Fabio grinst. »Olive Garden?«

Olive zieht eine Grimasse. »Ha-ha, verdammt lustig.«

»Es gibt auch dieses mediterrane Lokal in der Nähe.« Fabios Grinsen wird böse. »Sie haben eine Olivenbar.«

»Hör auf«, sage ich streng. »Wir gehen in die Loopy Doopy Rooftop Bar.«

»Hört sich gut an«, sagt Fabio. »Dort werde ich Olive einen Blue Moon spendieren ... als Olivenzweig.«

Als Olive und ich von der Bar nach Hause kommen, sind wir beide beschwipst. Fabio wiegt mehr als wir, und wir haben den uralten Fehler gemacht, mit ihm bei der Anzahl der Getränke mitzuhalten.

»Gute Nacht«, sage ich zu Olive.

»Schlaf gut«, sagt sie, wobei ihre Aussprache leicht undeutlich ist.

Ich gehe in mein Zimmer und finde Machete schlafend auf dem Boden.

Hm. Der Laserpointer tanzt immer noch an den Wänden herum. Ich vermute, dass die Option *Müdigkeit* für ein energiegeladenes Kätzchen gedacht ist und nicht für dieses große Tier.

Machete schläft nicht. Er ist im Tarnmodus und sucht ein Opfer, das er zerfetzen kann.

Ich verstecke den armen Bill im Schrank und will gerade meine Perücke abnehmen, als mein Handy mit einer SMS klingelt.

Es ist Max.

Bist du wach?

Meine Herzfrequenz schießt in die Höhe. Ich hatte mich schon fast mit der Möglichkeit abgefunden, dass er mich nicht mehr kontaktieren würde, also ist das eine aufregende Überraschung.

Grinsend tippe ich: *Nö. Ich schnarche gerade so laut, dass mein Telefon spontan SMS schreibt.*

Max' nächste SMS dämpft meine Begeisterung:

Hast du eine Minute Zeit zum Reden?

War es das? Wird er mir sagen, dass es mit uns vorbei ist? Er scheint zu sehr ein Gentleman zu sein, um sich einfach nicht mehr zu melden.

Gut. Wir können genauso gut reden. Hoffentlich ist das so, als würdest du ein Pflaster abreißen … von einer erregten Klitoris.

Telefon oder Video?, frage ich.

Video.

Er macht also Videoanrufe. Oder vielleicht macht er für mich eine Ausnahme. Das ist nicht mit einer Trennung vereinbar – oder doch?

Welche App?, schreibe ich zurück.

Er schlägt Signal Private Messenger vor, die App, von der Snowden glaubt, dass sie am sichersten ist. Ist das ein Zufall? Snowden lebt jetzt in Russland, also könnten er und Max zusammen Wodka getrunken haben.

Klar, antworte ich.

Ich lege meinen Laptop auf mein Bett und bereite alles vor. Als Max' Gesicht auf dem Bildschirm auftaucht, atme ich tief ein.

Wird schon schiefgehen.

KAPITEL
Zwanzig

MAX SIEHT in einem engen blauen T-Shirt gefährlich heiß aus. Hat er sich für diese Farbe entschieden, weil er mich unbewusst überall an sich haben will? Drückt die Daumen.

»Hi«, sagt er, und seine tiefe Stimme ist eine akustische Liebkosung.

Ich versuche, cool zu bleiben. »Hey.«

»Es gab etwas, was ich dir beim Mittagessen nicht sagen konnte.«

Ich ziehe eine Augenbraue in die Höhe. »Und was ist das?«

»Ich werde für eine Woche die Stadt verlassen.«

Ich blinzele in die Kamera. Die Stadt zu verlassen ist eine gute Geschichte, wenn du mit jemandem auf sanfte Weise Schluss machen willst, aber du würdest den Umzug dauerhaft machen, und nicht nur eine Woche wegbleiben. Was ist das für ein Spiel?

»Was machst du?«, frage ich.

»Ich fliege nach Hause.«

Also … Russland? Vielleicht die Ukraine. »Ist Kanada für dich immer noch dein Zuhause?«

Er reibt sich die Bartstoppeln am Kinn. »Gute Frage. Ich glaube, mein Zuhause ist meine Wohnung in New York. Aber da ich bei meinen Eltern wohnen werde und sie immer noch in dem Haus leben, in dem ich aufgewachsen bin, ist es nicht falsch, das auch mein Zuhause zu nennen.«

Das stimmt. Das wäre so, als würde ich den Bauernhof mein Zuhause nennen. Apropos Bauernhof: Es würde ihm bestimmt gefallen, die vielen Tiere dort zu sehen. Aber meine Eltern sind auch auf der Farm, und wenn er ihnen begegnete, würde er wegrennen, vielleicht sogar zurück nach Russland.

»Warum gerade diese Woche?«, frage ich.

»Zwei meiner Brüder haben Geburtstag«, sagt er. »Und meine Eltern Hochzeitstag.«

Ich wette, es geht um einen wichtigen Auftrag oder ein Treffen mit seinen Vorgesetzten.

Ich fahre mit den Fingern durch meine Perücke. »Wie sehr wirst du mich vermissen?«

Er grinst mich verrucht an. »So wie ein Panda seinen Lieblingsbambusspross vermisst. Wie sehr wirst du *mich* vermissen?«

Ich grinse zurück. »So sehr wie ein Waschbär seinen Lieblingsmülleimer.«

Er lacht. »Wie schmeichelhaft.«

»Waschbären sind Verwandte des Roten Pandas«, sage ich. »Und man nennt sie Müllpandas.«

»Ich verstehe.« Er lässt seinen erhitzten Blick über

mich schweifen. »Wir werden uns vermissen wie Pandas.«

Hoffentlich mehr, denn sie vermehren sich nur ungern. Ich bezweifele, dass irgendein Panda so geil ist, wie ich auf ihn.

»Wie geht es dir?« Ich werfe einen gezielten Blick auf seinen Schritt.

Er winkt mit der Hand ab. »Gut. Ich würde mir keine Sorgen machen.«

»Es ist *hart*, sich keine Sorgen zu machen.«

Er lacht. »Alles in Ordnung, wirklich.«

Das ist meine Chance. Aktiviere den Femme-fatale-Modus. »Ich muss sicher sein«, sage ich verführerisch.

Er atmet scharf ein. »Was hast du gerade gesagt?«

»Ich will wissen, dass deine Ausrüstung funktioniert.«

Ich kann nicht glauben, dass ich das gerade gesagt habe.

Seine Nasenlöcher weiten sich. »Oh, *sonechko*, alles funktioniert hervorragend … für dich.«

Die Worte kommen atemlos heraus. »Zeig es mir.«

Wow. Flüssiger Mut hin oder her, ich war noch nie so stolz auf mich wie in diesem Moment.

Sein Blick ist pure Hitze. »Sicher. Ich zeige es dir – aber ich muss sicherstellen, dass dir auch nichts passiert ist. Das war ein schlimmer Sturz.«

Ich schlucke hörbar. »Was möchtest du sehen?«

»Alles.«

Verdammt. Es ist sehr, sehr heiß hier drinnen.

Reiß dich zusammen, Blue. Eine Femme fatale wäre bereits nackt. Oder würde sich verführerisch ausziehen.

Wenn das so ist, bin ich dabei.

Ich beginne mit meinem Oberteil.

Max' Augen wandern hungrig über meine entblößte Haut, bevor er sich selbst das Hemd vom Leib reißt und harte, exquisit geformte Brust- und Bauchmuskeln sowie sehr muskulöse Arme zum Vorschein bringt.

Das ist das beste Spiel aller Zeiten.

Ich ziehe meine Hose aus, er seine.

Wowzer.

Sergeant und Captain verhärten sich in meinem BH und wollen befreit werden. Gehorsam ziehe ich ihn aus. Dann, etwas zögerlicher, schiebe ich mein Höschen herunter.

Ich spüre, wie mein Gesicht brennt und möchte vor Frustration knurren. Eine echte Femme fatale würde nicht wie eine Jungfrau erröten, es sei denn, das wäre die Rolle, die sie spielen wollte. Ich werde üben müssen, nur auf Kommando zu erröten, denn im Moment sind die Blutgefäße in meinem Gesicht Verräter an den Vereinigten Staaten von Amerika.

Er starrt mich durch die Kamera an, als ob er mich fressen möchte, zieht seine Unterhose herunter und entblößt einen erigierten Maximus.

Ich vergesse mein verräterisches Erröten.

So pompös der Name auch ist, er wird dem Maximus nicht gerecht. Noch nicht einmal die Füße haben mich richtig auf die prächtige Realität vorbereitet.

Wie sein Namensvetter könnte dieser Schwanz gegen Löwen und wilde Krieger in einer Gladiatorenarena bestehen, den bösen Kaiser von Rom zu Fall bringen und einer riesigen Versammlung aufgeregter Vaginas zurufen: »Amüsiert ihr euch gut?«

»Wie du siehst, ist alles intakt.« Max umschließt mit seiner Hand seine schweren Eier. Keine Kiwi könnte diese Welpen nachahmen.

Ich schlucke meinen überschüssigen Sabber herunter. »Ich glaube, ich brauche eine richtige Demonstration.«

Fabio hat gesagt, dass ein guter Blowjob davon profitieren kann, wenn der Typ vor einem wichst, also ist das meine Chance für eine Erkundung.

Ja. Das ist mein Ziel hier. Nicht Lust. Auf keinen Fall.

»Du bist nicht für mich gekommen«, sagt Max rau. »Tu es jetzt.«

Das ist fair.

Ich möchte es. Ich muss es tun.

Ich lecke die Finger meiner rechten Hand.

Er stöhnt, und sein Schwanz zuckt.

Ich kneife Sergeant und dann Captain.

Max umfasst Maximus mit einer festen Faust.

Ich lasse meine Finger über meinen Bauch gleiten, bis ich die Stelle zwischen meinen Beinen erreiche.

Mit geweiteten Augen streichelt Max langsam Maximus.

Ich kneife in meine schmerzende Klitoris. Dann reibe ich sie, und der Orgasmus, der mir vorher verwehrt blieb, rollt mit der Geschwindigkeit eines Geparden heran.

Er streichelt sich wieder selbst, und sein Tempo wird schneller.

Mir läuft das Wasser im Mund, und an anderen Stellen, zusammen. Ich würde all meine Pokergewinne geben, um jetzt mit ihm in diesem Raum zu sein – und um ihn in mir zu haben. Irgendwo.

»Schieb einen Finger hinein.« Seine Worte sind ein strenger Befehl, und ich liebe ihn.

Ich lecke meinen linken Zeigefinger und schiebe ihn sanft in meine Hitze.

»Fuck«, stöhnt er.

»Ja«, sage ich atemlos. »Das ist genau das, was wir tun würden, wenn das hier nicht der verdammte Cyberspace wäre.«

Seine Augen verfinstern sich, und er beschleunigt sein Tempo.

Ich komme näher daran.

Sein Tempo ist jetzt hektisch. Verzweifelt.

Ein Stöhnen wird von meinen Lippen gerissen.

Hungrig, gefüllt zu werden, lasse ich meinen Mittelfinger zu meinem Zeigefinger gleiten.

Hat er gerade geknurrt?

Was auch immer das für ein Geräusch ist, es ist so heiß, dass es mich über den Rand treibt und ich um meine Finger komme.

Mit einem Stöhnen folgt er mir. Sein Samen schießt heraus, und ein Tröpfchen landet auf der Kamera des Telefons, wodurch ein seltsamer Bukkake-Effekt entsteht.

Er lässt seinen Schwanz los. »Das war … wow.«

»Dem schließe ich mich an«, sage ich und kämpfe darum, Luft zu holen. Mein Herz rast wie der bereits erwähnte Gepard, der eine Gazelle jagt. Apropos jagen ... »Wie wäre es, wenn wir uns jetzt treffen und das wirklich machen?«

Er wischt mit einem Taschentuch das Sperma weg, das mir die Sicht versperrt, und sein Gesicht ist voller Bedauern. »Mein Flug geht in zwei Stunden. Ich muss schnell zum Flughafen. Ein anderes Mal?«

Verdammt, ja! »Ich werde dich darauf festnageln.«

Auf meiner Klitoris.

Er schaut mich von oben bis unten an. »Ich werde mich jede Sekunde, die ich weg bin, auf unser Treffen freuen.«

Eine sehr unweibliche Schüchternheit überkommt mich, als das orgastische Nachglühen verblasst. Ich trete aus dem Blickfeld der Kamera und ziehe mich schnell an. Als ich mich umdrehe, ist er auch schon angezogen.

Aus irgendeinem Grund hat keiner von uns aufgelegt.

Warum habe ich das Gefühl, dass er doch noch mit mir Schluss machen wird?

»Ich muss los«, sagt er, aber er legt immer noch nicht auf.

»Ich hab's verstanden.« Ich weigere mich auch, aufzulegen.

»Ich melde mich bei dir«, sagt er und legt immer noch nicht auf.

Er sollte sich besser bei mir melden, sonst ...

»Viel Spaß auf deiner Reise«, sage ich und lege nicht auf.

Verhalte ich mich so, als wäre er mein erster Freund?

»Gute Nacht, *sonechko*.« Er wirft mir einen Luftkuss zu.

Ich kämpfe gegen den Drang, wie eine geile Mittelschülerin zu kichern, mime, den Kuss aufzufangen, und drücke ihn an meinem Hintern.

Er lacht und legt schließlich auf.

Ich blicke weiter auf den Bildschirm, auf dem Max nicht mehr zu sehen ist. Meine Gefühle sind in Aufruhr, und ich weiß nicht, warum. Vielleicht, weil das intensiv war, vor allem für die herzlose Verführung, die es sein sollte.

Ich gebe es nur ungern zu, aber ich glaube, ich werde ihn in der Woche, in der er weg ist, vermissen – vorausgesetzt, es *ist* eine Woche. Ich bin immer noch nicht überzeugt, dass es sich nicht um ein seltsames Spiel handelt.

Was zum Teufel denke ich da?

Nur weil Max und ich gerade voreinander einen Orgasmus hatten, macht ihn das nicht weniger zu einem feindlichen Agenten. Ich muss vorsichtig sein, meine Gefühle für ihn unter Kontrolle zu halten. Was gerade passiert ist, war Femme fatale-Aufklärung-Schrägstrich-Übung … keine Intimität. Das Letzte, was ich will, ist, wie diese Mörder zu sein, die einen perfekten Mordauftrag verpfuschen.

Das Wichtigste, woran ich denken muss, ist, dass er trotz des Anscheins versuchen könnte, mir das anzutun, was ich ihm angetan habe. Vielleicht verführt er mich mit einem langfristigen Ziel vor Augen. Vielleicht ist diese *getrennte Woche* etwas, was sie ihm in der Spionageschule beigebracht haben, inspiriert von der russischen Version des Sprichworts »Die Liebe wächst mit der Entfernung.«

Woran erkenne ich, ob ich ein Job bin oder nicht? Meine Anziehungskraft auf ihn scheint echt zu sein. Erektionen lügen nicht. Oder tun sie das, wenn ein Spion im Spiel ist?

Außerdem – und das ist ziemlich oberflächlich – frage ich mich immer noch, was er denken würde, wenn er mich ohne Perücke sehen würde. Was ist, wenn er sich nicht mehr zu mir hingezogen fühlt ... oder es nicht mehr vortäuschen kann?

Hmm. Vielleicht werde ich in der Woche, in der er weg ist, *Haare schneiden*. Mein letzter Buzzcut ist jetzt schon ein paar Monate her. Ich bin über das Stadium des Wuschelwuchses hinaus, aber noch nicht im Stadium des Pixie-Cut. Aber mit ein paar Produkten kann ich dafür sorgen, dass Max nicht kotzt, wenn er mich sieht. Hoffentlich.

Mein Telefon klingelt.

Es ist ein Text von Max – das Bild eines niedlichen Wesens mit einer Bildunterschrift:

Das ist ein Chinchilla, falls du wissen willst, wie niedlich noch aussieht.

Grinsend führe ich eine schnelle Online-Suche durch und antworte mit einem Bild vom Gesicht einer Hufeisenfledermaus.

DAS ist süß. Chinchillas sind eigentlich enge Verwandte des Nacktmulls, der edlen Kreatur, die du nicht gutgeheißen hast. Wusstest du, dass Nacktmulle nie Krebs bekommen?

Seine Antwort lässt ein paar Sekunden auf sich warten.

Vielleicht weigert sich der Krebs, die furchtbaren kleinen Biester zu töten? Außerdem ist dir klar, dass diese Fledermaus aussieht wie Nosferatu ... wenn er nicht mehr aussieht wie das Fingertier, das du mir bereits geschickt hast?

Ich lache. Da hat er tatsächlich recht.

Hab einen guten Flug, sage ich ihm.

Danke. Wir hören uns morgen.

Morgen? Ich gehe jetzt besser schlafen, damit der morgige Tag umso schneller kommt.

Als ich fast eingeschlafen bin, kuschelt sich Machete an meine Füße.

Tritt Machete nachts, und Machete wird dein Restless-Legs-Syndrom auf die direkteste Art und Weise heilen – durch Amputation.

KAPITEL
Einundzwanzig

Als ich aufwache, schaue ich nach, ob Max Nachrichten hinterlassen hat.

Noch nicht.

Vielleicht nie wieder?

Ich versuche, nicht daran zu denken, mache mich fertig und füttere meine Bestie von einem Kater.

Machete freut sich, dass sein Napf voll ist. Machete glaubt nicht, dass die Alternative – Menschenfleisch – so ein Festmahl ist wie Fancy Feast.

Als ich mich auf den Weg zur Arbeit mache, ertappe ich Olive dabei, wie sie etwas Beunruhigendes auf dem Fernseher im Wohnzimmer sieht.

Vögel.

CGI-Vögel, aber trotzdem.

Schaut Beaky das mit ihr zusammen? Es sieht ganz danach aus.

Als ich sie auf die grausamen Bilder anspreche, hält sie das Bild an. »Ich schaue *Rio*. Es geht um einen blauen Ara, der Blu heißt.«

Abartig.

»Neue Hausgastregel«, sage ich streng. »Keine Vogelfilme. Zumindest nicht, wenn ich zu Hause bin.«

»Abgemacht«, sagt Olive. »Ich schaue stattdessen etwas über Oktopusse.«

Ich kämpfe gegen ein Lächeln an. *Oktopusse* klingt zu sehr nach Octopussy, meinem Spitznamen für sie.

»Was ist der Gruppenbegriff für Tintenfische?«, frage ich sie, während ich mir die Schuhe anziehe.

»Sie sind Einzelgänger, also haben sie nicht wirklich einen«, sagt sie. »Ich habe schon den Begriff ›Schwarm‹ gehört, aber der steht eigentlich für eine Gruppe von Tintenfischen. Manche Leute benutzen den Begriff ›Schar‹, aber ich hasse ihn.«

Ich erschaudere und gehe auf die Tür zu. »Eine Schar lässt dich an Hühner denken. Du tust gut daran, das zu hassen.«

————

Bei der Arbeit benutze ich **geheim**, um zu sehen, ob Max wirklich nach Kanada geflogen ist.

Ja. Das hat er getan.

Mein Chef überträgt mir ein großes Projekt, an dem ich arbeiten kann, was mir hilft, nicht zwanghaft an Max zu denken. Am Ende des Tages habe ich also nur zweitausendsiebenundfünfzig Mal an ihn gedacht. Aber wer zählt schon mit? Zum Glück ist heute Abend mein Krav-Maga-Training. Vielleicht kann ich meinen sexuellen Frust auf der Matte abbauen.

Ich gebe mein Bestes, aber ich habe kein Glück. Ich denke noch ein paar hundert Male an Max.

Als ich nach Hause gehe, stelle ich mir nicht zum ersten Mal vor, was ich mit einem Straßenräuber machen würde, wenn er versuchen würde, mich auszurauben.

Eine SMS von Max reißt mich aus meinen gewalttätigen Träumen. Mein Puls rast, aber er hat mir gerade ein Bild von einem Stachelschwein mit folgender Bildunterschrift geschickt:

Dein süßes Bild des Tages.

Meine Brust fühlt sich warm an, aber nicht, weil das beweist, dass er mich nicht meidet.

Ich schreibe ihm zurück: *Dir ist schon klar, dass das ein weiterer naher Verwandter des Nacktmulls ist, oder?*

Welches Bild soll ich ihm schicken? Ich erwäge das Schnabeltier, entscheide mich aber dagegen. Auch wenn diese Kreaturen Säugetiere sind, könnten sie mit ihren Entenschnäbeln und verdächtigen Fortpflanzungspraktiken bei der Eiablage Vogelalpträume auslösen, und das wünsche ich nicht einmal den Feinden unseres Landes.

Ah. Ich weiß. Ich finde ein Foto vom Titicaca-Riesenfrosch und schicke es ihm.

Wird er ihn mit einem Hodensack vergleichen? Der Hodensackfrosch *ist* der alternative Name dieser Art – zumindest auf Englisch. Oder wird er sich über das Wort Titicaca lustig machen, das sich vage nach Koprophilie anhört, einem Fetisch, bei dem jemand Kacka auf Titten macht?

War das die Inspiration für Jabba den Hutten?, fragt Max stattdessen.

Ich grinse. *Nein. Für Ewoks.*

Er antwortet mit einem Smiley und: *Video-Chat in einer Stunde?*

Zur Hölle, ja.

Ich antworte mit einem schüchternen *Okay* und einem augenzwinkernden Gesicht.

————

Als ich meine Wohnung betrete, esse ich mit Olive ein schnelles Abendessen, bevor ich ins Badezimmer eile, um mich auf mein bevorstehendes Date vorzubereiten.

Sollte heute der Tag sein, an dem ich mir die *Haare schneide*?

Ich nehme meine Perücke ab und betrachte mich im Spiegel.

Vielleicht.

Ich nehme meinen Haarschneider heraus und mache mir einen Undercut. Gerade als ich fertig bin, kommt Machete ins Bad und macht sich auf den Weg zum Katzenstreu.

Denk nicht einmal daran, Machete zu rasieren, sonst skalpiert er dich, du erbärmlicher Mensch.

Ich schaue mir meine neue Frisur im Spiegel an.

Viel besser. Der obere Teil sieht irgendwie länger aus.

Ich dusche und verwöhne mein Haar mit einem Pflegeprodukt.

Ja, ich werde es tun. Wenn das für Max ein

Hindernis ist, dann soll es so sein. Als Vorwarnung schreibe ich ihm trotzdem eine SMS:

Ich habe meine Haare geschnitten. Werde nicht ohnmächtig, wenn du mich siehst.

Aufregend, antwortet er. *Können wir jetzt?*

Ich bitte ihn um ein paar Minuten. Ich muss reichlich Make-up auftragen und die Teile meines Zimmers im Blickfeld der Kamera aufräumen.

Ich muss diese Frisur richtig in Szene setzen.

———

Als er auf dem Bildschirm auftaucht, sitzt er auf einem Bett, und hinter ihm sind Poster mit Tieren zu sehen – ein Elefant, ein Zebra und ein Elch.

Ist ihm klar, dass nur eines davon tatsächlich nach Kanada gehört?

»Was denkst du?« Ich zeige auf meine Haare.

»Umwerfend«, sagt er, und wenn er schauspielert, ist das Oscar-würdig. »Hatte Kristen Stewart nicht auch mal so einen Haarschnitt?«

Ich zucke mit den Schultern. Ich habe keine Ahnung, ob sie das hatte, aber ich fasse es als Kompliment auf. Sie hat schon mehrfach Spione in Filmen gespielt und war in einer Verfilmung sogar einer von Charlies Engeln.

Er runzelt die Stirn. »Nur um sicherzugehen ... das hat nichts mit deiner Gesundheit zu tun, richtig?«

»Oh, nein. Nichts dergleichen.«

»Gut.« Die Erleichterung in seinem Gesicht hätte einen weiteren Oscar verdient, wenn sie gespielt gewesen wäre. »Vielleicht sollte ich mir auch den Kopf rasieren, um gleichzuziehen?«

Ich schaue panisch auf seine köstlichen Locken. »Auf. Keinen. Fall.«

Ein sexy Grinsen erscheint auf seinen Lippen und lässt das Grübchen in seiner Wange hervortreten. »Soll ich es lieber wachsen lassen?«

Ich neige meinen Kopf. »Das würde ich gerne sehen.«

Noch wichtiger ist, dass ich es mag, dass er so weitreichende Pläne mit mir macht.

Er lehnt sich zurück und blockiert das Zebra. »Wie war dein Tag?«

»Größtenteils geheim. Deiner?«

»Ich habe mit meinen Eltern zu Mittag gegessen«, sagt er. »Und zu Abend mit meiner Schwester.«

»Das ist schön. Ich habe auch mit meiner Schwester zu Abend gegessen. Wie ist es, wieder in Kanada zu sein?« Ich verenge theatralisch meine Augen. »Hast du eine alte Freundin getroffen?«

Er lehnt sich zur Kamera. »Nein. Und du?«

Ich grinse. »Meine Freundin und ich sprechen nach einem Scheren-Unfall nicht mehr miteinander. Lange Geschichte.«

Ist sein Gesicht gerade errötet?

Natürlich. Allein der Gedanke von mir mit einer anderen Frau hat ihn erregt. So ein Typ.

Die Femme fatale Association of America – wenn es so etwas gäbe – würde meiner Antwort eine 1+ geben.

»Ich habe gerade keine Freundin«, sage ich

vorsichtshalber und fahre mir mit der Hand über die Bartstoppeln am Hinterkopf.

»Das ist eine Erleichterung. Ich wollte dich gerade fragen, ob du mit mir gehen willst.« Er wirft mir einen erhitzten Blick zu. »Und ich teile nicht, weder mit Männern noch mit Frauen.«

Sooooo, er will also nicht, dass ich andere Spione ausforsche? Unseres wird ein exklusives Spion-gegen-Spion-Spiel sein.

Mist. Er sieht mich erwartungsvoll an. Ich muss antworten, und zwar schnell, sonst spricht mein Schweigen Bände.

»Das hört sich wirklich gut an.« Oh je. Hört sich das zu begierig an? »Ich bin auch kein großer Fan davon, zu teilen. Frag einfach meine fünf identischen Schwestern.«

Ja, selbst mit diesem Zusatz würde die Femme fatale Association of America diese Antwort mit einer Sechs bewerten.

Er schenkt mir ein höschenverbrennendes Lächeln. »Dann ist es abgemacht.«

Ist es zu früh, um sich nackt auszuziehen, um diese Vereinbarung zu vollziehen?

Nein. Ich bin im Moment zu aufgewühlt. Ich sollte noch ein wenig chatten, um mein Gleichgewicht wiederzufinden.

Oh, ich weiß. »Erzähl mir von deinen früheren Beziehungen«, sage ich. »Unter diesen Umständen kann ich genauso gut herausfinden, was für Altlasten du mit in diese Beziehung bringst.«

Vielleicht ist das alles nur ein Haufen Lügen, die Teil

seiner Tarnung sind, aber man weiß nie, was nützlich sein könnte.

»Es gibt nicht viele Altlasten, es sei denn, das an sich ist eine Altlast«, sagt er, ohne mit der Wimper zu zucken. »Ich hatte ein paar Freundinnen im College. Danach nicht mehr viele, weil ich viel gereist bin. Meine längste Beziehung dauerte sechs Monate. Ihr Name war Kathy.« Er verschränkt seine Finger. »Was ist mit dir?«

Wow. Was er gerade gesagt hat, passt haargenau auf das Leben eines Spions, nur dass Kathy wahrscheinlich Katya war.

»Ich habe auch nicht viel, womit ich prahlen kann«, sage ich. »Ich war insgesamt mit etwa dreieinhalb Typen zusammen. Meine längste Beziehung war mit Jay, aber sie war von Anfang an zum Scheitern verurteilt. Unser Name als Paar war *Blue Jay*.«

Max zieht die Augenbrauen hoch. »Dreieinhalb? Klingt wie diese Fernsehsendung, obwohl ich glaube, dass es dort zweieinhalb waren.«

Ich ziehe mich zurück. »Ich habe mich nicht mit einem minderjährigen Jungen getroffen.«

Er lacht. »Das habe ich auch nicht gedacht.«

»Es zählt für mich nur halb, weil ein Typ nur den halben Weg ins gelobte Land geschafft hat, als wir das einzige Mal Sex hatten. Wahrscheinlich ist das zu viel Information für dich.«

Seine Kiefermuskeln spannen sich an. »Wie gesagt, ich teile nicht gerne. So eine Geschichte bringt mich dazu, die Hälfte ausfindig zu machen und auszuschalten.«

Schlucken. Max hat wahrscheinlich die Lizenz,

meinen unglücklichen Ex aufzuspüren und ihn auszuschalten. Aber das würde er nicht. Oder doch? Nur für den Fall, ich sollte ihn besser von dieser Idee ablenken. Außerdem bin ich jetzt ruhig genug für Cyber-Sex.

Ja. Der Femme-fatale-Modus ist offiziell aktiviert. Ich spreche mit heiserer Stimme. »Hast du gerade Privatsphäre?«

Er schaut sich um. »Ja. Das ist mein Kinderzimmer.«

Ich schenke ihm mein bestes kokettes Lächeln. »Geh und schließ die Tür.«

Er verschwindet für einen Moment, und ich vergewissere mich, dass meine Tür auch verschlossen ist.

»Hast du jemals in diesem Raum ein Mädchen über Signal Private Messenger dazu gebracht, sich auszuziehen?«, frage ich, als er wieder da ist.

Seine Nasenlöcher weiten sich. »Ich hatte noch nicht das Vergnügen, nein.«

»Na dann.« Mit hämmerndem Herzen knöpfe ich das Oberteil meiner Bluse auf. »Wenn du ein guter Junge bist, wirst du dieses Vergnügen vielleicht heute Abend erleben.«

Ohne, dass ich etwas sage, ist er innerhalb eines Wimpernschlages ohne Hemd.

Lecker. Diese Brustmuskeln, diese Bauchmuskeln, diese glatte, goldfarbene Haut … »Zieh den Rest aus«, sage ich atemlos.

Das tut er.

Verdammt. Maximus ist bereit für den Kampf. Meine Hormone sind es auch.

»Du bist dran«, murmelt Max, dessen grüne Augen dunkler sind als ein russischer Wald voller Bären.

Unter Aufbietung meiner ganzen Femme fatale ziehe ich mich aus, dieses Mal zum Glück ohne rot zu werden. Sergeant und Captain melden sich zum Dienst und werden hart wie Diamanten.

Ich schlage meine Beine übereinander und verstecke mein Geschlecht vor ihm … vorerst.

Er lechzt nach meinem Anblick wie ein durstiger Mann, der gerade eine Wüste durchquert hat. »Strahlend.« Seine Stimme wird tiefer. »Eine wahre *sonechko*.«

Ich strahle ihn an. »Du bist auch ziemlich leuchtend. Ich will heute eine Nahaufnahme.« Ich deute auf Maximus.

Das Grinsen auf Max' Lippen lässt meine Klitoris kribbeln. »Ladies first?«

Böse. Aber andererseits, so verdient man sich ja auch die Mitgliedschaft in der Femme fatale Association of America.

Ich spreize meine Beine und kämpfe gegen die Röte an, die mich wieder zu verraten droht. »Gut, aber fass dich nicht an, bevor die Dame fertig ist. Abgemacht?«

Max starrt auf den Bildschirm und grunzt etwas Unverständliches – eine Bestätigung, nehme ich an. Ich lege das Handy zwischen meine Beine, nah genug an meine geile Muschi, dass der Bildschirm beschlägt.

»Berühre sie.« Sein Befehl ist kehlig, verzweifelt.

Es ist gut, dass er mein Gesicht nicht sehen kann. Ich habe den Kampf gegen das Erröten verloren. Meine

Mitgliedschaft in der Femme fatale Association of America ist widerrufen.

Trotzdem greife ich mit einer Hand nach meiner Klitoris und schiebe mit der anderen einen Finger in meine Öffnung. Ich weiß, dass er das mag.

Max macht ein Geräusch, das mich an einen verwundeten Bären denken lässt. Klingen alle supererregten Russen so?

Ein Orgasmus baut sich schneller auf als beim letzten Mal. Auch stärker. Keuchend werfe ich einen Blick auf den Bildschirm.

Max ist brav und berührt sich nicht, genau so, wie ich es von ihm verlangt habe, und Maximus ist mit so viel Blut gefüllt, dass er kurz davor steht, sich in einen Werwolf zu verwandeln.

Warum ist das so verdammt sexy?

Das muss etwas mit dem Hunger in Max' Augen zu tun haben.

Er nimmt das Telefon und hält es vor sein Gesicht. Sein Kiefer ist angespannt, und seine Stimme rau wie Sandpapier. »Komm für mich.«

Wenn es darum ging, mir das Gefühl zu geben, dass ich komme, während ich auf seinem Gesicht sitze, dann ist die Mission erfüllt. Mit diesem Bild im Kopf komme ich tatsächlich und gewinne den Preis für das Stöhnen des Jahres der Femme fatale Association of America.

Als ich wieder zu mir komme, bemerke ich Schweißperlen auf Max' Stirn und frage mich, ob ich zu grausam war, als ich ihn bat, zu warten, bis ich fertig bin.

Vielleicht. Aber es war heiß.

»Du bist dran«, sage ich.

Er stellt das Telefon vor Maximus.

Ich grinse anzüglich. »Geh ein wenig zurück. Er ist nicht vollständig zu sehen.«

Er tut, was ich sage, und jetzt kann ich Maximus in seiner ganzen Pracht sehen, ebenso wie Max' Eier – die noch keinen Namen haben, obwohl mein eigener Name gerade auf sie zutrifft.

»Los«, sage ich großmütig.

Max nimmt seinen pochenden Schwanz in seine Faust und bewegt seine Hand mit rücksichtsloser Präzision auf und ab.

Ich sollte mir Notizen für die Blowjob-Erkundung machen, aber ich bin zu erregt, also fasse ich mich stattdessen wieder an.

»Ist das nicht Doppelmoral?« Die Frage klingt gequält.

Ich mache meine Stimme so heiser wie möglich. »Willst du, dass ich aufhöre?«

»Verdammt, nein«, knurrt Max.

Das dachte ich mir.

Ich passe mich seinem Tempo an und bringe mich selbst kurz vor den Orgasmus, dann werde ich langsamer und halte mich zurück, während ich ihn beobachte.

»Sag mir, wann«, keuche ich, während sich der Druck in mir immer weiter aufbaut.

Es folgt etwas Unverständliches, und Max' Hand bewegt sich so schnell, dass sie verschwimmt. Gerade als ich denke, dass ich explodiere, wenn ich noch länger zögere, grunzt er so etwas wie »Jetzt!« und schießt seine Ladung ab.

Meine Zehen krümmen sich fast schmerzhaft. und jedes einzelne meiner Nervenenden schreit vor Freude, als der Orgasmus in mir explodiert.

Ich zittere immer noch von der Intensität, als jemand an Max' Tür klopft. »Alles in Ordnung da drin?«

Hm. Das Timing hätte schlechter sein können.

Max hält die Kamera weiter weg, damit ich sein glückseliges Gesicht sehen kann. »Machen wir morgen weiter?«

Mit einem verschmitzten Lächeln winke ich ihm zu und lege auf.

Müde und erschöpft krieche ich unter die Decke. Wenn der Cybersex so intensiv war, kann ich mir gar nicht vorstellen, wie der echte Sex mit Max sein wird.

Ich will ihn.

Unbedingt.

Auch unprofessionell.

Ich schließe die Augen.

Machete beschließt, die Hälfte meines Kissens in Beschlag zu nehmen, und als ich ihn umarme, schnurrt er.

Lass Machete nicht bereuen, dass er dich am Leben gelassen hat, bedauernswerter Mensch.

Ich beginne einzuschlafen, und vielleicht ist es mein glückseliges Gehirn, das sich in ein Land der Wünsche begibt, aber als der Schlaf mich überkommt, kann ich nicht anders, als mich zu fragen:

Was, wenn Max *kein* russischer Spion ist?

KAPITEL
Zweiundzwanzig

IN DEN NÄCHSTEN drei Tagen verfalle ich in die wunderbarste Routine überhaupt. Ich gehe zur Arbeit, komme nach Hause und führe Videotelefonate mit Max, in denen wir über alles und nichts reden, bevor wir uns auf Cybersex-Sessions einlassen, die von Mal zu Mal orgastischer und einfallsreicher werden.

Als ich am vierten Tag nach Hause komme, ist Gia da, die Olive über Beakys Fähigkeit, sich zu tarnen, ausfragt.

Hm. Plant Gia, einen Oktopus in ihrer Show auftreten zu lassen? Könnte sie mit ihrer Keimphobie überhaupt mit einem Aquarium umgehen? Es wäre nur eine Frage der Zeit, bis sie sich fragen würde, wo Beaky kackt, und die Antwort würde ihr Hirn schmelzen lassen.

»Ich bin gekommen, um meinen Gefallen einzulösen«, sagt Gia zu mir und wirft einen Blick auf Olive. »Wir wollen vielleicht ein bisschen Privatsphäre.«

Mist. Als Gia mir den Kontakt zu Clarice vermittelte, versprach ich, ihr im Gegenzug eine Software zu schreiben, die Unfug anrichtet. Oh, na gut. Ein Deal ist ein Deal.

Ich führe Gia in mein Zimmer, wo ich meinen Computer heraushole.

»Also«, sage ich. »Willst du dich immer noch mit der Autokorrektur der Leute anlegen?«

Sie nickt aufgeregt. »Ich habe mir schon ein paar Zuordnungen ausgedacht. Wenn sie *Leuchtfarbe* eingeben, wird deine App es in *feuchte Akne* ändern. Aus *Füße* wird *Brüste*. *Lieber* wird zu *dicker*. *Drück* zu *fick*. *LOL* zu …«

»Das brauchst du noch nicht zu definieren«, sage ich. »Ich programmiere solche Dinge nie in meine Software ein.«

Gia grinst. »Ich kann meine Zuordnungen selbst bestimmen?«

Ich nicke. »Ziele auch, begrenzt.«

Sie reibt ihre Hände aneinander, wie der böse Vampir, dem sie ähnelt. »Ich fange mit Holly an.«

Holly, ihre Zwillingsschwester, ist auch ihre beste Freundin, was zeigt, dass man mit Freunden und Schwestern wie Gia keine Feinde braucht.

Nicht zum ersten Mal frage ich mich, warum Holly und ich uns nicht näherstehen. Wir haben viele Gemeinsamkeiten, nicht zuletzt unseren Informatik-Hintergrund. Ich weiß, dass sie das Chaos mit all unseren Geschwistern nicht mag, aber ich wette, wir würden uns auch allein gut verstehen. Ich muss sie demnächst einmal ansprechen.

»… und dann will ich, dass du mir die Abschrift des Gesprächs mailst«, sagt Gia, als ich mich wieder auf das Gespräch konzentriere.

»Nein«, sage ich. »Das ist nicht das, was du wolltest. Ich kann dir die Zeile vor dem Autokorrektur-Fehler und die danach geben. Man schnüffelt nicht die ganze Zeit in den Gesprächen der anderen herum.«

Sie zieht einen Schmollmund. »Und wenn ich dir dein Portemonnaie wiedergebe?«

Ich tätschele meine Tasche. Arschloch. Mein Portemonnaie *ist* verschwunden.

Wann hat sie es gestohlen? Wie?

Die Spionin in mir ist verrückt vor Eifersucht, aber ich weiß, wenn ich sie bitte, mir das beizubringen, wird sie im Gegenzug mein Erstgeborenes verlangen – und Max könnte etwas dagegen haben, wenn ich einen solchen Deal mache, ohne ihn zu fragen.

Ich verenge die Augen. »Wenn ich mein Portemonnaie nicht zurückbekomme, wird es die App nicht geben.« Gia sieht nicht gerade zerknirscht aus, also füge ich hinzu: »Ich könnte auch zusätzliche Nullen an deine Stromrechnungen anhängen.«

»Hier.« Sie reicht mir die Brieftasche. »Außerdem respektiere ich, wie sehr du vorgibst, Privatsphären zu respektieren … Miss NSA.«

Ich überprüfe, ob mein Geld noch da ist, und stecke die Brieftasche ein. »Nur um das Design für die Anwendung zu verdeutlichen: Alice schreibt eine Nachricht an Bob. Bevor die Nachricht …«

»Wer ist Alice?«, fragt Gia. »Wer ist Bob?«

Mein Seufzer ist theatralisch. »Das sind fiktive

Figuren, die wir in Diskussionen über kryptografische Protokolle verwenden. Wären die Namen Olive und Mom besser für dich?«

»Mach daraus Oyl und Octomom, und du hast meine Aufmerksamkeit.«

Ich skizziere, was ich vorhabe, indem ich Oyl und Octomom als Absender bzw. Empfänger der Nachricht verwende. Irgendwann ist Gia zufrieden, und ich schmeiße sie raus.

»Ich werde bald eine Show außerhalb des Palace haben«, sagt sie auf dem Weg nach draußen. »Du wirst da sein ... richtig?«

»Das werde ich«, sage ich und meine es ernst. »Sag mir einfach, wann und wo.«

»Der Ort ist ein russisches Restaurant namens The Hut, das nichts mit Jabba zu tun hat. Die Besitzer sind die Eltern von Hollys Freund. Sie haben mich angeheuert, um einen Teil des Unterhaltungsprogramms für den Geburtstag ihres anderen Sohnes zu übernehmen.«

Hmm. Ein russisches Restaurant. »Kann ich eine Begleitperson mitbringen?«

»Sicher«, sagt sie. »Wen?«

Ich bringe sie so schnell wie möglich auf den neuesten Stand und schließe mit: »Du siehst also, es wäre lehrreich zu sehen, wie Max auf russisches Essen und Menschen reagiert. Vielleicht würde er sich selbst verraten? Vielleicht kann Hollys Freund auch erkennen, ob Max ein Russe ist? Ich habe gehört, dass Russen fast immer jemanden aus ihrer ethnischen Gruppe identifizieren können.«

»Gilt das nicht für jede ethnische Gruppe?«, fragt Gia. »Das Gegenteil des alten ›diese und jene Gruppe sehen alle gleich aus.‹«

Ich zucke mit den Schultern.

»Du hoffst, dass er kein Russe ist, oder?«, mischt sich Olive ein, die sich zu uns in den Flur gesellt hat.

»Ja«, sage ich mit einem Seufzer. »Aber ich bin auch eine Realistin. Es gibt gute Gründe dafür, dass er es ist.«

»Dann los, bring ihn mit«, sagt Gia. »Ich werde mit Holly sprechen, um zu sehen, ob sie es arrangieren kann, dass ihr Beau mit deinem spricht.«

»Wann ist der Auftritt?«

Als sie es mir erzählt, zucke ich zusammen. Max kommt an genau dem Morgen zurück, und ich hatte große Pläne, bei denen die einzige Magie Maximus in meiner Vajayjay sein würde – Codename geheim.

Wenn ich aber beweisen kann, dass Max kein Spion ist, könnte ich als Freundin mit ihm schlafen, was viel verlockender klingt als eine Femme fatale.

Argh. Ich nehme an, es ist an der Zeit, meine Karten auf den Tisch zu legen.

Die Wahrheit ist, dass ich mir nie sicher war, ob ich es in mir habe, mit jemandem als Aufgabe zu schlafen. Ich habe gehofft und angenommen, dass ich das tun kann, aber das lag zum Teil daran, dass ich mir Max als Ziel vorgestellt habe. Selbst in seinem Fall bin ich mir nicht sicher, ob ich es tun könnte, wenn ich wüsste, dass er der Feind ist, trotz all der Cyber-Aufwärmübungen. Die Vorstellung, jemanden zu verführen, der nicht Max ist, ist so eklig wie die Begegnung mit einem Pinguin.

Gia tippt mit dem Fuß. »Also, wirst du da sein?

Wenn alles gut geht, könnte das meine offizielle Eröffnung bei The Hut sein. Du bekommst viele Pluspunkte, wenn du kommst und klatschst.«

»Sorry, ich war kurz weggetreten. Ich werde auf jeden Fall da sein und klatschen, auch wenn die Magie scheiße ist.« Grinsend füge ich hinzu: »Ich habe nicht alles mitbekommen, was du über deine Eröffnung gesagt hast, aber ich bin sicher, es war *too much information*.«

Mit einem langsamen Kopfschütteln verlässt Gia den Raum.

Kaum ist sie weg, bricht Olive in Gelächter aus, und Beaky wechselt ein paarmal die Farbe – worüber Olive grinst.

Hmm. Ich habe mich gefragt, ob sie sich einbildet, mit ihm so zu sprechen, wie ich es mit meiner Katze tue. Als Kinder haben wir Sechslinge das immer mit unseren Lieblingstieren auf dem Bauernhof gemacht, also ist es wahrscheinlich. Bevor ich sie fragen kann, klingelt mein Telefon.

Es ist Max.

Ich entschuldige mich und eile in mein Zimmer, um den Anruf anzunehmen. »Vermisst du mich schon?«

Er schmunzelt. »Was denkst du?«

»Ich denke, du solltest dich ausziehen«, sage ich.

Das Grinsen verwandelt sich in einen hungrigen Ausdruck. »Wir müssen uns beeilen. Ich wollte dir eigentlich sagen, dass die ganze Familie hier ist, um den Hochzeitstag und den Geburtstag zu feiern, der gerade war.«

Also kein normales Gespräch? Na ja, sein nackter Anblick sollte mich darüber hinwegtrösten.

Wir ziehen uns aus und cybersexen uns gegenseitig zum Orgasmus. Einer für ihn und zwei für mich. Wer sagt denn, dass das Leben fair sein soll?

»Bitte gratuliere dem Geburtstagskind und dem glücklichen Paar«, sage ich, als ich meine Kleidung wieder anhabe.

Er sieht aus, als würde er sich wünschen, ich wäre nackt geblieben. »Willst du es ihnen selbst sagen?«

Ich blinzele und wiederhole dümmlich: »Ich soll es ihnen selbst sagen?«

Er blufft sicher nur. Es ist unmöglich, dass seine eigentliche Familie dort in Kanada ist. Sie leben in Russland. Ich dachte mir, dass der Ort, an dem er sich aufhält, ein Unterschlupf ist, in dem er und sein Betreuer arbeiten, während er dort ist, und dass der Raum mit Tierpostern dekoriert ist.

»Sie wären begeistert, wenn du das tun würdest«, sagt er. »Ich habe ihnen von dir erzählt, und sie sind neugierig, dich kennenzulernen.«

»*Mich* kennenzulernen?« Diese Frage kommt nicht viel schlauer als die letzte heraus.

»Ja.« Er schnappt sich das Telefon, und alles, was ich sehe, wird auf den Kopf gestellt. »Komm.«

Ich werde seine Familie kennenlernen? Seine Eltern?

Während er zu seinem Ziel läuft, erhasche ich einen Blick auf das Haus, in dem Max angeblich aufgewachsen ist.

Das muss doch ein Trick sein, oder? Wie die Szene in *Die Amerikaner* als einer der Ehemann-Spion-Alias –

Spoiler-Alarm – eine Sekretärin heiratete, die in der FBI-Gegenspionage arbeitete. In dieser Sendung hatte er auch eine *Familie*, aber sie bestand aus seiner Vorgesetzten, die sich als seine Mutter ausgab, und seiner Spion-Ehefrau, die sich als seine Schwester ausgab.

Nebenbei bemerkt: Wenn einer von Max' Decknamen mit *anderen* Frauen schlafen würde, wie es der männliche Spion in der Serie tat, wäre ich nicht so blasiert wie Keri Russells Figur. Nein. Ich würde auf eine Mordtour gehen. Und hey, vielleicht könnte das zu einer anderen CIA-Karriere führen, nämlich die eines Spionage-Attentäters à la Jason Bourne. In diesem Szenario würde ich die süße Amnesie sogar begrüßen.

Max bleibt stehen und sagt etwas auf Ukrainisch. Dann hält er die Kamera so, dass ich einen guten Blick auf einen großen Esstisch habe, auf dem genug Essen steht, um Kiew zwei Jahre lang zu ernähren.

Als ich die Leute, die dort sitzen, mustere, bleibt mir der Mund offen stehen.

»Leute, das ist Blue.« Max beginnt, auf die Leute am Tisch zu zeigen. »Blue, das sind Mama, Papa und meine Geschwister Seman, Matviy, Andriy und Zlata.«

Schließlich halte ich den Mund und blinzele den Stolyar-Clan dümmlich an.

Wenn man Max mit Hilfe von CGI-Effekten in einen attraktiven älteren Mann verwandeln würde, hätte man den Vater. Die drei Brüder sehen Max fast so ähnlich wie meine Schwestern mir. Sogar die Mutter und seine Schwester ähneln ihm sehr. Sie haben die gleichen schönen Augen mit den dichten Wimpern und Haare aus der Shampoowerbung.

»Ich freue mich, Sie alle kennenzulernen«, stottere ich.

Meine Gedanken rasen. Dies ist keine falsche Familie. Nicht ohne CGI oder Magie – und nicht die Art, die Gia macht. Aber würde die russische Regierung so viele Bürger nach Kanada fliegen, nur um mich zu täuschen? Oder hat sich Max irgendwie von Kanada nach Russland geschmuggelt? Es sei denn, sie leben alle in Kanada, nur um Max' Tarnung zu unterstützen?

All diese Optionen klingen wie ein Overkill, was die Frage aufwirft, die wie ein Hoffnungsschimmer für mein Herz ist.

Vielleicht ist Max wirklich kein russischer Spion?

KAPITEL
Dreiundzwanzig

»Schön, dich kennenzulernen, Blue. Bitte sag du zu uns«, sagen alle unisono, und ich schiebe meine Sorgen beiseite, um mich auf die Situation zu konzentrieren.

»Max hat uns viel über dich erzählt«, sagt Andriy.

Kein Akzent. Ein weiterer Hinweis darauf, dass sie entweder nicht aus Russland sind oder dass er am selben Ort wie Max Englisch studiert hat.

»Was er nicht erwähnt hat, ist, wie attraktiv du bist«, sagt der andere Bruder – Seman, glaube ich.

»Er hatte wahrscheinlich Angst, dass du sie angaffen würdest, und er hatte recht«, sagt Matviy, der dritte Bruder.

»Und dann fragst du dich, warum er uns nie die Frauen vorstellt, mit denen er ausgeht?«, mischt sich die Schwester – Zlata – ein.

Ihre Stimme ist genauso schön wie der Rest von ihr, und auch hier gibt es keine Spur von Akzent.

»Nein, das liegt daran, dass er nie mit jemandem

ausgeht.« Seman zwinkert Max zu. »Oder es zumindest nicht getan hat.«

Max dreht die Kamera zu sich selbst. Ein Lächeln umspielt seine Lippen. »Das Warten hat sich gelohnt.«

»Kinder«, sagt Mama. »Lasst den Gast zu Wort kommen.«

Okay. Der osteuropäische Akzent ist deutlich zu hören, aber das passt zu Max' Geschichte als Ukrainer der zweiten Generation.

»Wie wäre es mit einem Toast, bevor sie ihre Geschichte erzählt?«, sagt Papa, dessen Akzent stärker ist als der seiner Frau.

Seman schnappt sich eine Flasche *horilka*. »Der alte Mann ist zur Abwechslung mal vernünftig.«

Papa hebt sein Schnapsglas. »*Za zustrich.*«

Alle trinken ihren Schnaps auf ex. Ich bin froh, dass ich nicht persönlich da bin, denn ich bin nicht in der Stimmung für das Brennen von *horilka*.

»Wir sollten Blue nicht am Telefon behalten, um uns beim Essen und Trinken zuzusehen«, sagt Max, als die Gläser wieder auf dem Tisch stehen.

»Du hast recht«, sagt Mama zu ihm und schaut in die Kamera. »Blue, ich hoffe, du kommst nächstes Jahr persönlich. Dies ist deine offizielle Einladung.«

Wow. »Danke«, sage ich. »Aber ich muss nicht auflegen. Es macht mir nichts aus, euch beim Essen oder Trinken zuzusehen, ehrlich.«

Eigentlich schätze ich diese Chance, mehr über Max zu erfahren, aber ich füge das nicht hinzu.

»Blödsinn«, sagt Papa. »Wenn du nicht mit uns

essen kannst, fühle ich mich wie ein schlechter Gastgeber.«

Seman stößt seinen Vater mit dem Ellenbogen an. »Vielleicht liegt das daran, dass deine Regeln der Gastfreundschaft älter sind als die Technik?«

Ich seufze. »Ich möchte nicht, dass sich jemand schlecht fühlt. Ich wollte euch nur zum Jahrestag und zu den Geburtstagen gratulieren.«

Mama sieht Papa an und sagt etwas in schnellem Ukrainisch. Das Einzige, was ich heraushören kann, ist das Wort *krasa*, das ich in einem russischen Märchen gesehen habe und das sich auf eine schöne Jungfrau bezieht.

»Sie hat gesagt, dass du nicht nur schön, sondern auch höflich bist«, flüstert Max in den Lautsprecher des Telefons.

Ich grinse und spreche zu allen. »Ich lasse euch zurück zu eurem Festmahl gehen.«

»Bis zum nächsten Jahr«, sagt Mama, und die anderen wiederholen ihre Worte.

»Ich rufe dich morgen an.« Max wirft mir einen Luftkuss zu.

Da seine Familie zusieht, berühre ich meine Wange anstatt meinen Hintern, nachdem ich ihn gefangen habe. Ich gratuliere noch einmal und lege auf.

Wow.

Mir wird Abschlussball-Date-schwindlig. Das mit Max und mir könnte tatsächlich funktionieren. Im echten Leben – was nur möglich ist, wenn er nicht für Russland arbeitet. Und vielleicht tut er es nicht? Ist es möglich, dass er von Anfang an die Wahrheit gesagt hat? Dass er wirklich nur ein Ukrainer der zweiten Generation ist und nicht für ausländische Interessen spioniert?

Es gibt Probleme mit dieser Theorie, egal, wie sehr ich mir wünsche, dass sie wahr ist. Was ist mit dem dubiosen Trick, den er nach dem Pokerspiel abziehen wollte? Und was ist mit den Investmentbankern?

Verdammt. War diese Familienbegegnung ein sorgfältig geplantes Theater? Wenn ja, hat es fast funktioniert.

Trotzdem bin ich jetzt hoffnungsvoll. Ich glaube nicht, dass ich wichtig genug bin, um so etwas zu inszenieren. Er weiß nicht, dass ich gesehen habe, wie er mit den Bankern gesprochen hat, oder wie er versucht hat, sich in das Telefon eines anderen zu hacken. Warum sollte er sich so viel Mühe geben, mich davon zu überzeugen, dass er kein Spion ist, wenn er keinen Grund hat, zu glauben, dass ich ihn verdächtige?

Ich habe keine Antworten, aber der Ausflug zum russischen Restaurant steht an. Mal sehen, was dabei herauskommt.

KAPITEL
Vierundzwanzig

Nachdem ich am nächsten Tag meine erste Aufgabe auf der Arbeit erledigt habe, überprüfe ich Max' Geschwister. Ich denke mir, wenn seine Tarnung schlampig ist, werde ich sie nicht finden, aber wenn seine Tarnung gut ist – oder wenn Max ehrlich zu mir war – *werden* sie existieren.

Ja. Die Brüder und die Schwester haben eine sehr solide Online-Präsenz – mehr als Max selbst, was ein merkwürdiges Detail wäre, sollte es sich um eine Fälschung handeln.

Ich kann nicht anders, als erleichtert zu sein. Eine schlampige Tarnung hätte bedeutet, dass sich das Max-ist-kein-Spion-Szenario verabschiedet hätte.

Ein weiteres Arbeitsprojekt landet in meinem Posteingang und ich arbeite die ganze Mittagspause über daran. Ich schaffe es, alles früh zu beenden, bevor ich das Gebäude verlasse und zu Fabio gehe, um dort zu trainieren.

»Wir haben es mit einem Code Red zu tun«, sagt Fabio, als ich ihm von meinem bevorstehenden Date mit Max erzähle.

»Was meinst du?«, frage ich.

Er mustert mich von oben bis unten, seine Oberlippe kräuselt sich bei meiner schlichten grauen Hose und dem weißen Shirt, das hervorragend für die Arbeit geeignet ist. »Ich meine, dass du vielleicht mehr von Stylingtipps profitieren könntest als von irgendwelchen sexuellen Techniken.«

»Was soll das denn bedeuten?«

Er rollt mit den Augen. »Ob schwul oder heterosexuell, Männer sind visuelle Wesen, und du musst sicherstellen, dass uns gefällt, was wir sehen.«

Ich kneife ihm in den Bizeps. »Das war eine rhetorische Frage. Was stört dich an meinem Aussehen?«

Er zieht seinen Arm weg, als hätte ich Stacheln, schnappt sich einen großen Spiegel und stellt ihn vor mich. »Schau einfach.«

Ich nehme meine Perücke ab. »Das ist mein neuer Haarschnitt. Er sagte, dass er ihm gefällt. Der Rest ist meine Arbeitskleidung. Ich werde mich für das Date natürlich schick machen.«

Fabio atmet übertrieben erleichtert aus. »Du wirst auch andere Schuhe tragen, oder?«

Ich widerstehe dem Drang, ihn wieder zu kneifen. »Ja. Ich trage im Büro Turnschuhe, weil ich es bequem haben will.«

Er kratzt sich am Scheitel. »Okay. Können wir zu dir gehen, damit du mir zeigen kannst, was du anziehen willst?«

»Ich kann es noch besser.« Ich hole mein Handy heraus und zeige ihm ein Bild von mir, auf dem ich das Kleid trage, das ich anziehen will, dann ein weiteres von den Schuhen.

Er rümpft die Nase. »Du hast dieses Zeug schon mal getragen?«

»Nur dieses eine Mal«, sage ich.

»Gut. Wie sieht es mit deinen Haaren im Süden aus?« Er schaut mir in den Schritt.

Ernsthaft? »Ich habe mich direkt vor unserer ersten Stunde enthaart.« Das war nur für den Fall, dass Max mich während des Pokerspiels nackt sehen würde, aber das sage ich nicht.

»Brazilian?«

Ich nicke.

Er schürzt seine Lippen. »Wie sieht dein Poloch aus?«

Kann ich jetzt eine Krav-Maga-Bewegung auf ihn anwenden? Kein Tritt in die Eier – die braucht er für die Arbeit –, aber vielleicht einen Schlag in den Nippelbereich? »Ich habe dir gerade gesagt, dass ich Brazilian bekommen habe.«

Ein weiteres Augenrollen. »Was ist mit Bleichen?«

Ich blinzele ihn an. »Es gibt nicht genug Haarwuchs zum Bleichen.«

»Nicht die Haare, Dummkopf, die Haut um die Hintertür. Sie sollte schön rosa sein.«

»Welche Farbe hat sie jetzt?«, platzt es aus mir heraus.

»Woher zum Teufel soll ich das wissen? Und bevor du fragst: Ich will es nicht sehen.«

Im Ernst, nur einen Schlag auf eine der weichen Stellen seines Körpers. »Ich hatte nicht vor, es dir zu zeigen.«

»Sicher, sicher.« Er grinst. »Aber du *wirst* auf die Toilette gehen, um nachzusehen.«

»Blöde Cremehersteller«, murmele ich. »Sie versuchen, Frauen dazu zu bringen, sich zu schämen, um ihr Schlangenöl zu verkaufen. Wir sollten stolz auf unsere Genitalien sein, so wie sie sind. Ich weiß nicht, ob ich Max überhaupt mein Poloch zeigen werde, aber wenn ich es tue, sollte er so begeistert sein, dass es ihm egal sein sollte, welche Farbe es hat.«

Fabios Lächeln wird böse. »Predige es, Schwester. Aber du *gehst* doch auf die Toilette, um nachzusehen, oder?«

Mit einem genervten Seufzen gehe ich zu seinem Badezimmer.

Ich kann nicht glauben, dass ich das tue. Andererseits kann es nicht schaden, einen Blick darauf zu werfen.

Aber wie?

Ich versuche, mich zu einer Brezel zu biegen, um einen Blick zu erhaschen, aber das geht nicht. Ich versuche, einen guten Winkel zu finden, um ihn im Spiegel zu sehen. Ein weiterer Fehlschlag. Gut. Ich nehme mein Handy heraus, beuge mich vor, spreize meine Beine und mache ein Anal-Selfie – oder Analfie, wie ich es in Zukunft nennen werde.

Wenn irgendjemand auf der Arbeit mein Telefon hackt und mein Analfie sieht, werde ich ihn umbringen.

Seufzend werfe ich einen Blick darauf.

Verdammte Scheiße. Mein Poloch ist braun. Hat es einen Ausflug nach Hawaii gemacht und sich eine schöne Bräune verschafft, als ich nicht hingesehen habe? Oder war es schon immer so? Warum sagt meine blöde Intuition, dass es hautfarben sein sollte wie der Rest des Hinterns, oder zumindest rosa, wie das Innere der Vagina? So ist es auch mit den anderen Körperöffnungen – die Ohrlöcher sind hautfarben und die Lippen rosa – meine jedenfalls.

Ist das Date mit Max wichtig genug, um die Behandlung durchzuführen? Ein großer Teil von mir sagt Nein, aber ein anderer Teil, der mit meiner inneren Femme fatale in Kontakt steht, antwortet mit einem vollmundigen Ja. Der Ratgeber der Femme fatale Association of America hat drei Möglichkeiten für diese Situation: a) den betroffenen Bereich bleichen, b) einen juwelenbesetzten Buttplug tragen, um ihn zu verdecken, oder c) sich nackt mit einem Buttplug bräunen, bis die Haut überall sonst der des Polochs entspricht. Da b) das Gehen unbequem machen würde und c) Hautkrebs verursachen könnte, wird es wohl a).

Sieht so aus, als würde ich das tun. Verdammt sei Fabio und verdammt sei der Hautcreme-Industriekomplex.

Als ich in sein Wohnzimmer zurückkehre, sieht mich Fabio selbstgefällig an. »Und?«

»Wie bleiche ich das blöde Ding?«

Er holt sein Telefon heraus. »Du gehst zu meinem Mann. Du willst das nicht selbst machen. Ich habe Horrorgeschichten gehört.«

Ich atme tief aus. »Ein Typ? Also männlich?«

»Schwul. Ich habe es überprüft«, er wackelt mit den Augenbrauen, »wenn du weißt, was ich meine. Er würde sich wahrscheinlich lieber verrottendes Obst ansehen als dein Poloch.«

»Toll, ich fühle mich geschmeichelt.«

Er holt sein Telefon heraus und wählt eine Nummer. »Hey, Ishmael, kann ich eine Freundin zu dir bringen?«

Ishmael? Reden wir von der Bibel oder von *Moby Dick*? Wie ich Fabio kenne, wette ich, dass es das Letztere ist. Wahrscheinlich ein Spitzname, der auf einen Schwanz anspielt.

Obwohl das Telefon nicht im Lautsprechermodus ist, kann ich Ishmaels tiefes Ja, Wer und Warum mithören.

»Blue. Eine Freundin aus dem Kindergarten«, antwortet Fabio.

»Das Poloch?«, fragt Ishmael.

»Ja, er muss heller werden«, sagt Fabio mit einem Grinsen.

»Ich höre mit«, sage ich so laut, dass Ishmael es hören kann. »Und ich werde diejenige sein, die das Trinkgeld gibt.«

»Gut, dann nennen wir es ›den Klingelton da unten ändern‹«, sagt Fabio zu mir. »Besser?«

Ich seufze. »Muss ich es jetzt sofort machen?«

»Ja«, sagen beide unisono.

»Du brauchst etwas Zeit, um dich zu erholen, bevor du einen Schwanz hineinsteckst«, sagt Ishmael.

»Das ist das erste Date«, sage ich. »Wir springen nicht gleich in den Analbereich.«

Fabio wirft mir einen mitleidigen Blick zu. »Blue, du bist immer noch in meiner Trainingszeit, und ich lege Wert auf meinen Ruf.« Er lässt die Schultern hängen. »Keiner meiner Schüler wird sich mit einem ungebleichten Poloch verabreden, und damit basta.«

KAPITEL
Fünfundzwanzig

DER POLOCH-BLEICH-SALON BEFINDET sich im West
Village und sieht extrem hochwertig aus.

»Nett und sauber«, flüstere ich Fabio zu.

»Ja«, sagt er. »Das verheißt Gutes für deinen Anus.«

Bevor ich antworten kann, kommt ein muskulöser
Riese auf uns zu. Er muss ein professioneller
Bodybuilder sein – sein Bizeps hat einen Trizeps.

Er wirkt nicht schwul auf mich, aber das kommt von
dem Mädchen, das keine Ahnung hatte, dass Fabio für
die andere Mannschaft spielt. Wenn ich das gewusst
hätte, hätte ich ihm nicht mein Geschlechtsteil gezeigt.

»Ishmael!« Fabio umarmt den Mann – oder versucht
es zumindest. Seine Arme umschließen ungefähr einen
Brustmuskel.

Hm. Vielleicht heißt das Ungetüm Ishmael, weil es
so groß ist, dass es einen Wal mit bloßen Händen
fangen kann ... am Schwanz.

»Bist du die Kundin?« Ishmael schaut auf mich

herab, so wie ich auf einen kleinen Käfer schauen würde.

Ich nicke stumm mit dem Kopf. Dieser Mann ist so groß, dass er den Echsen-Teil meines Gehirns aktiviert, der dafür verantwortlich ist, dass ich nicht zerquetscht werde.

Ist den Geheimdiensten bewusst, welch seltsame Wirkung eine übergroße Person auf jemanden haben kann? Sollte die CIA ihre Vernehmungsspezialisten mit einem Cocktail aus Steroiden und Wachstumshormonen versorgen?

Ishmael sieht mich immer noch an und deutet auf die nahe Tür. »Komm.«

»Viel Glück«, singt Fabio.

Ich werfe ihm einen hasserfüllten Blick zu und folge dem Riesen.

Ishmael führt mich in einen kleinen, sauberen Raum und zeigt mit seiner fleischigen Hand auf einen Tisch, der neben ihm wie ein Nachttisch aussieht. »Zieh deine Hose aus und nimm die Welpenpose ein.«

Wenn er nicht schwul und ich Max nicht treu wäre, würde ich ihn bitten, mich zuerst zum Essen einzuladen, aber so tue ich, was er mir sagt, während ich Fabio verfluche.

»Spreize deine Pobacken«, dröhnt Ishmael.

»Warte, was hast du vor?«

»Lasern«, sagt er knapp.

Oh. Ich dachte, es würde eine Creme sein, aber wie es aussieht, ist es Big.

»Bereit, wenn du es bist«, knurrt Ishmael.

Ich werde rot wie ein besonders schüchterner Hummer, spreize meine Backen und zucke zusammen.

Ich bin bereit dafür, dass der Laser dorthin scheint, wo es die Sonne nicht tut.

KAPITEL
Sechsundzwanzig

DER SCHMERZ IST SO STARK, dass ich aufschreien muss.

So würde sich eine Superschurkin fühlen, wenn Superman seinen Augenlaser in ihren Po schießen würde. Es würde mich nicht wundern, wenn ich dort rauchen würde, was eine schmeichelfreie Abwandlung des englischen Ausdrucks *Rauch in den Hintern blasen* wäre.

»Tut mir leid«, sagt Ishmael. »Manche Menschen reagieren empfindlicher auf den Laser als andere.«

Ich kann mich des Eindrucks nicht erwehren, dass er Menschen eines bestimmten Geschlechts meint, aber vielleicht bin ich auch nur übermäßig sensibel.

»Ist alles in Ordnung?«, ruft Fabio von draußen in den Raum.

Mein gequälter Schließmuskel krampft sich zusammen, als ich zurückschreie: »Alles in Ordnung, aber mach die Tür nicht auf, sonst bringe ich dich um.«

»Ich will doch nicht traumatisiert werden«, erwidert Fabio lautstark.

»Soll ich dir eine betäubende Creme auftragen?«, fragt Ishmael.

Argh. Was ist schlimmer: Ishmael weiter meinen Po misshandeln zu lassen oder die zusätzliche Demütigung, dass er mich eincremt? Aber wer sagt denn, dass er es sein muss?

»Kann ich die Creme selbst auftragen?«, frage ich.

»Wenn du willst. Gib mir deine Hand.«

Ich tue es, und er zieht mir einen Handschuh über die Hand und erklärt: »Damit deine Finger nicht taub werden.«

»Ah. Richtig. Schau weg.«

»Fertig«, sagt er.

Ich spüre, wie sich mein Gesicht weiter errötet, während ich die Creme auftrage. Das kühlende Gefühl ist eine angenehme Abwechslung zum früheren Brennen.

Ishmael seufzt ungeduldig. »Denk daran, wenn du das länger als fünf Sekunden machst, spielst du damit.«

Großartig. Ein riesiger, arschbleichender Komiker.

Ich ziehe meine Hand weg und drücke mich auf alle viere. Dann warten wir, und was Wartepositionen betrifft, ist diese meine unbeliebteste. Schließlich beginnt mein Hintern, sich taub anzufühlen – ein seltsames Gefühl, das mich an den Zahnarzt erinnert, nur dass ich dort zum Glück meine Hosen anhabe.

»Bereit?«, dröhnt er.

»Sicher.«

Das schreckliche Gefühl kommt zurück, leicht gedämpft, und ich schreie wieder vor Schmerz auf.

»Tut es immer noch weh?«

Der Wichser klingt überrascht.

Ich beiße die Zähne zusammen. »Mach einfach weiter.«

Er tut es. Ich sage mir, dass dies ein Training für das Szenario ist, in dem ein Feind mich gefangen nimmt und versucht, mich dazu zu bringen, mein Land zu verraten. Tapfer gebe ich nicht nach. Ich kann vielleicht keine Vogelfolter aushalten, aber ich kann mit erweiterten Verhörtechniken umgehen, bei denen ich anal verhört werde. Oder zumindest einem Laserstrahl am Hintern.

Scheiße. Ich habe zu früh gesprochen.

Wenn ich ein paar pikante Geheimnisse ausplaudern könnte, würde ich das jetzt sofort tun. Stattdessen sage ich Ishmael, dass er aufhören soll.

Das Brennen verschwindet. »Ich glaube nicht, dass es eine gute Idee ist, es so zu lassen. Ich bin schon halb fertig.«

»Und?«, knurre ich.

»Du wirst einen Halbmond auf deinem Anus haben«, sagt er. »Oder ein Smiley, wenn du aus dem richtigen Winkel schaust.«

Ich seufze laut. Das Letzte, was ich will, ist, dass Max nach einem Smiley auf meinem Hintern fragt. »Gut. Lass uns das zu Ende bringen.«

»Warte mal. Das könnte helfen.« Seine schweren Schritte donnern weg und kehren zurück.

Plötzlich gefriert mein Poloch.

»Was zum Teufel …?«

Er räuspert sich. »Die Schmerzen beim Lasern

werden durch Hitze verursacht, also versuche ich, den Bereich mit Eis zu kühlen.«

Ich werfe ihm einen Blick über meine Schulter zu. »Solltest du mich nicht fragen, bevor du mir Eiswürfel in den Arsch schiebst?«

Mit einem wütenden Blick entfernt er das Eis. »Ich habe versucht, zu helfen.«

»Bring einfach die verdammte Folter zu Ende.« Ich wende mich ab und knirsche wieder mit den Zähnen.

Er macht weiter, und nach dem Eis ist es tatsächlich erträglicher. Da ich noch stinkig bin, sage ich ihm das nicht.

»Fertig«, sagt Ishmael nach einer gefühlten Stunde.

Ich steige vom Tisch, ziehe meine Hose hoch und überlege mir, was ich Fabio Böses antun kann.

Ishmael sagt mir, wie viel ich ihm schulde, und ich bezahle, wobei ich am Ende ein großes Trinkgeld als Dank für das Eis gebe.

»Wie war's?«, fragt Fabio, als wir herauskommen.

»Du solltest mir in den nächsten Wochen aus dem Weg gehen.«

Etwas in meinem Gesicht muss sehr überzeugend sein. Fabio erblasst und verlässt den Raum, während er etwas davon murmelt, dass er gehen muss.

»Das Ergebnis wird dir gefallen«, sagt Ishmael. »Du wirst sehen, du kommst zum Auffrischen wieder.«

»Auffrischen?« Die Frage kommt als Quietschen aus meinem Mund. »Der Scheiß ist nicht dauerhaft?« In meiner Wut vergisst mein Gehirn, wie groß mein Kosmetiker ist, und ich gehe konfrontativ auf ihn zu.

Er schüttelt den Kopf und tritt vorsichtig einen

Schritt zurück, weil er offenbar der Meinung ist, dass ein Yorkie mit Tollwut eine Dogge verletzen könnte. »Wenn du gehst, entsteht Reibung, die zu Pigmentierung führt. Das Ergebnis hält vielleicht ein halbes Jahr, aber nicht länger.«

Ich hasse die ganze Welt. »Das mache ich auf keinen Fall noch einmal.«

»Schön.« Er reicht mir eine Creme. »Das ist für die Nachsorge. Ruf deinen Arzt an, wenn du Fieber bekommst, Analausfluss, Blutungen, Blasen oder offene Wunden hast.«

Ich möchte kotzen. »Deine Online-Präsenz sollte besser beten, dass ich nicht zum Arzt muss.«

Ich knalle die Salontür laut hinter mir zu und nehme ein Taxi nach Hause, wobei mein Poloch die ganze Fahrt über brennt.

———

Ich fühle mich für den Rest des Tages so mies, dass Olive mir beim Abendessen vorwirft, crabby zu sein. Hey, sie ist zwar eine Meeresbiologin, aber sie kann doch bestimmt trotzdem ganz ohne Assoziationen zu Meerestieren auskommen. Ein einfaches *mürrisch* hätte es auch getan. Was kommt als Nächstes? Ein Rat, meine Kiemen feucht zu halten, wenn ich die nächste Erkältung bekomme?

Als ich in mein Zimmer gehe, erhalte ich wie immer nach dem Abendessen eine SMS von Max. Wie immer handelt es sich um ein Bild eines niedlichen Tieres – in diesem Fall ein Fennek.

Die Welle der Freude lässt mich den Schmerz an meinem Hintern vergessen.

Ein Fuchs, der wie ein Babyhase aussieht?, schreibe ich zurück. *Zweifellos täuscht es die flauschigen Kreaturen, indem sie ihn für einen von ihnen halten, und ermordet dann kaltblütig die ganze Familie.*

Nun, das wurde schnell düster.

Ich finde ein Bild von einem Sternmull und schicke es Max mit der Bildunterschrift: *So sieht niedlich aus.*

Er antwortet sofort:

Wieder ein Mull? Und dieses Mal mit Nasententakeln? Ich hätte nie gedacht, dass ich das mal schreiben würde, aber das sind die ekligsten aller Tentakelarten.

Ich grinse. *Videocall?*

Er sagt, dass er zwanzig Minuten braucht, und ich nutze die Zeit, um mein Make-up aufzufrischen und mein schöneres Zuhause-T-Shirt anzuziehen.

Als wir telefonieren, erzählt er mir von seinem Tag, aber ich nichts von meinem. Die *Operation Po-Lasern* ist nur für die, die es wissen müssen, und wenn er nicht gerade hier ist und ich mich verzweifelt nach etwas Analem sehne, braucht er es nicht zu wissen. Stattdessen erzähle ich ihm von Gias Auftritt in dem russischen Restaurant, um zu sehen, ob er versucht, sich davor zu drücken.

»Ich würde gerne mitkommen«, sagt er, und ich wünschte, ich könnte ihn über das Internet küssen.

Er ist sich entweder nicht bewusst, dass Russen ihre Landsmänner erkennen können, oder er ist besonders mutig-Schrägstrich-verrückt.

»Du wirst nicht zu müde sein?«, frage ich. »Es ist der Tag, an dem hier ankommst.«

»Nein, es ist alles in Ordnung. Ich werde sogar Zeit haben, dich abzuholen.«

»Bist du sicher? Das Restaurant befindet sich in Brooklyn, also auf dem Weg vom Flughafen hierher. Mich abzuholen, wäre ein großer Umweg.«

Er schenkt mir ein schelmisches Grinsen. »Ich bestehe darauf. Bei unserem ersten Date hole ich dich ab, auch wenn das bedeutet, dreimal nach Brooklyn zu fahren. Oder auch viermal.«

»Gut, aber komm hoch, wenn du hier bist. Zur Belohnung zeige ich dir meinen Kater und den Tintenfisch meiner Schwester.«

Sein Grinsen wird breiter. »Deine Muschi und eine Oktopussi?«

Hitze bedeckt mein Gesicht und andere Regionen. »Um *das* zu sehen, musst du möglicherweise bis nach der Veranstaltung warten.«

Seine Stimme wird zu einem Knurren. »Ich kann es kaum erwarten.«

Also los. Den Femme-fatale-Modus aktivieren. Ich lecke mir verführerisch über die Lippen, genau so, wie er es mag.

Er sieht sehr hungrig aus. »Ausziehen.«

Ich tue, was er sagt, und er schließt sich mir an.

Wird mein Hintern beim Masturbieren im Weg sein?

Nein. Der Cybersex, der folgt, ist der beste bis jetzt. Sobald mein Gehirn in den Endorphinen nach dem Orgasmus badet, ist der Schmerz in meinem Po nur noch eine ferne Erinnerung.

KAPITEL
Siebenundzwanzig

WIR SETZEN unsere Cybersex-nach-Arbeit-Routine während mein Hintern heilt fort, Bis Max zurückkommt.

An diesem Tag zu arbeiten, ist schwierig. Anstatt mich auf **geheim** zu konzentrieren, denke ich an Maximus in all meinen Löchern, sogar im Hintern – obwohl ich weiß, dass ich ihm mehr Zeit geben sollte, um zu heilen.

Apropos Hintern: Als ich von der Arbeit nach Hause komme, mache ich ein Analfie, um zu schauen, wie er aussieht.

Schön und rosa. Ich bin mir nicht sicher, ob es die Schmerzen wert waren, aber hey, jetzt ist es geschafft und ich fühle mich ein wenig mehr wie eine Femme fatale. Max sollte es zu schätzen wissen – vorausgesetzt, ich zeige es ihm, was auf meiner Agenda steht.

Apropos Max: Er schreibt mir eine SMS, als er landet.

Scheiße. Ich muss mich für das Restaurant fertig machen.

Ich brauche über eine Stunde, um das Styling, das Auftragen von Make-up und die Kleidung zu perfektionieren. Der letzte Schliff ist etwas doppelseitiges Klebeband zwischen meinen Brüsten und am Mieder des Kleides. Ich will nicht, dass Sergeant und Captain heute Abend zu früh in Erscheinung treten.

Als ich mit meinem Aussehen zufrieden bin, mache ich ein Selfie und schicke es Fabio.

Umwerfend, antwortet er.

Versucht er immer noch, mich nach der Operation Laser am Po zu beschwichtigen?

Vorsichtshalber stürme ich ins Wohnzimmer und frage Olive, was sie davon hält.

»Wow, Schwesterherz«, ruft sie aus. »Der Spion wird nicht wissen, was ihn getroffen hat.«

Sogar Machete muss es gefallen, oder zumindest interpretiere ich sein Reiben an meinem Bein so.

Fühle dich nicht zu sehr geschmeichelt, schwacher Mensch. Machete hat dich markiert, damit die Katzen außerhalb seines Schlosses wissen, dass es Machetes Vorrecht ist, dein Gesicht zu zerkratzen.

»Hey«, sage ich zu Olive. »Musst du Lebensmittel einkaufen oder so etwas?«

Sie grinst wissend. »Wird Max hochkommen?«

Ich nicke.

»Ich hole mir Sonnencreme«, sagt sie und verbraucht trotz der späten Stunde eine ganze Tube auf Gesicht und Armen.

Hey, was auch immer nötig ist, um etwas Privatsphäre zu bekommen.

Zehn Minuten nachdem Olive gegangen ist, schickt Max mir eine SMS, um mich wissen zu lassen, dass er draußen ist.

Komm hoch, antworte ich.

Während ich warte, tummeln sich die Schmetterlinge in meinem Bauch. Ich habe ihn seit einer Woche nicht mehr gesehen. Wir haben uns zwar auf unseren Bildschirmen gesehen, aber das ist nicht dasselbe. Was wäre, wenn …

Die Türklingel läutet.

Als ich die Tür aufziehe, rieche ich seinen Ahorn-Lavendel-Duft und dann steht Max in seiner ganzen köstlichen Pracht vor mir.

»Hi.« Seine Stimme trieft vor Sex, seine honigfarbenen, grünen Augen mustern mich von Kopf bis Fuß und werden dabei immer dunkler.

In der Zwischenzeit fahren meine genauso über ihn. Er trägt einen perfekt geschnittenen marineblauen Anzug, der die beeindruckende Breite seiner Schultern und die Schlankheit seiner Taille betont. Am liebsten würde ich es ihm vom Leib reißen – zusammen mit seinem weißen Hemd und den Boxershorts oder Slips, mit denen er versucht, die wachsende Beule in seiner Hose zu verbergen. Es sei denn, er hat nichts drunter?

Oh, Mist. Allein der Gedanke daran gibt mir das Gefühl, dass ich kurz davor bin, zu verbrennen. Wie gewalttätig würde Gia mich umbringen, wenn ich ihre Show schwänze, um ihm das Hirn rauszuficken?

»Hallo«, hauche ich.

Seine Nasenlöcher blähen sich auf und ohne weitere Vorrede umklammert er meine Oberarme, zieht mich zu sich und presst seine Lippen auf meine.

Achtundzwanzig

DER KUSS IST HEISS. Heißer als all unser Cybersex zusammen. Als seine Zunge sinnlich über meine Lippen streicht und in meinen Mund eintaucht, habe ich das Gefühl, dass sich jede Geschmacksknospe auf meiner Zunge in eine Klitoris verwandelt hat. Keuchend stelle ich mich auf die Zehenspitzen und drücke mich gegen seinen harten Körper, während meine Arme sich um seinen starken Hals legen und ich den Kuss mit wachsender Inbrunst erwidere.

Nach ein paar schwindelerregenden Minuten zieht er sich widerwillig zurück. Seine Stimme ist rau vor Frustration, und sein Kiefer angespannt. »Wir müssen bald gehen.«

Ich blinzele ihn verwirrt an. Ich bin mir ziemlich sicher, dass die brütende Hitze zwischen uns zumindest ein paar meiner Gehirnzellen gebraten hat. »Ja. Ich … wir sollten.«

Er tritt zurück und schaut mich noch einmal hungrig an. »Du siehst umwerfend aus.«

Ich lecke mir die pochenden Lippen. »Danke. Und du solltest immer einen Anzug tragen, oder noch besser, gar nichts.«

Ein sexy Grinsen umspielt seinen Mund. »Notiert. Also, wo sind die Tiere, die du versprochen hast?«

Tiere. Richtig. Ich versuche, nicht an meine überreizte Libido zu denken, nehme seine Hand und führe ihn ins Wohnzimmer, wo ich auf das riesige Aquarium zusteuere. »Das ist Beaky.«

Max studiert den Oktopus mit einer Mischung aus Ehrfurcht und Unbehagen. »Wow. Er ist genau wie auf dem Bild, das du mir geschickt hast. Er hat definitiv etwas von einem Horrorfilm an sich.«

Beaky muss seine Aussage nicht mögen, oder es ist ein Zufall, dass er genau in diesem Moment seine Farbe wechselt.

»Komm, lass uns den Kater suchen.« Ich greife wieder nach seiner Hand und versuche, nicht zu einer Pfütze des Verlangens zu zerfließen, als sich seine starken Finger sanft um meine legen.

Während wir nach Machete suchen, wird mir klar, dass es das Beste ist, dass ich Max noch nicht geschändet habe. Was ist, wenn der verdammte Kater Maximus angreift, so wie er es mit Bills Dildo und Kiwis getan hat?

»Da ist er«, sagt Max und deutet auf eine Ecke in der Küche. Ein warmes Lächeln erhellt sein Gesicht, als er sich dem Kater nähert. »Er ist wunderschön.«

Die Dinge passieren zu schnell, als dass ich reagieren könnte.

Max beugt sich vor und streckt seine Hand aus – ein Kamikaze-Manöver.

Machete stürzt sich auf die Hand.

Ich zucke zusammen und erwarte, dass scharfe Krallen Max' Fleisch zerfetzen.

Stattdessen drückt Max den Kater in einer Nanosekunde an seine Brust, und die böse Kreatur schnurrt tatsächlich.

Was soll der Scheiß?

Ist Max ein Katzenflüsterer?

Das muss etwas sein, was sie in der russischen Spionageschule lehren. Sie fangen damit an, wie man einen Menschen verführt, aber in Lektion neunundsechzig geht es nur noch darum, wie man eine Katze verführt.

Schließlich muss ein Spion alle Arten von Muschis beherrschen.

Ich schaue Machete mit zusammengekniffenen Augen an. »Verräter.«

Dem Kater ist es völlig egal, was ich sage.

Machete ist mit diesem Menschen einverstanden. Sein symmetrisches Gesicht bringt Machete dazu, sich auf ihm zusammenrollen und ein langes Nickerchen machen zu wollen.

Auf keinen Fall. Die einzige Muschi in diesem Gesicht wird meine sein.

»Du wirst Haare auf deinem Anzug haben«, sage ich, als ich mich wieder gefangen habe.

»Stimmt.« Max setzt Machete sanft ab.

Der Kater wirft mir – oder vielleicht der ganzen Welt – einen tödlichen Blick zu.

Machetes Fell ist eine Dekoration. Ein Ehrenabzeichen, mit dem sich nur die wenigsten schmücken dürfen.

———

Wir schaffen es mit intakten Fingern und Gliedmaßen aus meiner Wohnung, und Max führt mich in ein Taxi. Während wir uns durch den üblichen Verkehr kämpfen, erzählt er mir von seinem Heimflug, bei dem offenbar eine gesprächige alte Dame neben ihm im Flugzeug saß.

Während ich ihm zuhöre, wie er ihre Mätzchen beschreibt, kann ich nicht anders, als zu denken, dass sie ihn angemacht hat. Welche heterosexuelle Frau würde das nicht tun? Ich weiß, dass ich auch mit über hundert Jahren noch Lust auf Maximus hätte.

Schließlich biegt das Taxi nach Brighton Beach ab, und wir fahren an Schaufenstern vorbei, an denen Schilder in russischer Sprache hängen. Die Menschen, die die Läden betreten, würden auf den Straßen Moskaus vor etwa zwanzig Jahren nicht fehl am Platz wirken.

Ich beobachte Max' Gesicht auf Anzeichen von Nostalgie.

Nein. Er ist entweder kein Spion, schult seine Gesichtszüge oder ist nicht der sentimentale Typ.

Unser Taxi hält an.

Mir rutscht das Herz in die Hose, als ich das Restaurant betrachte, das unser Ziel ist. Ich zeige auf die grauenhaften Objekte vor uns. »Bilde ich mir das nur ein?«

Max folgt meinem Blick und runzelt die Stirn.

»Wenn du die riesigen Hühnerbeine meinst, die als Säulen für das Restaurant dienen, sehe ich sie auch.«

Ich *rede* über die riesigen Vogelbeine. Wenn er sagen würde, dass sie zu einem teuflischen Huhn gehören, würde ich es glauben – auch wenn das den schrecklichen Anblick nicht besser macht.

Ich nehme meinen Kopf in die Handflächen. »Warum? Warum sollte das jemand tun? Ist das eine russische Version von Halloween?«

Selbst dann wäre so etwas Erschreckendes das Äquivalent dazu, echte Leichen zu benutzen, um Süßes oder Saures zu geben.

Max zieht eine Grimasse und klopft mir auf die Schulter. »Ich bin mir ziemlich sicher, dass diese Beine auf die Märchen mit Baba Yaga anspielen. Wenn die russische Version der ukrainischen ähnelt, ist Baba Yaga eine böse Hexe, die Kinder isst und in einer Hütte im Wald lebt, die auf riesigen Hühnerbeinen steht.«

»Ich denke, das passt. Nichts ist so böse wie etwas mit Vogelkörpern. Sie hätten diesem Restaurant genauso gut die Beine von Freddy Krueger geben können, wenn sie schon dabei wären.«

»Kannst du reingehen?«, fragt er und sieht mich besorgt an.

Ich unterdrücke ein Schaudern. »Ich denke schon. Sie sind nicht echt. Meinst du, das bedeutet, dass sie viel Hühnchen servieren?«

Er nimmt sein Handy heraus und wischt ein paar Sekunden lang über den Bildschirm. »Nicht mehr als normal. Das macht Sinn. Wenn ich mit dem Thema richtig liege, wäre das Fleisch von Kindern eine größere

Sorge, aber das steht zum Glück auch nicht auf der Speisekarte.«

»Gut, lass uns gehen.« Ich ergreife seine Hand so fest ich kann und lasse mich von ihm zu den schrecklichen Beinen führen.

So muss der Eingang zur Hölle aussehen. Als wir in ihrer Nähe sind, schließe ich die Augen und lasse mich von Max wie von einem Blindenhund führen.

Warum muss Gia an Orten auftreten, die Vogelhindernisse haben? Hat es etwas mit dem Zombiemeisenmassaker zu tun? Sie war auch dort. Vielleicht ist das ihre Art, dieses Trauma zu verarbeiten?

Ich höre, wie sich eine Tür öffnet und schließt, gefolgt von Stimmengewirr und dem leisen Klappern von Besteck auf Geschirr. Köstliche, vollmundige Gerüche wehen in meine Nasenlöcher. Zögernd öffne ich meine Augen und löse meinen tödlichen Griff um Max' Hand.

»Geht es dir gut?«, fragt er mit einem sanften Lächeln.

Ich nicke und betrachte fasziniert unsere Umgebung.

Wir sind im Inneren des Restaurants. Es ist voller Marmor und Kristall, und in der Mitte des großen Raums steht eine Bühne. Das muss der Ort sein, an dem Gia ihre Show aufführen wird. Im Moment ist die Bühne jedoch von einem pummeligen bärtigen Kerl besetzt, der ein Outfit trägt, das aussieht wie eine Explosion in der Glitzerfabrik. Oh, und er singt – oder besser gesagt schlachtet – *Wrecking Ball*, mit einem starken russischen Akzent.

»Ich bete, dass er sich nicht auszieht oder Elektrowerkzeuge ableckt, wie Miley Cyrus in dem Video«, flüstere ich Max zu.

Er grinst. »Haben wir einen zugewiesenen Tisch?«

Hervorragende Frage. Ich schicke eine SMS an Gia.

Während ich auf eine Antwort warte, fällt mir auf, wie elegant gekleidet alle Gäste sind. Es erinnert mich an diese Infiltrationsszenen in schwarzer Kleidung, die in jedem Spionagefilm und jeder Serie vorkommen.

Vielleicht sollten Max und ich uns zusammentun und das *borschtsch*-Rezept aus der Küche klauen?

Anstatt per SMS zu antworten, kommt Gia zu uns gelaufen.

Wow. Normalerweise ist sie noch blasser als Olive, aber ihr Make-up heute würde Draculas Geisha im Vergleich dazu braun aussehen lassen.

»Danke, dass du gekommen bist«, sagt sie. »Die Show wird in ein paar Minuten beginnen. Warum setzt ihr euch nicht erst einmal mit zu uns?« Sie zeigt auf einen großen Tisch mit dem besten Blick auf die Bühne.

»Sicher«, sage ich. »Gehen wir.«

Gia sieht Max an. »Möchtest du uns nicht erst einmal vorstellen?«

Ah. Richtig. »Max, das ist Gia, meine Schwester und unsere heutige Abendunterhaltung. Sie ist eine Magierin, also pass auf deinen Besitz auf.«

Hoppla. Warum habe ich ihn vor diesem letzten Teil gewarnt? Ich könnte etwas über ihn erfahren, wenn Gia seine Brieftasche stiehlt.

»Schön, dich kennenzulernen«, sagt Max und bedeckt betont seine innere Jackentasche.

Gia grinst. »Danke, dass du mir gezeigt hast, wo du etwas aufbewahrst, das sich zu stehlen lohnt.«

»Kein Flirten mit meinem Date«, flüstere ich laut.

Sie rollt mit den Augen. »Ich habe mein eigenes.«

Und Junge … das hat sie. Als wir den Tisch erreichen, wirft ein Typ, der *fast* so heiß ist wie Max, ihr einen anbetenden Blick zu. Das ist Codename Tigger. Sein richtiger Name ist Anatolio Cezaroff.

Gia fängt an, alle im Uhrzeigersinn am Tisch vorzustellen. Während sie das tut, bewerte ich sie, wie ein Spion es tun würde.

Das dunkle und grüblerische Geburtstagskind ist Vlad Chortsky. Neben ihm sitzt seine Freundin Fanny – eine rundliche Schönheit, die aus einem unbekannten Grund errötet. Alex Chortsky ist Vlads fröhlicher aussehender Bruder, der mit meiner Schwester Holly zusammen ist. Gut für sie – die Chortskys haben eindeutig tolle Gene.

Wo wir gerade von guten Genen sprechen, die Cezaroffs sind auch heiß. Zumindest Tiggers Bruder Dragomir ist es. Anscheinend ist er der Freund der Chortsky-Schwester Bella – einer Frau, die den Femme-fatale-Look viel besser hinbekommt als ich. Ich nehme mir vor, mich mit ihr anzufreunden und sie um Tipps zu bitten.

Und schließlich gibt es noch die Matriarchin und den Patriarch des Chortsky-Clans, die Besitzer dieses Restaurants. Sie heißen Boris und Natasha und sehen genauso aus und hören sich genauso an wie die Figuren aus *Rocky und Bullwinkle*. Natasha trägt mehr Make-up als alle Dragqueen-Freundinnen von Fabio zusammen, während Boris eine Augenbraue hat, mit der eine Raupe eine leidenschaftliche Affäre haben könnte.

»Alles Gute zum Geburtstag, Vlad.« Max schüttelt die Hand des grüblerischen Mannes und drückt ihm einen Umschlag in die Hand.

Eine Bestechung, damit er ihn nicht als russischen Landsmann erkennt? Entweder das – oder ein Geburtstagsgeschenk. Eine tolle Idee, auf die ich auch hätte kommen können.

»Ihr seid spät dran, also müsst ihr Strafschnäpse trinken«, sagt Boris.

Natasha sieht ihren Mann mit verengten Augen an. »Was interessiert dich das? Du trinkst keinen Wodka mehr, schon vergessen?«

Interessant. Boris hält den größten Bierkrug, den ich je gesehen habe, mit etwas dunklem Bier darin. Er ist auch der Einzige. Alle anderen haben Wodka-Gläser vor sich stehen.

Boris schaut so sehnsüchtig auf die Wodkaflasche, wie ich Maximus anschauen würde, sollte Max ihn für mich herausholen. »Traditionen sind Traditionen, unabhängig von meiner Nüchternheit.«

Biertrinken ist Nüchternheit?

»Wie wäre es, wenn wir auf die Gesundheit des Geburtstagskindes anstoßen?«, sagt Max und schnappt sich die Wodkaflasche.

Dann schenkt er allen außer Boris ein.

Als Max bei Natasha ankommt, betrachtet sie ihn lüstern und bedankt sich mit einer so heiseren

Stimme, dass Max sie in Kanada als Schlittenhund benutzen könnte. Als Max Gias Glas füllt, zwinkert Natasha ihr zu. »Du und deine Schwestern, ihr habt ein Talent dafür, die attraktivsten Männer zu finden.«

Bella rollt mit den Augen. »Mama! Zu diesen Männern gehört auch dein Sohn. Ist es zu viel verlangt, dass du dich einen Abend lang wie eine verheiratete Frau verhältst?«

Natasha sieht aus, als wollte sie etwas Abfälliges erwidern, aber Dragomir springt auf und sagt: »Ich wollte mich Max' guten Wünschen anschließen.«

Alle stimmen mit ein, und Fanny küsst das Geburtstagskind auf die Wange, bevor sie errötet, als hätte man sie gerade dabei erwischt, wie sie ihm unter dem Tisch einen runterholte.

Wir kippen die Schnäpse hinunter.

Das einzig Gute, was ich über Wodka sagen kann, ist, dass er kein *horilka* ist.

Als ich wieder zu Atem komme, hat Max mir schon einen Haufen russisches Essen auf den Teller gelegt. Einiges davon sieht aus wie die Dinge, die wir im *Salo* gegessen haben, aber einiges ist anders. Aber es ist alles köstlich, und ich konzentriere mich für ein paar Minuten nur auf das Essen.

Als mein Hunger gestillt ist, schaue ich mir die Teller meiner Schwestern an.

Gia hat eine ähnliche Auswahl wie ich, aber Holly hat nur eine Sache auf ihrem – die Knödel namens *pelmeni*. Genauer gesagt hat sie sieben davon, was bedeutet, dass sie ihre Primzahlen immer noch mag.

Ich suche ihren Blick. »Hey, Schwesterherz, was ist die größte bekannte Primzahl?«

Holly lächelt schüchtern. »Es ist eine Mersenne-Primzahl, was bedeutet …«

»Dass es eine gerade Zahl minus eins ist«, sage ich, vor allem, um sie daran zu erinnern, dass ich in der Kryptografie mit Primzahlen zu tun habe.

Hollys Lächeln wird strahlend. »Das ist nicht ganz falsch, aber die genaue Definition lautet ›eine Potenz von zwei minus eins‹. Drei und sieben wären Beispiele, aber dreizehn nicht.« Sie schaut sich am Tisch um, und ihr Lächeln wird schwächer. »Jedenfalls ist die größte bekannte Primzahl im Moment zwei hoch 82.589.933 minus eins.«

Alle sehen aus, als wollten sie unser Gespräch verdrängen, aber ich hoffe, dass ich den Grundstein für ein Treffen mit Holly außerhalb von Familienfeiern gelegt habe.

Holly schaut sich noch einmal am Tisch um. »Apropos … Schließt sich uns noch jemand an?«

Ah. Richtig. Wir sitzen zu zwölft am Tisch, und sie würde dreizehn bevorzugen.

»Meine Freundin Clarice kommt noch«, sagt Gia zu ihrem Zwilling, um ihn zu beruhigen.

Natasha schmollt. »Dann werden wir dreizehn sein. Das bringt Pech.«

»Schwachsinn«, erwidert Holly, und alle starren sie an. »Tut mir leid«, sagt sie und atmet tief durch. In einem ruhigeren Ton erklärt sie: »Dreizehn bringt in China kein Unglück, und Chinesen machen siebzehn Prozent der Weltbevölkerung aus.«

Alex streichelt Hollys Rücken. »Auch in Indien bringt sie kein Unglück. Weitere siebzehn Prozent der Menschheit.«

Natasha öffnet den Mund, vergisst aber, was sie sagen wollte, als Clarice auftaucht.

Ich kann es Natasha nicht verdenken. Es kommt nicht jeden Tag vor, dass jemand als Pirat verkleidet in ein Restaurant kommt. Oder an einem Ort, an dem keine Halloween-Party stattfindet.

Wie eine kaputte Schallplatte sagt Boris etwas über Strafschnäpse, und seine Frau erinnert ihn daran, dass er jetzt Biertrinker ist. Bevor jemand sie vor der Strafe bewahren kann, schenkt sich Clarice einen kräftigen Schluck Wodka ein und kippt ihn hinunter wie eine professionelle Russin.

»Wow«, sagt Boris. »Sie wird einen Mann eines Tages sehr glücklich machen.«

Bella rollt wieder mit den Augen. »Wenn sie es tut, dann nicht, weil sie trinkt.«

Diesmal ist es Boris, der anscheinend etwas Gemeines zu seiner Tochter sagen will, aber Dragomir springt wieder auf. »Es ist Zeit für Vovochka-Witze.«

Alle sehen erfreut darüber aus, und ich erinnere mich daran, dass Vovochka die fiktive Zielscheibe vieler russischer Witze ist, ein bisschen wie Fritzchen.

»Ich habe einen«, sagt Vlad, sehr zu meiner Überraschung. Von allen hätte ich nicht erwartet, dass der Düsterling einen Witz reißt, vor allem, wenn man bedenkt, dass Vovochka eine Verkleinerungsform von Wladimir ist – der vollständigen Version von Vlads Namen.

»Der junge Vovochka geht auf die kleine Fannychka zu und sagt: ›Kannst du mir helfen? Als Frau?‹ Sie sieht ihn stirnrunzelnd an. ›Du hast so schmutzige Gedanken.‹ Er sieht sie verwirrt an. ›Mein Tennisball ist in die Mädchentoilette gerollt.‹«

Fanny verschluckt sich fast an ihrem Essen, und alle anderen kichern.

»Ich habe auch einen«, sagt Alex. »Die Lehrerin kommt in den Unterricht und trägt einen Anhänger in Form eines Flugzeugs auf ihrer Brust. Während der ganzen Stunde starrt Vovochka den Anhänger an. Schließlich kann die Lehrerin es nicht mehr ertragen und fragt: ›Was? Gefällt dir das Flugzeug?‹ Vovochka schüttelt den Kopf. ›Ich mag den Flughafen.‹«

Noch mehr Gelächter, und dann meldet sich Gia. »Ich habe einen, aber die Anerkennung dafür gehört Tigger.«

»Ich kann das Lob nicht annehmen.« Tigger berührt liebevoll ihre Hand. »Ein russischer Diplomat hat ihn mir erzählt.«

»Nun, auf jeden Fall«, sagt Gia. »Vovochka sitzt mit einem Fernglas auf einem Baum und beobachtet, wie sich seine Lehrerin umzieht. Sie sieht ihn und schreit: ›Schäm dich! Mach dir nicht die Mühe, ohne deinen Vater zur Schule zu kommen.‹ Vovochka dreht seinen Kopf. ›Papa, du hast sie gehört, nicht wahr?‹«

Die meisten Leute kichern, aber Tigger, Clarice, meine Schwestern und ich lachen schallend.

»Ich auch«, sagt Natasha und wirft einen Blick auf Bella. »Die Tochter fragt ihre Mutter: ›Was magst du lieber, Hunde oder Schmetterlinge?‹ Die Mutter runzelt die Stirn. ›Keine Tattoos.‹ Auch die ungehorsame Tochter runzelt die Stirn. ›Aber Mama, bitte. Ich lasse es an der unauffälligsten Stelle machen.‹ In diesem Moment wendet sich Vovochka an seine Schwester und fragt: ›Auf deinem Gehirn?‹«

Diesmal lacht nur Boris. Wir haben alle eine Mutter-Tochter-Spannung zwischen den Zeilen dieses Witzes mitbekommen.

»Müssen es Vovochka-Witze sein?«, fragt Dragomir.

»Das ist Tradition.« Boris sagt diese Worte bedeutungsvoll.

»Nun, ich würde gerne etwas anderes hören«, sagt Bella spitz.

»Okay«, sagt Dragomir. »Jeder, der ein Verfechter der Tradition ist, kann beim nächsten Vika durch Vovochka ersetzen.« Er räuspert sich. Die kleine Vika fragt ihre Mutter: »Wo führt man einen Tampon ein? Ihre Mutter verschluckt sich fast an einem Apfel. Als sie wieder zu sich kommt, sagt sie: ›Na ja ... dort, wo auch die Babys herkommen.‹ Vika starrt ihre Mutter mit offenem Mund an. ›In einen Storch?‹«

Die Lacher sind diesmal enthusiastischer, aber bevor jemand einen weiteren Witz erzählen kann, spricht der pummelige Mann laut auf der Bühne. »Meine Damen und Herren, bitte kommen Sie zu mir auf die Tanzfläche.«

Vlad und Fanny springen auf, gefolgt von Holly und Alex, denen die anderen Paare nacheilen.

Max steht auf und hält mir seine Hand entgegen. »Lust auf einen Tanz?«

Scheißt ein Bär auf Moskaus Straßen?

Als ich seine große Hand umfasse, schießt ein Kribbeln durch meinen Körper, und ich fühle mich, als würde ich schweben, während wir uns auf den Weg zur Tanzfläche machen.

Ein unbekanntes, langsames Lied beginnt zu spielen, mit einem russischen Text, den ich kaum verstehen kann. Max nimmt meine Hand in eine Tanzposition, was meinen weiblichen Organen einen weiteren elektrischen Schlag schickt. Dann legt er seine andere Hand auf meinen unteren Rücken und verdreifacht die Schläge.

Wir beginnen zu tanzen, als der Sänger mit Schnurrbart etwas auf Russisch über Liebe, Fenster und Millionen von scharlachroten Rosen singt.

Mein Herz klopft schneller. Das erinnert mich an jede Szene, in der James Bond oder irgendein Spion im Smoking mit der Femme fatale tanzt, bevor der Raubüberfall beginnt. Oder vielleicht ist es eher ein klassisches Verführungsduell, bei dem ich mir nicht sicher bin, wer gewinnt. Maximus drückt mit voller Kraft gegen meinen Bauch, und wenn es gesellschaftlich akzeptabel wäre, würde ich mich hier und jetzt mit Max vergnügen. Im Moment, bin ich extrem versucht, Gias Show zu verlassen und mir einen privaten Ort zu suchen, um mein Date zu schänden.

Aber nein. Ich muss meine Schwester unterstützen.

Jemand sollte mir eine Medaille geben.

Apropos Belohnung: Darf ich ihn wenigstens küssen? Darf man das in russischen Restaurants machen? Und noch wichtiger: Kann ich mich davon abhalten, exhibitionistisch zu werden, wenn wir uns küssen?

Max muss die gleiche Idee haben. Er beugt sich vor und unsere Lippen wollen sich gerade vereinen, als sich jemand direkt hinter mir räuspert.

»Was?« Die Schärfe in meiner Stimme könnte jemanden körperlich verletzen.

Ich lasse Max los, drehe mich um und kanalisiere meine sexuelle Frustration in einen wütenden Blick.

Ich habe die Frau, die vor mir steht, schon einmal getroffen. Ihr Name ist Harry, und sie ist eine von Gias Millionen Mitbewohnerinnen. Sie steht auf Seiltricks – die magische Art, nicht die Fesselung. Vielleicht auch Bondage. Wer weiß das schon?

»Tut mir leid«, sagt Harry verlegen. »Wir haben gerade nach Gia gesucht.« Sie nickt einer Schar anderer Mädchen zu, und ich erkenne, dass es sich dabei um die oben erwähnten Mitbewohnerinnen handelt.

»Sie ist entweder hier auf der Tanzfläche oder an unserem Tisch.« Ich zeige in die Richtung von Clarices Piratenhut.

»Danke«, sagt Harry und weicht zurück.

Ich drehe mich wieder zu Max, um den Kuss fortzusetzen, aber die Musik verstummt.

»Jetzt etwas, was euer Blut in Wallung bringt«, sagt der Sänger. »Gangnam Style.«

Und schon setzt die fröhliche Musik der K-Pop-Sensation ein, und der Kerl mit dem Schnurrbart bringt alle in Position – mit gespreizten Beinen, aber nicht so, wie ich es will.

Moment, sind seine Texte auf Russisch?

Ja. Irgendetwas mit Pferden, was wohl Sinn ergibt, wenn man bedenkt, dass alle *die Zügel in der Hand halten*.

Ist es komisch, dass Max dabei so heiß aussieht? Wenn er die Lasso-Bewegung ausführt, will ich das Ding sein, das er fängt. Wenn er die Zügel schwingt, will ich diejenige sein, die er reitet. Vielleicht habe ich später Lust auf ein Petplay?

Apropos *später*: Wann fängt Gias Show an? Ich will, dass dieser Ausflug vorbei ist, damit ich etwas Privatsphäre mit Max haben kann. Und was hat es mit der immer größer werdenden Menschenmenge auf sich, die in das Restaurant strömt? Sind sie wegen der Zaubershow hier?

Wahrscheinlich. Da es an den Tischen keinen Platz mehr gibt, sind sie nicht zum Essen hier.

Auf halbem Weg durch *Gangnam Style* im russischen Stil ruft die Natur, also sage ich Max, dass ich gleich zurückkomme, und gehe ins Bad.

Hier gibt es eine Toilettenfrau. Schick.

Als ich meine Kabine verlasse, treffe ich auf Bella, Hollys neue beste Freundin und Chortsky-Schwester.

Sie grinst. »Du siehst Holly und Gia so ähnlich, dass es unheimlich ist.«

Ich lächele zurück. »Du solltest die anderen fünf Schwestern sehen, die ich habe. Wir sind buchstäblich identisch.«

»Das habe ich gehört.« Sie beginnt, sich die Hände zu waschen. »Ich muss zugeben, dass ich neidisch bin. Mit zwei Brüdern habe ich mir immer eine Schwester gewünscht.«

»Das Gras auf der anderen Seite des Hügels ist immer grüner.« Ich drehe den Wasserhahn auf, und die Angestellte spritzt mir Seife in die ausgestreckten Hände. Ich nicke zum Dank und sage dann zu Bella: »Ich glaube, ich spreche für meine Eltern und alle meine Schwestern, wenn ich sage, dass wir mindestens zwei von uns für einen Bruder opfern würden.«

Bella trocknet sich die Hände. »Nun, wenn Holly Alex heiratet, bekommst du einen von meinen. Ich würde ihm eine zehn von zehn Punkten geben, wenn es um Brüder geht. Vlad auch.«

Hm. Bella und ich könnten also verwandt werden. Das ist cool.

Ich reibe mir ein Handtuch über die Hände und frage etwas, was ich schon lange wissen wollte. »Wirkt mein Date wie ein Russe für dich?«

Sie sieht nachdenklich aus. »Gia hat uns das auch gefragt. Meiner Meinung nach tut er das nicht. Meine Brüder denken das auch nicht.«

Ist meine Freude auf meinem Gesicht zu sehen?

»Was ist mit deinen Eltern?«, frage ich.

»Wir haben sie nicht mit einbezogen, weil sie die Definition des Wortes *diskret* nicht kennen.«

»Macht Sinn«, sage ich. »Und danke.«

»Kein Problem.« Sie wirft einen Blick auf die Toilettenfrau und sagt etwas auf Russisch. Ich glaube, es ist etwas wie: *Könnten Sie uns bitte einen Moment allein lassen?*

Die Wärterin untermauert meine Übersetzung, indem sie nickt und den Raum verlässt.

Seltsam. Was soll das?

»Ich wollte dich um einen Gefallen bitten«, sagt Bella. »Und ich bin natürlich bereit, für deine Mühe zu bezahlen.«

Besitzt sie nicht eine Firma, die Sexspielzeug herstellt? Wie kann ich dabei helfen? Wenn sie meine Erlaubnis haben will, eine Nachbildung von Maximus zu machen, ist das ein Nein. Ein sehr hartes, köstliches Nein.

»Worin bestünde der Gefallen?«, frage ich vorsichtig.

Sie holt ihr Telefon heraus. »Ich habe eine neue Reihe von Spielzeugen, die über das Internet funktionieren. Mein paranoider Bruder hat die App dafür geschrieben, und Holly hat sie sich angesehen und für sicher befunden, aber ich mache mir immer noch Sorgen, dass irgendein Perverser sie hackt, um Videos von ahnungslosen Nutzern zu machen, also dachte ich mir, ich rede mit dir.«

Oh. Das klingt ganz nach meinem Geschmack. »Sicher«, sage ich. »Lass uns Infos austauschen, und ich sage dir, was ich brauche, um mir das anzusehen.«

Sie streckt ihre sorgfältig manikürte Hand aus. »Vielen Dank.«

Ich schüttele sie geschäftsmäßig. »Wie heißt die App?«

Sie sagt es mir, und ich suche im App Store danach. Als ich meinen Blick von meinem Handy hebe, hält sie einen riesigen blauen Dildo in ihren Händen.

Ich blinzele und schaue sie an. Woher hat sie den genommen? Ist sie wie die Femmes fatales im Film? Sie verstecken Waffen in engen Outfits wie ihrem, aber die grundlegende Fähigkeit ist dieselbe.

Ich trete einen Schritt zurück. »Ich würde lieber mit Bitcoin bezahlt werden, wenn es dir nichts ausmacht. Bargeld ist auch in Ordnung. Sogar ein Scheck.«

Sie wackelt mit dem Dildo. »Das ist keine Bezahlung. Das ist ein Beispielgerät, das von der App gesteuert wird. Ich dachte, du würdest …«

»Kannst du es mir nach Hause schicken?«, frage ich. »Ich habe im Moment keinen Platz, um etwas in dieser Größe zu verstauen.«

Vielleicht verrät sie mir, wo *sie* ihn versteckt hatte?

Stattdessen gibt sie mir ihr Telefon. »Kannst du dich zu meinen Kontakten hinzufügen?«

Ich tue, worum sie mich bittet, und als ich aufschaue, ist der Dildo weg und ich habe keine Ahnung, wo sie ihn verstaut hat, nur perverse Vermutungen.

»Wir sollten zurückgehen«, sage ich. »Wenn die Show beginnt und ich sie verpasse, wird Gia mich verschwinden lassen.«

Bella grinst. »Gehen wir.«

Und das ist auch gut so. Als wir aus der Toilette kommen, verkündet der Sänger, dass die Show gleich beginnt.

Endlich.

Je schneller der Zauber im The Hut vorbei ist, desto schneller kann er in Max' Schlafzimmer beginnen.

KAPITEL
Neunundzwanzig

Ich eile zu meinem Sitzplatz, nur um zweimal hinzuschauen.

Gia sitzt immer noch am Tisch.

Wie soll sie in der Show auftreten, wenn …

Das Licht wird gedimmt, und ein Scheinwerfer richtet sich auf die Bühne.

Dort steht eine Frau in amisch aussehender Kleidung mit einem Bogen in der Hand.

»Gehört das zu einem deiner Tricks?«, flüstere ich Gia zu.

»Nein, das ist eine andere Show«, antwortet sie. »Meine kommt danach.«

Eine melancholische Musik beginnt zu spielen, und eine Gruppe von Tänzern erscheint auf der Bühne. Eine Frau mit einem grellen Outfit und starkem Make-up führt eine seltsame Ballettnummer auf. Eine andere tanzt zu einem traurigen Lied, und dann tanzt die Dame mit dem Bogen zu einer heroisch klingenden Melodie.

Warum kommt mir das irgendwie bekannt vor?

Ich schaue fasziniert zu, bis mir auffällt, dass die Heldin eine Vogel-Anstecknadel an ihrem neuen Outfit trägt.

Igitt. Vogel.

Moment einmal.

Ist dies eine nicht autorisierte Ballettversion von *Die Tribute von Panem*?

Das ist ein Restaurant, und wenn ich recht habe, könnte die unterschwellige Botschaft die Leute dazu bringen, mehr Pelmeni zu kaufen, als sie sollten.

Ja. Die Titelmusik stammt aus dem Film, und jetzt, wo ich die Verbindung hergestellt habe, passt die nächste Reihe von Tänzen perfekt zu meiner Theorie.

Ich schätze, die Russen sind nicht so scharf auf so triviale Dinge wie Urheberrechtsgesetze. Oder vielleicht hat The Hut die Rechte tatsächlich lizenziert?

Ich wünschte, *Die Tribute von Panem* – einschließlich dieser Interpretation – wären nicht so sehr auf die Vogel-Bilder angewiesen. Der fiktive Spotttölpel, den Katniss an ihrer Anstecknadel trägt, ist eine Kreatur aus Alpträumen, denn er kann Geräusche besser imitieren als ein Papagei. Nicht, dass der echte Vogel, von dem er abgeleitet ist – die Spottdrossel –, besser wäre. Alle Vögel sind spöttische Bastarde. Das ist der Hauptgrund, warum sie Geräusche erzeugen.

Als ob er mein Unbehagen spürt, rückt Max seinen Stuhl näher an meinen heran und legt mir einen Arm um die Schultern.

Ich liebe es, auch wenn es mich noch mehr dazu bringt, dass ich gehen möchte.

Am Rande meines Blickfeldes sehe ich Gia und Tigger hinausschleichen.

Aha. Ich hoffe, das bedeutet, dass ihre Show bald beginnt.

Der Arenateil des Balletts beginnt. Es erinnert mich an den Tanz der vier kleinen Schwäne aus *Schwanensee*, nur mit mehr Tänzern.

Ich erschaudere. *Schwanensee* ist ein Horror-Ballett, das Kreaturen verherrlicht, die für immer einen Groll hegen können. Was sie besonders furchteinflößend macht, ist, dass sie mit 100 km/h fliegen und mit einem Schlag ihrer Flügel Knochen brechen können.

Während das surreale Ballett weitergeht, kann ich nicht anders, als darüber nachzudenken, was Bella über Max gesagt hat. Wenn Max wirklich kein Russe und somit kein Spion ist, werden unsere Pläne für heute Abend noch wunderbarer. Anstatt einen Feind zu verführen, was cool ist, werde ich endlich mit meinem Freund zusammen sein, was verrückt ist, denn das bedeutet, dass ich mein Herz nicht beschützen muss.

Leider bin ich mir immer noch nicht hundertprozentig sicher, dass er *kein* Spion ist.

Als ich meine Aufmerksamkeit wieder auf die Show richte, erkenne ich, dass Katniss ihren Sieg tanzen muss – obwohl es aussieht wie der Tanz des *schwarzen Schwans* aus dem Horrorballett, das auch durch den gleichnamigen Film berühmt wurde, in dem Natalie Portman das schlimmstmögliche Schicksal ereilt. Spoiler-Alarm: Sie verwandelt sich in einen Vogel.

Die Tänzerinnen und Tänzer gehen, und Gias Show wird angekündigt.

Uff.

Ich klatsche, und meine Schwestern und Gias Freunde stimmen mit ein. Manche pfeifen sogar.

Gia kommt mit Tigger heraus, was erklärt, warum sie zusammen gegangen sind. Sie trägt ihr bisher vampirähnlichstes Outfit und Make-up, während Tigger einen extrem tief ausgeschnittenes, hautenges Leotard trägt, das seine gesamte muskulöse Brust entblößt.

Oder nennt man es einen Tigertard, wenn *er* es trägt?

»Danke, dass ihr alle zu meiner Show gekommen seid«, sagt Gia, und die Menge tobt wieder.

Wenn ich irgendwelche Zweifel daran hatte, dass die zusätzlichen Leute ins Restaurant gekommen sind, um sie zu sehen, sind sie nun verschwunden. Ihr Enthusiasmus zeigt, dass dies der Hauptact ist, den sie unbedingt sehen wollten.

»Ich werde mit einem Klassiker anfangen«, sagt Gia und nickt Tigger zu.

Er schnappt sich zwei Stühle und trägt sie zur Mitte der Bühne. Gia macht einige geheimnisvolle Gesten und es sieht so aus, als würde Tigger in eine hypnotische Trance verfallen. Das tut er natürlich nicht wirklich. Laut einer geheimen CIA-Akte ist Hypnose nicht real, zumindest nicht als etwas, was als Waffe eingesetzt werden kann.

Wie ein Zombie geht Tigger zu den Stühlen und legt sich so hin, dass sein Kopf auf einem Stuhl liegt, und seine Füße auf dem anderen.

Will Gia mit den starken Bauchmuskeln ihres Freundes angeben?

Nein. Gia zieht den ersten Stuhl weg und Tigger liegt nur noch auf seinem Nacken. Bevor jemand reagieren kann, zieht Gia den anderen Stuhl weg, und Tigger schwebt in der Luft.

Alle in der Menge schnappen nach Luft, außer vielleicht Gias Zauberkumpels.

Gia winkt mit den Händen.

Tigger schwebt höher.

Das Keuchen wird lauter.

Gia unterbricht ihr Voodoo für einen Moment. »Kann ich einen Freiwilligen haben?«

Eine Million Arme schießen in die Höhe.

Sie wählt einen großen Mann und bittet ihn, Tigger auf Schnüre zu untersuchen.

Als der Mann nichts findet, bedankt sie sich bei ihm und bittet ihn, zu seinem Platz zurückzukehren.

Mit einem weiteren Wink von Gias Hand beginnen Tiggers Füße auf den Boden zu sinken. Langsam schwebt er nach unten, bevor er wieder aufwacht und sich höflich verbeugt.

Gia verbeugt sich ebenfalls, und wir alle applaudieren und machen einen Lärm, der dem Wunder, das wir gerade erlebt haben, angemessen ist.

»Jetzt etwas Leichteres«, sagt Gia. »Ich brauche einen weiteren Freiwilligen.«

Dieses Mal wählt sie den pummeligen Sänger.

»Wie heißen Sie, Sir?«, fragt sie.

Er zwirbelt seinen Schnurrbart. »Boris.«

Moment, ist das nicht auch der Name des

Patriarchen der Familie Chortsky? Jetzt, wo ich darüber nachdenke, sehen sich die beiden Boris irgendwie ähnlich.

»Können Sie Tiggers Brustwarzen überprüfen?«, fragt Gia.

Boris ist durch den Befehl nicht so verwirrt wie ich es sein würde. Er grinst lüstern und kneift Tigger erst in die rechte Brustwarze, dann in die linke.

Wow. Ich bin froh, dass Gia keine weibliche Assistentin hat.

Gias Augenbrauen runzeln sich trotzdem. »Habe ich gesagt, dass Sie meinem Freund in die Nippel kneifen dürfen?«

Boris erblasst. »Es tut mir leid.«

Sie schmunzelt. »Oh, ist schon okay. Ich wollte nur klarstellen, wer hier das Sagen hat.«

Das Publikum lacht.

»Jetzt.« Gia zeigt auf Tiggers rechte Brustwarze. »Seht genau hin.«

Sie geht hinüber und bedeckt die Brustwarze eine Sekunde lang mit ihrer behandschuhten Handfläche. Als sie ihre Hand wegzieht, ist die Brustwarze verschwunden.

Ich – und das ganze Publikum – starren auf die glatte Haut an Tiggers rechter Brust.

Wie?

Warum?

»Sie dürfen sie anfassen«, sagt Gia herrisch zu Boris.

Boris fasst ein weiteres Mal an Tiggers Brust und schaut immer verwirrter, während er sie streichelt.

»Ist sie da?«, fragt Gia.

Boris schüttelt den Kopf und weicht zurück. »Nein. Und bitte lassen Sie keines *meiner* Teile verschwinden.«

Mit einem Grinsen wiederholt Gia den Trick mit der linken Brustwarze, woraufhin ihre magischen Freundinnen und Freunde zusammen mit allen anderen aufstöhnen.

Da ich mit Gia aufgewachsen bin, habe ich gelernt, dass Zauberer ihre Tricks nicht wiederholen, denn das könnte verraten, wie sie gemacht werden. Gia hat gerade gegen diese Regel verstoßen und wurde trotzdem noch nicht dabei erwischt.

Boris kontrolliert den zweiten fehlenden Nippelbereich.

Nichts.

Mit einem selbstgefälligen Blick bedeckt Gia kurz die beiden nippellosen Stellen mit ihren Handflächen und zeigt uns dann, dass Tiggers muskulöse Brust wieder in ihrem natürlichen Zustand ist.

Der Applaus ist dieses Mal tosend.

Gia und Tigger verbeugen sich.

Für den nächsten klassischen Trick steht Gia mit ausgebreiteten Armen in einem Metallrahmen. Dramatische Musik beginnt zu spielen, und Tigger geht durch Gias Mitte, wie im Film *Alien*.

Wir klatschen alle, aber ich bin wahrscheinlich nicht die Einzige, die denkt: Hat Tigger Gia gerade vor unseren Augen penetriert?

Der nächste Trick könnte auch als ein seltsamer Einblick in das Sexleben meiner Schwester interpretiert werden. Tigger fesselt sie mit Ketten und Schlössern und legt sie wie seine persönliche Sklavin in eine große

Truhe. Dann stellt er sich auf die Truhe und hält ein Tuch in der Hand. Mit einem Feuerwerk landet Gia oben auf der Truhe, und Tigger findet sich darin wieder, jetzt zu Gias Vergnügen gefesselt.

»Ich glaube langsam, er hat eine Wette gegen sie verloren«, flüstere ich Max zu, nachdem der wahnsinnige Applaus abgeklungen ist.

Wie um meine Theorie zu bestätigen, halbiert Gia Tigger für ihren nächsten Trick und steckt ihn dann in eine Wasserfolterzelle.

Hey, er hat Glück, dass sie nicht den Becher-und-Eier-Trick mit seinen Eiern gemacht hat. Oder vielleicht kommt er noch.

Nein. Seine Eier sind sicher. Gia setzt ihn auf einen Stuhl, deckt ihn mit einem Tuch zu und lässt ihn verschwinden.

»Jetzt muss ich doppelt so hart arbeiten, wenn ich nicht auf die Ablenkung durch meinen leckeren Assistenten angewiesen bin«, sagt sie, und die Frauen im Publikum nicken ihr wissend zu.

Die nächsten Tricks sind Mentalismuseffekte, die gut zu Gia passen. Sie sagt einigen Leuten, woran sie denken, errät die Kontonummer von jemandem und verschwindet dann zum Abschied mit einer Rauchwolke, wie Batman.

Ich springe auf und klatsche, bis meine Handflächen wund sind, genauso wie alle anderen auch.

Nach ein paar Minuten kommen Tigger und Gia in ihrer Restaurantkleidung heraus und verbeugen sich.

Das Klatschen ertönt erneut, und erst als Boris ein weiteres Lied anstimmt, beruhigen sich alle.

»Du warst unglaublich«, sage ich zu Gia, als sie sich zu uns an den Tisch setzt.

Sie grinst. »Das ist ein großes Lob, wenn es von der Familie kommt.«

Das stimmt. Wir hatten genug von der Magie, nachdem sie jahrelang gelernt und uns als Versuchskaninchen benutzt hatte.

In den nächsten Minuten fragt sie mich aus, welche Tricks mir am besten gefallen haben, und ich sage ihr meine ehrliche Meinung.

»Danke«, sagt sie am Ende. »Ich arbeite noch an meinem Repertoire.«

»Gerne.« Ich werfe einen Blick auf Max, der sich zufällig mit Vlad unterhält. »Wenn du heute Abend nicht wieder auftrittst, würden wir nach Hause gehen.«

Sie wirft mir einen wissenden Blick zu. »Viel Glück. Halt mich auf dem Laufenden.«

Ich springe auf und räuspere mich, um die Aufmerksamkeit der anderen zu bekommen.

Zwölf Augenpaare sind auf mich gerichtet.

»Max hatte heute einen langen Flug, deshalb gehen wir heute früher«, sage ich so ruhig wie möglich.

Max zwinkert mir zu, und der Rest der Gruppe sieht aus, als würde er mir nicht abkaufen, was ich sage.

Vielleicht steht auf meiner Stirn *Ich will Max ficken*?

»Es war schön, euch alle kennenzulernen«, sage ich, während ich Max' Ellenbogen umklammere. »Und noch einmal herzlichen Glückwunsch zum Geburtstag, Vlad.«

Max umfasst meine Hand mit seiner, als er sich

verabschiedet, und wir eilen zur Tür. Als wir durch die Tür gehen, schließe ich wieder die Augen, damit ich nicht das Gefühl habe, aus der Kloake eines Huhns zu kommen.

Max ruft ein Taxi.

»Zu dir?«, flüstere ich ihm verführerisch ins Ohr, als das Taxi an den Bordstein fährt.

»Fuck, ja«, knurrt er und öffnet die Tür für mich.

Fuck ja, in der Tat. Ihn zu ficken ist das, was ich seit vielen Tagen verzweifelt brauche, und jetzt passiert es endlich.

Sobald er zu mir ins Auto steigt, aktiviere ich den Turbo-Femme-fatale-Modus und lenke meine Erregung in einen Höschen-schmelzenden Kuss, der mich dazu bringt, dem Fahrer ein besonders großzügiges Trinkgeld zu geben, um die Pfütze zu beseitigen, die ich auf dem Sitz hinterlassen habe.

Max' Haus ist protzig, was meiner Meinung nach dagegenspricht, dass er ein Spion ist, denn sie ziehen es vor, durchschnittlich zu wirken. Was auch immer er beruflich macht, muss gut bezahlt sein.

Wir knutschen im Aufzug, und als wir seine Wohnung betreten, erwarte ich, dass wir auf dem Weg zu seinem Schlafzimmer eine Spur aus Klamotten hinterlassen, wie die Krümel von Hänsel und Gretel. Moment, nein. Sie haben es mit Süßigkeiten gemacht, außerdem waren sie Bruder und Schwester. Wie wäre es, wenn ich erwarte, dass wir uns gegenseitig die

Kleider vom Leib reißen wie in einem James Bond-Film?

Ja. So ist es besser.

Nur dass Max keine der beiden Optionen auswählt, sondern stattdessen sagt: »Willst du eine Führung durch meine Wohnung?«

Wenn ich eine echte Femme fatale wäre, würde ich ihm sagen: *Nein, ich will dich in mir haben.* Aber da ich eine schlechte Verführerin bin, nicke ich und sage mir, dass dies nur ein Erkundungsgang ist, bevor ich zuschlage.

Max führt mich durch einen Korridor mit Tierpostern, die mich an die Poster in seinem Kinderzimmer erinnern. Er zeigt mir ein gemütliches Wohnzimmer und dann ein Arbeitszimmer mit Bücherregalen, die von oben bis unten mit Tierfiguren, sortiert nach Arten, dekoriert sind. Es gibt auch Plüschtiere, darunter den Panda, den er bei unserem ersten Date gekauft hat. Er sitzt zwischen anderen Bären.

Das ist der Moment, in dem ich es entdecke.

Ein schreckliches Regal, in dem es von Vögeln wimmelt.

Igitt. Mir war nie bewusst, wie gruselig Spielzeugvögel sein können. Sie starren mich mit ihren kleinen, glänzenden Augen an. Diese Puppen aus Horrorfilmen, die zum Leben erwachen, sind nichts gegen diese kleinen perversen Kuscheltiere.

Ich schlucke heftig und gehe einen Schritt zurück.

»Oh, Mist, tut mir leid«, sagt Max, als er merkt, wo ich hinstarre. »Ich habe das nicht durchdacht.«

»Es ist in Ordnung«, lüge ich.

»Nein.« Er dreht mich zu sich und umschließt mein Gesicht mit seinen großen Handflächen. Seine Stimme ist tief und sanft, und seine Augen schimmern wie polierte Jade. »Ich werde sie los, ich verspreche es.«

Sie? Die Vögel? Aus irgendeinem Grund kann ich mich nicht an irgendwelche Vögel erinnern.

Ich befeuchte meine Lippen. »Du kannst sie einfach in einer Kiste aufbewahren. Oder in einem Schrank, den ich meiden werde.«

»Komm.« Er lässt mich los, ohne mich geküsst zu haben.

Was zum Teufel …?

Ich folge ihm in eine modern aussehende Küche.

»Möchtest du einen Kaffee, damit du wieder nüchtern wirst?«, fragt er.

»Nüchtern?« Meine Wirbelsäule versteift sich. »Wer sagt, dass ich betrunken bin?«

Er massiert sich seinen Nasenrücken. »Es tut mir leid. Du hast Wodka getrunken, also habe ich angenommen, dass …«

Ist das der Grund, warum er mich noch nicht geschändet hat? Hat er Angst, mich auszunutzen?

Das ist süß und bevormundend zugleich.

»Mit dieser Annahme hast du dich und mich zu Narren gemacht«, sage ich verärgert. »Ich bin imstande, schwere Maschinen zu bedienen.« Ich werfe einen kurzen Blick auf Maximus. »Aber hey, du kannst dir ruhig eine Tasse gönnen, um *dein* Gehirn in Gang zu bringen.«

Er lächelt verlegen. »Ich glaube, es geht mir gut.«

»Toll.« Ich tippe betont mit dem Fuß auf. »Gibt es noch einen anderen Raum, den du mir zeigen willst?«

»Ja.« Seine Augen glänzen hungrig. »Das Schlafzimmer.«

»Ich kann kaum erwarten, *das* zu sehen«, sage ich in einem Tonfall, der mich in den Augen der Femme fatale Association of America unantastbar machen würde.

»Bist du sicher, dass du bereit bist, es zu sehen?« Seine Stimme ist rau, und das macht mir noch mehr Lust, *es* zu sehen.

»Bist du frei von Geschlechtskrankheiten?«, frage ich.

Er nickt. »Du?«

Ich gehe einen Schritt auf ihn zu. »Ich bin clean und nehme die Pille.«

»Gut.« Er kommt langsam auf mich zu. »Gibt es noch etwas, was du vor dem Ende der Tour wissen möchtest?«

Das ist meine Chance. Ich bin am nächsten dran, ihn an den Eiern zu haben – bis es buchstäblich passiert, hoffentlich bald. »Bist du sicher, dass du Ukrainer bist?«

Er bleibt stehen. »Was sollte ich sonst sein?«

»Russe vielleicht?«

Er runzelt leicht die Stirn. »Nein, ich bin Ukrainer, wie ich schon sagte. Und nur damit du es weißt, einige Ukrainer würden sich durch diese Frage beleidigt fühlen.«

Jetzt fühle ich mich wie ein Idiot, der ihre Geopolitik nicht kennt. Obwohl ich das tue. Wie alle Möchtegern-Spione. »Es tut mir leid.«

»Es ist in Ordnung«, sagt er achselzuckend. »Ich

gehöre nicht zu denen, die leicht beleidigt sind. Da ich die zweite Generation bin, hege ich nicht die Feindseligkeit meiner Eltern gegenüber Russland.«

»Trotzdem *tut* es mir leid. Ich wollte nicht andeuten, dass es keinen Unterschied zwischen Russland und der Ukraine gibt.« Ich atme tief ein. »Diese Frage war mein Umweg, um etwas anderes zu fragen.«

Er wölbt eine Augenbraue. »Was?«

»Es hat mit meinem Job zu tun.« Ich atme noch einmal tief ein, und als ich ausatme, platze ich damit heraus: »Bist du ein ausländischer Geheimagent?«

Bitte sehr. Subtil wie ein Nashorn auf Eis, aber zumindest liegen die Karten jetzt auf dem Tisch. Wenn er mich davon überzeugen kann, dass er kein Spion ist, werde ich das, was jetzt passiert, umso mehr genießen, also beobachte ich ihn genau, während er antwortet.

Zu meinem Leidwesen hat er ein Pokerface aufgesetzt. »Ich bin *kein* ausländischer Geheimagent.«

Mist. Sind sein versteinertes Gesicht und sein ausdrucksloser Ton ein Versuch, die Wahrheit zu verbergen, oder ist er verletzt, weil ihm so etwas vorgeworfen wird?

Ich neige zu Letzterem und bin daher zu 99 Prozent davon überzeugt, dass er kein Spion ist.

Das reicht. Ich nehme seine Hand. »Zeig mir das Schlafzimmer.«

Sein Gesicht wird etwas weicher, und die Honigflecken in seinen Augen verdunkeln sich vor neu entfachtem Hunger. Er nimmt meine Finger in seine große, warme Hand und führt mich in ein luxuriöses Schlafzimmer, in dem jemand alles mit Blumenblätter und Kerzen dekoriert hat, so dass es mehr an einen Hallmark-Film als an einen Spionagefilm erinnert.

Mein Herzschlag beschleunigt sich. Er *hat* geplant, mich hierherzubringen. Ich hatte schon begonnen, Zweifel zu haben.

»Eine Sekunde.« Er lässt meine Hand los und zündet die Kerzen an.

Argh. Willst du mich zappeln lassen?

Als er fertig ist, zeige ich ihm fast einen militärischen Gruß. Ich stehe eindeutig unter dem Einfluss von Sergeant und Captain, die strammstehen.

»Und?«, sage ich und beiße mir auf die plötzlich trockene Unterlippe. Die ganze Feuchtigkeit in meinem Körper ist offensichtlich woanders.

Schließlich stürzt sich Max auf mich und fordert meine Lippen ein.

Ja!

Er verschlingt mich und beginnt, mir die Kleider auszuziehen.

Doppeltes Ja.

Er reißt sich das Hemd und die Anzughose samt Unterwäsche vom Leib und entblößt Maximus in voller Härte.

»Endlich«, keuche ich.

Seine Antwort klingt wie ein Bärenbrummen, als er mich hochhebt und auf das Bett legt.

Los geht's.

KAPITEL

Dreißig

WIR KÜSSEN UNS WIEDER, und unsere Zungen schlingen sich umeinander, während er gierig mit seinen Händen über meinen Körper fährt und Hitzewellen in meinen Unterleib schickt. Sein Ahorn-Lavendelduft kitzelt meine Nasenlöcher und meine Haut kribbelt angenehm, als er mich auf den Bauch dreht und beginnt, meinen Nacken zu küssen.

Scheiße. Das ist so gut.

Er gleitet mit seiner Zunge meine Wirbelsäule hinunter, bevor er an den Grübchen in meinem unteren Rücken innehält.

Ich keuche und mein Herz rast wie wild. Warum ist das so heiß? Kann er auch mein gebleichtes Poloch sehen?

Vielleicht. Er knurrt: »Du bist so verdammt umwerfend«, und es ist denkbar, dass er zu meinem Hintern spricht.

Ich erinnere mich an meinen Femme-fatale-Modus und murmele: »Ich will dich. Jetzt.«

Er zeigt seine herausragenden Manipulations-fähigkeiten, als er mich umdreht. Trotz des romantischen Dekors tanzt etwas Animalisches in seinen Augen, als er mich ansieht. Etwas Bestialisches, was ich liebe.

Vielleicht ist er einer dieser Undercover-Agenten, die nicht wissen, was sie sind, bis sie einen Trigger-Satz hören, der sie *aktiviert*. Für den Winter Soldier war dieser Auslöser zufällig *Sehnsucht, verrostet, siebzehn, Tagesanbruch, Ofen, neun, gutartig, Heimkehr, eins, Güterwagen* auf Russisch. Aber für Max könnte der Auslöser mein gebleichtes Poloch sein.

Maximus zuckt, als Max fest an Sergeant knabbert.

Kann man allein von der Stimulation der Brustwarzen kommen?

Keine Ahnung, aber ich bin kurz vor *etwas*, als Max seine Aufmerksamkeit Captain zuwendet und ihn gekonnt einsaugt.

Ein Stöhnen entweicht meinen Lippen. Vom Nippelspiel. Vielleicht war er ja doch auf dieser Verführungsschule?

Als ich wieder stöhne, sieht er mir in die Augen und überhäuft meinen Bauch mit harten Küssen, die immer tiefer gehen, bis ich spüre, wie sein Atem mein überhitztes Geschlecht kühlt.

Er leckt langsam über meine Klitoris und knurrt, entweder um Vibrationen zu erzeugen oder weil er offiziell in den Tiermodus geschaltet hat.

Mein nächstes Stöhnen ist noch verzweifelter und ermutigt sein nächstes Lecken, das noch verheerender ist.

Meine Augen rollen zurück, und meine Atemfrequenz beschleunigt sich.

Ich bin kurz davor, zu kommen, und es scheint, als ob seine kluge Zunge mich dort hält, direkt am Rand.

Böse. Ich möchte diese Schwelle so gerne überschreiten, dass ich ihm den geheimen Codenamen meiner Klitoris und alles andere, was er wissen will, verraten würde.

Kein Wunder, dass sie an diesen Schulen Verführungstechniken lehren.

Er streichelt meine rechte Brust, und sein Daumen knetet gekonnt Captain. Seine Stimme ist rauer Samt. »Komm für mich.«

Und schon bringen mich der Befehl und die Vibrationen, die er an meine Klitoris sendet, über den Rand. Meine Zehen krümmen sich, jeder Muskel in meinem Körper spannt sich an, und ich fühle mich, als würde ich durch das Bett fallen, als ein Feuerwerk in meinen Nervenenden explodiert und ich mit dem bisher lautesten Stöhnen komme.

Er betrachtet mich mit rein männlicher Zufriedenheit. »Gute Arbeit, *sonechko*.«

Schwer atmend zwinge ich meine schlaffen Muskeln, zu funktionieren, und setze mich auf. Denn das ist es, was eine Femme fatale tun würde. »Du bist dran.«

Er wölbt eine Augenbraue.

»Stell dich aufs Bett.« Mein heiserer Befehl stammt direkt aus dem Regelwerk der Femme fatale Association of America.

Er murmelt: »Verdammt, ja«, und steht auf.

Ich knie mich hin. Was für ein Glück, dass wir gerade so groß sind, dass ich mit Maximus auf Augenhöhe bin.

Max' Augen sind wild, als er auf mich herabschaut.

Ohne den Blickkontakt zu verlieren, lecke ich Maximus wie einen Lolli.

Max stöhnt.

Maximus zuckt.

Ich fühle mich ermutigt und lege alles in meine innere Katze, während ich Maximus auf und ab lecke.

Ein weiteres Stöhnen. Noch ein Zucken.

Es ist Zeit für eine Steigerung. Ich nehme Maximus' Kopf in meinen Mund.

Verdammt. Es ist wie Seide, die über kugelsicheres Glas gespannt ist.

Ich nehme ihn tiefer in mich auf.

Max' Pupillen weiten sich.

Mit einem Grinsen umschließe ich seine Eier – Codename Kiwis – mit meiner linken Hand.

Max stöhnt. »Was machst du mit mir?«

Oh, ich habe noch gar nichts gemacht. Ich streichele die Unterseite von Maximus' Eichel mit meiner Zunge und ziehe sanft an den Kiwis.

Eine gequälte Mischung aus Betteln und Fluchen ist mein Lohn.

Ich beschleunige und gebe mein Bestes, um mich Max' Wichsrhythmus anzupassen – etwas, was ich während unserer Woche Cybersex eingehend gelernt habe.

Die Kiwis in meiner Hand fühlen sich fester an.

»Ich bin nah dran.« Max hört sich an, als ob er Schmerzen hätte, als er diese Worte herauspresst.

Ich ziehe Maximus heraus und antworte: »Das ist okay. Ich will, dass du direkt in meinem Mund kommst.« Damit wende ich mich wieder meiner eigentlichen Tätigkeit zu, nehme ihn tief in meinen Mund und beobachte, wie Max' Augen fast so groß werden wie Kiwis – die Früchte.

Aber ich habe gelogen. So heiß es auch wäre, wenn er in meinem Mund käme, ich will ihn noch viel mehr in mir haben. Und wenn er kommt, muss die Penetration warten, bis Maximus sich erholt hat.

Mit diesem Gedanken werde ich langsamer. Er hat mich eben hingehalten, also heißt es jetzt Auge um Auge.

Apropos Augen, ich schließe meine, damit ich mich auf den Rhythmus konzentrieren kann. Das scheint zu helfen. Auf diese Weise kann ich die kleinsten Reaktionen von Maximus und den Kiwis spüren und verlangsame mein Tempo entsprechend. Als ich spüre, wie die Anspannung von Max' Körper abfällt, werde ich wieder schneller.

Beim dritten Zyklus knurrt Max wie ein hungriger Bär, dem der Honig gestohlen wurde.

Ich ziehe mich zurück und lächele ihn an. »Du magst es nicht, wenn ich dich necke, hm?«

Sein Kiefer spannt sich an. »Ich mag es nicht. Ich liebe es.«

Wowzah. Er muss mit dem *L*-Wort vorsichtig sein, wenn ich Kiwis in einer so verletzlichen Position habe.

Es braucht mein ganzes Training, um nicht aus Versehen zu stark zuzudrücken.

»Du verdienst eine besondere Belohnung.« Ich lecke zielstrebig an meinem Finger, wobei ich darauf achte, ihn mit dem Sabber zu bedecken, den ich produziert habe, als er in meinem Hals steckte.

Seine Augen sehen so wild aus wie noch nie.

Verschlagen lächelnd, nehme ich Maximus wieder in den Mund und drücke mit meiner rechten Hand Kiwis, während ich meinen frisch geschmierten Finger auf Max' Hintern richte.

Das ist seine Chance, mich aufzuhalten.

Ich positioniere meinen Finger so, dass mein Ziel kristallklar ist.

Er stöhnt genüsslich. Ich schätze, er hat nichts dagegen. Das freut mich. Dies ist ein Kurs für Fortgeschrittene bei der Femme fatale Association of America.

Ganz vorsichtig beginne ich mit der Suche nach Codename Walnuss.

Max scheint auf der Stelle zu erstarren. Hoffentlich ist das eine gute Sache.

Da. Weich und geschmeidig und interessant anzufassen – das muss Walnuss sein. Ich massiere sie sanft, während ich meinen Rhythmus bei Maximus beschleunige.

»Fuuuck!«, schreit Max.

Habe ich ihn verletzt? Ich ziehe meinen Finger von Walnuss weg, sauge aber weiter an Maximus, weil ich denke, dass das genug Endorphine produziert, um den Schmerz auszugleichen.

Ah. Nein. Das war auf jeden Fall kein Schmerz.

Max stöhnt, während Maximus diamanthart wird und dann direkt in meine Kehle ausbricht.

Hoppla. Ich bin zu geschickt für mein eigenes Wohl. Der Koitus muss jetzt warten. Aber hey, ich habe mich noch nie so sexy gefühlt wie jetzt, als ich Max' Blick auffange und demonstrativ schlucke.

Er knurrt etwas auf Ukrainisch, was mich an das russische Wort für *unglaublich* erinnert.

Ja, glaub es.

Er kniet auf dem Bett. »Du bist wieder dran.«

Ich schlucke hörbar. »Ich bin dran?«

Er schaut mich an wie ein Raubtier. »Geh auf alle viere.«

Ich gehorche gerne. Diese Pose ist ein Eckpfeiler der Femme fatale. Außerdem wird er meine Bleiche auf diese Weise sicher bemerken, wenn er es vorher nicht getan hat.

Er drückt meine Pobacken.

Das ist interessant.

Plötzlich dringt eine Zunge von hinten in mein Geschlecht ein.

Ich bin tatsächlich dran. Diese Entwicklung ist nicht nur interessant. Sie ist fesselnd.

Max' Finger berühren meine Klitoris.

Die Überraschungen hören nie auf.

Seine ach so schlaue Zunge streicht über meine Falten.

Wenn er wettbewerbsorientiert ist und versucht zu beweisen, dass seine Verführungsschule überlegen ist, ist es ein Wettrüsten, an dem ich gerne teilnehme.

Die Finger und die Zunge synchronisieren sich.

Ein saftiger Orgasmus kribbelt in meinem Inneren, während sich mein Atem beschleunigt.

Werde ich es aushalten können, wenn er mich wieder ärgern will?

Er wird schneller.

Ich umklammere die Laken mit meinen Händen.

Er wird noch schneller.

Wie lang ist seine Zunge? Ich könnte schwören, dass sie die Nervenenden an meinem Gebärmutterhals entzündet.

»Ich bin nahe dran«, sage ich atemlos, weil ich finde, dass es nur höflich ist, ihn zu warnen, so wie er mich gewarnt hat.

Er grunzt etwas in einem zufriedenen Tonfall, und die Vibration dieses Geräusches katapultiert mich direkt ins Orgasmusland.

Jeder Muskel in meinem Körper spannt sich an und entspannt sich, während ich aufschreie und heiße Lustschübe durch meine Nervenenden jagen. Als es vorbei ist, breche ich fast zusammen.

»Nein, bleib so«, murmelt er.

»Oh?« Ich schaue verwirrt über meine Schulter.

Er leckt demonstrativ den Finger, der gerade an meiner Klitoris war. »Ich bin noch nicht fertig mit dir.«

Damit legt er den Finger dorthin, wo eine Sekunde zuvor seine Zunge war.

Ich drehe mich um und schließe die Augen.

Der Finger findet zielsicher meinen G-Punkt, oder ich nehme an, dass er das ist. Ich spüre einen prickelnden Ausbruch von Lust, der den Beginn eines weiteren verdammten Orgasmus entfacht – was, wenn es passiert, ein Rekord für mich sein würde.

»Du bist wunderschön«, sagt er mit rauer Stimme.

Redet er wieder mit meinem Hintern? Wie um die Sache zu verwirren, spüre ich seinen Atem mitten auf der gebleichten Stelle.

Wie genau schaut er hin?

Moment einmal.

Seine Zunge verbindet sich mit dem fraglichen Bereich.

Mein Gehirn hat einen Kurzschluss.

Das fühlt sich gut, aber auch komisch an. Heiß und schmutzig und ein bisschen kitzlig.

So müssen die Abschlussprüfungen bei der Femme fatale Association of America aussehen. Aber vielleicht sollte ich es mit ihm machen? Ach, was soll's. Ich kann nicht klar denken.

Außerdem würde ich alles dafür geben, diesen Finger in mir durch Maximus zu ersetzen. Doch selbst der Finger bringt mich der Erlösung näher – doch bevor ich umkippe, werden sowohl die Zunge als auch der Finger leider entfernt.

»Bist du bereit?«, murmelt Max heiser.

Ich schaue frustriert über meine Schulter. »Bereit wofür?«

Und dann blicke ich mit offenem Mund auf den prächtig aufgerichteten Maximus. Er sieht so aus, als wäre der frühere Orgasmus mit einem anderen Schwanz passiert.

Das ist eine wirklich schnelle Erholungszeit. Können sie *das* in der Verführungsschule unterrichten?

Da ich merke, dass ich wertvolle Zeit verliere, in der ich richtig gefickt werden könnte, rufe ich: »Bereit!« Und um ihn zusätzlich zu ermutigen, wölbe ich meinen Rücken und hebe meinen Hintern leicht an.

Mit angespanntem Gesicht neckt Max meine Öffnung mit Maximus.

Als ich ihn umhülle, kommt ein Stöhnen über meine Lippen.

Er geht tiefer, gleitet hinein und heraus.

Mein Stöhnen wird immer lauter.

Er stößt langsam zu, einmal, zweimal, dreimal.

»Mehr«, keuche ich.

Er drückt meinen Hintern grob zusammen, und seine Stöße werden tiefer. Aber es ist immer noch nicht genug, und ich bettele darum, dass er schneller und härter wird. Ich glaube langsam, dass Max Tiere so sehr mag, weil er eines ist – im Bett. Auf mein Flehen hin stößt er mit bestialischer Wildheit in mich hinein, und die Mutter aller Orgasmen erscheint an meinem Horizont.

Er beschleunigt weiter.

Habe ich gerade geheult? Das ist Doggy Style, also …

Er greift nach vorne und drückt Sergeant fest.

Meine Damen und Herren, wir sind dabei, einige Turbulenzen zu erleben. Bitte schnallen Sie sich an.

Mein Tsunami eines Orgasmus trifft auf Land.

Während ich schreie und stöhne, ziehen sich meine inneren Muskeln um Maximus zusammen und wollen ihn mit heftiger Verzweiflung melken.

Mit einem Knurren kommt Max in mir und

verursacht einen kleinen Nachbeben-Orgasmus, der dem verrückten folgt, von dem ich mich immer noch nicht erholt habe.

»Also«, sage ich heiser, »ich bin fertig.«

Ich breche auf dem Bett zusammen, und meine Muskeln sind wie die gallertartigen *holodets*.

Ich höre Max gehen. Ein paar Augenblicke später kommt er mit einem feuchten Handtuch zurück und dreht mich um, um mich zu säubern, aber ich bin zu erschöpft, um die Augen zu öffnen, als er mit dem Handtuch sanft durch meine Falten streicht.

»Weißt du«, ich höre sein Lächeln und es fühlt sich an, als hätte man eine Fleecedecke um mich gewickelt, »normalerweise ist es der Typ, der danach völlig komatös wird.«

Anstatt zu antworten, drehe ich mich auf die Seite, greife nach seinem Kissen und tue so, als ob ich schnarche.

Mit einem Lachen umarmt er mich und macht mich zu seinem kleinen Löffel. Sein warmer Atem umspielt meine Schulter, sein Körper ist groß und stark, und ich kann nicht anders, als vor Zufriedenheit überflutet zu sein.

Nur ein Gedanke trübt die Vollkommenheit des Augenblicks, während ich sanft in den Schlaf gleite.

Das war gut. Vielleicht zu gut. War er vielleicht doch auf dieser russischen Verführungsschule?

KAPITEL
Einunddreißig

ICH WACHE AUF, als der erste Sonnenstrahl durch Max'
Schlafzimmerfenster fällt.

Habe ich diese epische Sitzung letzte Nacht
geträumt?

Nein. Ein leichter Schmerz zwischen meinen Beinen
ist der Beweis dafür, dass das, was wir getan haben,
herrlich real war.

Ich grinse Max schelmisch an, aber er schläft wie ein
Bär im Winterschlaf. Ein wunderschöner, muskulöser
Bär mit Haaren, die einen eigenen Instagram-Account
verdienen, und Wimpern, bei denen ich mich frage, ob
er heimlich Latisse benutzt.

Leise, um ihn nicht zu wecken, stehe ich auf, nehme
meine Klamotten und erblicke ein Badezimmer am
Ende des Flurs.

Wie rücksichtsvoll. Er hat eine versiegelte
Zahnbürste für mich vorbereitet.

Als ich mir die Zähne putze und mich anziehe, stört
ein nörgelnder Gedanke meine Glückseligkeit.

War Max gestern Abend fürsorglich oder berechnend?

Wenn alles so ist, wie es scheint, dann ist er Ersteres, und er bekommt eine Eins plus als mein Freund. Wenn er aber ein Spion ist, könnte es Letzteres sein, und er bekommt auch eine Eins plus, aber diesmal dafür, dass er mich um den Finger gewickelt hat. Apropos Finger: Gehören die sexy Haare auf seinen Fingerknöcheln auch zu seinem Verführungstrick?

Sobald meine Gedanken in diese unglückliche Richtung gehen, tauchen eine Reihe von Fakten auf, die ich im Rausch von Wodka und Lust ignorieren konnte. Was hatte es zum Beispiel mit dem Versuch auf sich, das Telefon von jemandem im Hot Poker Club abzuhören? Warum sprach er unter solch verdeckten Bedingungen mit diesen Bankern? Warum war sein Telefon wie Fort Knox geschützt?

Ich blicke mich im Spiegel an, während meine euphorische Stimmung verfliegt. Wie ist es so weit gekommen? Wie habe ich es zugelassen, Gefühle für Max zu entwickeln, ohne all meine Zweifel auszuräumen?

Denn das ist die unangenehme Wahrheit: Ich habe mein Herz unbewacht gelassen, und jetzt ist die Vorstellung, dass er ein Spion sein könnte, so furchterregend wie ein wütender Strauß.

Ich kämpfe gegen den Drang an, ihn zu wecken und ein Verhör einzuleiten. Wenn er ein Spion ist, wird er schwindeln, und wenn er mein Freund ist, wird er aufhören, einer zu sein.

Was würde eine richtige Femme fatale in dieser

Situation tun?

Die Antwort liegt auf der Hand, und sie schickt Ranken von aufgeregter Angst durch meinen Körper.

Was, wenn ich in seiner Wohnung herumschnüffele, während er schläft, und Beweise finde, die eine der beiden Theorien unterstützen?

Ich kann mir fast vorstellen, wie ein Teufel auf meiner Schulter sitzt – der irgendwie wie Gia aussieht – und mich drängt, es zu tun. Schließlich ist das, worüber ich nachdenke, das tägliche Brot von jemandem, der in meinem Bereich arbeitet, denn wenn Max ein Spion *ist*, könnte die Sicherheit unserer Nation auf dem Spiel stehen. Wenn es einen Engel auf der anderen Schulter gäbe, würde er wie Olive aussehen, und ihre Argumente würden darauf hinauslaufen, den Begriff der Verletzung der Privatsphäre zu definieren.

Vergessen wir einmal kurz Recht und Unrecht: Wenn ich das tue, wie kann ich dann sicherstellen, dass ich nicht erwischt werde?

Das kann ich nicht. Das Beste, was ich tun kann, ist, eine Ausrede parat zu haben, warum ich dort bin, wo ich nicht sein sollte.

Ein Plan bietet sich sofort an. Das ist zwar nicht so ausgeklügelt wie etwas, was Gia in ihrem magischen Hirn entwickelt hätte, aber es sollte in der Not funktionieren.

Ich nehme mein Handy heraus. Wie ich dachte, habe ich noch etwa zwanzig Prozent Akku übrig. Ich schalte den *Batteriesparmodus* ein, und schon sieht es auf den ersten Blick so aus, als hätte mein Handy kaum noch Saft.

So. Ich kann mit meinem Handy in der Hand durch Max' Haus gehen, und wenn er mich beim Schnüffeln erwischt, sage ich ihm, dass ich ein Ladegerät suche.

Ich schätze, das Teufelchen hat gewonnen. Wenn ich nichts Kompromittierendes finde, werde ich Max meine größten Geheimnisse verraten, um mein Gewissen zu beruhigen. Oder ich mache reinen Tisch ... zehn Jahre nach unserer Hochzeit.

Bevor ich den Mut verlieren kann, schleiche ich ins Wohnzimmer und suche den Couchtisch ab.

Es gibt ein Buch über afrikanische Safaris. Großartig. Jetzt weiß ich, was wir als cooles Geschenk für Max als zu unserem diamantenen Jahrestag machen könnten, kurz bevor ich über den heutigen Tag reinen Tisch mache.

Es ist kein Handy-Ladegerät in Sicht, was gut ist. Ich bin absolut berechtigt, weiterzusuchen.

Ich betrete ganz unauffällig sein Büro. Hier gibt es keine eindeutigen Beweise und auch kein Handy-Ladegerät, was eigentlich merkwürdig ist.

Ich seufze. Ich habe diesen Raum bis zuletzt aufgehoben, aber es geht nicht anders. Ich betrete das Arbeitszimmer und erschaudere unter den Blicken der bösen Vogelpuppen.

Es sind nur Spielzeuge. Sie können niemanden verletzen.

Ich drehe den Vögeln den Rücken zu, damit ich kurz Luft holen kann – und stehe vor dem Wandtresor.

Bingo. Ein klassischer Ort, um seine Geheimnisse zu bewahren. Apropos Klassiker: Das Schloss ist mit einem Zifferblatt versehen, was sehr clever von Max ist. Diese haben eine niedrige Ausfallrate und brauchen keinen

Strom, um zu funktionieren. Und das ist ein Glück für mich, denn das ist genau die Art von Safe, die Gia mir beigebracht hat zu knacken.

Ich werfe einen verstohlenen Blick auf die Tür. Wenn ich damit anfange und Max hereinkommt, werde ich mich nicht mehr herausreden können. Er wird nicht glauben, dass ich so dumm bin, in einem verschlossenen Tresor nach einem Handy-Ladegerät zu suchen.

Trotz des Risikos kann ich nicht anders. Ich drücke mein Ohr an die Tresortür und drehe den Knopf, bis ich zwei Klicks kurz nacheinander höre. Von dort aus zeichne ich mit meinem Handy die Daten auf, die ich für das weitere Vorgehen brauche, und nach einer gefühlten Stunde kann ich den Tresor endlich öffnen.

Ich blicke auf den Inhalt und mein Magen füllt sich mit flüssigem Stickstoff.

Scheiße.

Scheiße.

Scheiße.

Er ist doch ein Spion.

Der Beweis ist genau hier – und besteht aus einer Schusswaffe. Außerdem Geldstapel verschiedener Währungen und eine Auswahl an Pässen.

Dies muss sein Fluchtvorrat sein, aus gutem Grund ein Spionageklassiker. Verwirrt öffne ich den französischen Pass nach dem Zufallsprinzip. Felix Stone. Ist das ein falscher Name – oder ist Maxim Stolyar ein Fake? Der Pass ist letztes Jahr abgelaufen, was schlampig ist, aber seine bloße Existenz ist belastend.

Ich überprüfe die deutsche Version. Ein anderer Name und ebenfalls abgelaufen. *Warum hast du sowas, wenn du kein Spion bist?*

Die Folgen trafen mich wie ein Ellenbogen in den Bauch.

Ich habe mit dem Feind geschlafen und dachte, er könnte mein Freund sein.

Ich fühle mich benutzt. Schmutzig, und das nicht auf eine gute Art. Obwohl ich mich mit Max getroffen habe, weil ich dachte, er sei ein russischer Spion, fühle ich mich mehr als betrogen. Irgendwie hat er mich davon überzeugt, dass er nicht so ist, wie ich dachte – oder ich habe es geschafft, mich selbst zu überzeugen.

Ich kann nicht glauben, wie überrascht und verletzt ich bin. Ich kann nicht glauben, wie sehr ich um eine Beziehung trauere, die nie wirklich existierte.

Meine Nackenhaare erheben sich, und ich weiß nicht einmal, was Nackenhaare sind. Max ist das leibhaftige Böse. Wie kann er es wagen, mir all diese süßen Tierbilder zu schicken? Wie kann er es wagen, mir all diese Orgasmen zu schenken? Wie kann er nur so tun, als wäre er ein toller Fang?

Das Schlimmste daran ist, wie hilflos ich mich fühle. Ich habe keine Ahnung, was ich jetzt tun soll. Das ist nicht nur ein Fall von gebrochenem Herzen. Ich muss entscheiden, ob ich ihn melden soll. Ich *sollte* ihn wahrscheinlich melden. Aber selbst jetzt, wo ich durch seinen Verrat verletzt bin, mache ich mir Sorgen darüber, was mit ihm passiert, wenn ich das tue. Und was wird mit mir passieren? Werde ich meinen Job verlieren, wenn meine Agentur erfährt, dass ich mit einem ausländischen Agenten geschlafen habe? Werden sie mich für ein Sicherheitsrisiko halten?

Einen verräterischen Moment lang frage ich mich, wie schlimm es wäre, wenn ich ihn nicht anzeigen würde. Würde ich mit mir selbst leben können? Würde mein Land leiden?

Außerdem frage ich mich für einen Moment, ob ich die Dinge in die Richtung des *Homeland*-Serienfinales lenken sollte.

Aber nein. Ich bin nicht annähernd so eine gute Schauspielerin wie Claire Danes. Verdammt, sie hat mehr schauspielerisches Talent in ihrem kleinen Finger als ich in meinem ganzen Körper.

Und – vielleicht bin ich verrückt – aber was mich am meisten aufregt, ist nicht, dass er meinem Land schaden will, sondern dass er gestern Abend gelogen hat, als ich ihn fragte, ob er ein Spion sei. Er wusste, dass ich diese Frage als Voraussetzung dafür stellte, dass ich mit ihm schlief, und trotzdem hat er gelogen – das ist so, als würde man lügen, dass man Single ist, obwohl man es nicht ist.

Vielleicht noch schlimmer.

Oh Scheiße. Hat er eine Frau in Russland? Wo enden die Lügen?

Moment einmal. Ich habe den wichtigsten Punkt von allen vergessen. Da er ein Spion ist, wird mein Leben in Gefahr sein, wenn er mich hier erwischt. Er hat mich emotional verletzt, also ist es nur allzu leicht, sich vorzustellen, dass er mir auch körperlich wehtun wird.

Aber nicht, wenn ich mir diese Waffe schnappe.

Ich nehme sie, aber stelle fest, dass sie nicht geladen ist. Es sind auch keine Kugeln in Sicht. Das ist ziemlich nutzlos.

Okay, ich nehme mir ein paar Beweise und schließe den Tresor, damit ich würdevoll entkommen kann. Ich hole mein Handy heraus und mache ein Foto von einigen der Pässe. Ich werde später herausfinden können, ob sie von der Regierung ausgestellt oder gefälscht sind.

Mein Herzschlag beschleunigt sich. Wenn er nicht an mir als Freundin interessiert ist, was will er dann wirklich? Hat er die Vordertür abgeschlossen? Wird er mich gehen lassen? Ich muss so etwas wie einen Totfrauschalter einrichten – ich muss eine E-Mail an jemanden auf der Arbeit schicken, um ihn darüber zu informieren, und sie später löschen, wenn ich es lebendig hinausschaffe.

Mit zitternden Händen rufe ich eine App auf, mit der ich im Notfall auf meine geschäftlichen E-Mails zugreifen kann. Der regelmäßige Gebrauch ist verpönt, aber das ist jetzt unwichtig.

Ich bin gerade dabei, meine Nachricht abzuschicken, als ich eine E-Mail in meinem Posteingang sehe. Der Betreff lautet *Re: Persönlicher Gefallen* und ist vom Kanada-Experten.

Entschuldige die Verzögerung. Ich hatte endlich die Gelegenheit, mir Maxim Stolyar für dich anzuschauen. Kein Wunder, dass du Probleme mit ihm hattest. Ich musste mich deswegen mit den Leuten vom CSIS in Verbindung setzen, und sie sagten, er sei einer von ihnen. Sie …

Ich höre fassungslos auf zu lesen.

Der Paradigmenwechsel raubt mir fast den Atem.

Ich sollte erleichtert sein. Sogar aufgeregt. Max ist kein Russe. Er ist Kanadier, genau wie er gesagt hat. CSIS steht für Canadian Security Intelligence Service. Sie haben ein Jahresbudget von einer halben Milliarde und sind ein mächtiger Verbündeter.

Doch aus irgendeinem Grund hat meine Wut nicht nachgelassen. Jeder, der *einer von ihnen* ist, kann nicht behaupten, *kein* ausländischer Geheimagent zu sein.

Max hat mir gestern Abend noch ins Gesicht gelogen. Und er hatte noch weniger Grund, dies zu tun.

Verdammtes Arschloch. Warum konnte er nicht sagen *Ich kann deine Frage nicht beantworten* oder *Das ist geheim*? Aber einfach zu lügen, als ich ihm sagte, dass ich Teil der N…

Jemand räuspert sich verärgert.

Scheiße.

Ich drehe mich um und starre die Quelle des Lärms wütend an.

Es ist Max. Wie ein verdrehter Spiegel zeigt sein Blick die Wut, die in mir tobt.

»Was zum Teufel soll das?«, fragt er mit eisiger Stimme.

Ich stecke mein Handy in die Tasche und passe mich seinem Tonfall an. »Sag du es mir.«

Max macht einen schweren Schritt in den Raum. »Ich habe dich gefragt, ob du dich wegen deines Jobs für mich interessierst. Du hast Nein gesagt.«

Er klingt verletzt. Der Kerl hat vielleicht Nerven.

Ich beiße die Zähne zusammen. »Das ist nicht für meinen Job. Eher eine persönliche Recherche.«

Seine waldgrünen Augen werden untypisch kalt. »Wie gesellschaftsfähig.«

Meine Armmuskeln zittern, als ich den Drang bekämpfe, ihn zu schlagen. »Gestern Abend habe ich dich gefragt, ob du ein ausländischer Geheimagent bist. Du hast es geleugnet, aber soweit ich weiß, gehört Kanada nicht zu den USA.«

Aha. Er sieht jetzt schuldbewusst aus. Zumindest für einen Moment. Dann verziehen sich seine Lippen, und aus seinen Augen schießen frische Eiszapfen. »Ich habe dir die Wahrheit gesagt. Ich bin nicht beim CSIS. Nicht mehr.«

»Blödsinn!«, schreie ich trotz des pochenden Pulses in meinen Ohren. »Ich habe gesehen, wie du geheime Operationen durchführst.«

Scheiße. Vielleicht hätte ich das nicht zugeben sollen.

Er sieht aus, als *hätte* ich ihm eine Ohrfeige verpasst. »Du hast *was*?«

»Vergiss es«, knurre ich. »Was ist der Sinn dieses Gesprächs? Was auch immer es war, es war eindeutig ein Fehler, der jetzt vorbei ist.«

Berichtigung. *Jetzt* sieht er aus, als hätte ich ihn geohrfeigt. Ihm vielleicht sogar mein Knie in die Leistengegend gerammt. »Gut.«

»Gut?« Ich drehe mich auf dem Absatz um. »Gut.«

Mit brennenden Augen stürme ich aus der Wohnung und laufe zum Aufzug, als sei ein tollwütiger Falke hinter mir her.

KAPITEL
Zweiunddreißig

Ich BEKÄMPFE während der ganzen Taxifahrt nach Hause den Drang, zu weinen. Als Olive mich begrüßt, kann ich ihre Besorgnis nur mit Mühe verjagen und in mein Schlafzimmer gehen. Dort lasse ich mich schließlich von meinen Gefühlen überwältigen, und für ich weiß nicht wie lange schluchze und suhle ich mich in Selbstmitleid.

Irgendwann kuschelt sich ein pelziges Wesen an mich. Ich drücke es an meine Brust und fühle mich ein wenig besser, als es zu schnurren beginnt.

Machete mag es nicht, wenn jemand außer ihm seinen unbedeutenden Menschen verärgert. Richte Machetes Klauen einfach in die richtige Richtung und schau weg, bevor dich der Anblick des darauffolgenden Massakers für immer verfolgen wird.

Ich fange an zu schlucken. So sehr diese ganze Situation auch nervt, ich will nicht, dass Machete Max etwas antut. Ganz zu schweigen davon, dass die

Chance groß ist, dass der katzenartige Verräter sich an der Quelle meiner Angst reibt. Schließlich schien es auf den ersten Blick eine Männerfreundschaft zu sein.

Mein Wecker klingelt.

Scheiße. Ich habe die Arbeit vergessen.

Mein Weg zu meinem Gebäude verläuft wie im Rausch. Vor meinem geistigen Auge spielen sich Szenen aus meiner Zeit mit Max ab: die Videosessions, die Dates, der tolle Sex …

Aus irgendeinem Grund dachte ich immer, mit jemandem Schluss zu machen wäre wie ein Pflaster abzureißen – im ersten Moment tut es weh, aber bald fühlt man sich besser, nachdem man die richtige Entscheidung getroffen hat. So ein Quatsch. Das fühlt sich wie das Gegenteil davon an. Wie wenn man das Pflaster abreißt, aber das Ergebnis ist der berühmte *Tod durch tausend Schnitte*.

Ich frühstücke an meinem Schreibtisch, und es ist geschmacklos. Die Arbeit an dem Projekt, das mein Chef mir gibt, läuft auf Autopilot. Mein Mittagessen schmeckt wie Pappe und es kann sogar sein, dass ich auf der Toilette geweint habe.

Das muss ich meinen Kolleginnen und Kollegen lassen. Nicht ein einziger macht den *Hast-du-den-Blues*-Witz. Ich schätze, sie haben einen guten Sinn für Selbsterhaltung.

Der Rest meines Arbeitstages ist noch roboterhafter.

Als ich nach Hause fahre, bekomme ich eine SMS von Olive.

Tut mir leid, dass ich dir so kurzfristig Bescheid gebe, aber mein erstes Vorstellungsgespräch lief so gut, dass sie mich für das Folgegespräch nach Florida eingeladen haben. Ich habe wirklich günstige Tickets für einen Flug heute Abend ergattert. Kannst du bitte Beaky füttern?

Danach folgen detaillierte Anweisungen zur Pflege und Fütterung von Kraken.

Großartig. Jetzt hat mich sogar meine Schwester im Stich gelassen. Was kommt als Nächstes? Eine kleine Wolke direkt über meinem Kopf, wie in einer Antidepressiva-Werbung?

———

Als ich nach Hause komme, ist es leer und einsam, und mein Abendessen ist noch geschmackloser als Frühstück und Mittagessen zusammen. Nach einem weiteren kurzen Zwischenweinen füttere ich Beaky und schreibe Olive, dass ich es getan habe.

Ihr Telefon klingelt in der Nähe.

Armes Ding. In ihrer Eile, nach Florida zu kommen, hat sie es vergessen. Hoffentlich leihen ihr unsere Großeltern eins.

Ich fühle mich ausgelaugt, schnappe mir Machete und streichele sein Fell. Während er schnurrt, lichtet sich endlich der wütende Nebel in meinem Kopf, und ich beginne, halbwegs zusammenhängend zu denken.

Max ist also ein Spion. Oder war. Ein Hoch auf meine Instinkte. Das Wichtigste ist, dass er jetzt kein Spion mehr ist, oder das zumindest behauptet. Und selbst wenn er es war, war er kein feindlicher Agent, sondern einer unserer Verbündeten.

Wenn man es aus einem bestimmten Blickwinkel betrachtet – was bis jetzt schwer war –, habe ich vielleicht *leicht* überreagiert, als ich mit ihm Schluss gemacht habe. Das heißt, wenn es wirklich stimmt, dass er nicht mehr für den CSIS arbeitet. Wenn das der Fall ist, hat er nicht wirklich gelogen. Er ist *derzeit* kein ausländischer Geheimagent. Das würde auch die abgelaufenen Pässe erklären.

Aber wenn er nicht für den CSIS arbeitet, warum hat er sich dann wie ein Spion verhalten? Warum sollte er versuchen, das Telefon von jemandem im Hot Poker Club zu verwanzen? Warum sollte er bei seinen Treffen mit den Investmentbankern eine List anwenden?

Ich rufe meine Arbeits-E-Mails auf und kehre zu der Nachricht des Kanada-Experten zurück, mit der Hoffnung, dass sie etwas Licht ins Dunkel bringen kann.

Scheiße.

Ich bin so ein Idiot.

Hätte ich die E-Mail heute Morgen erst zu Ende gelesen, hätte das Gespräch bei Max zu Hause ganz anders verlaufen können.

Vielleicht. Oder vielleicht auch nicht. Er wäre immer noch sauer auf meine Schnüffelei gewesen.

Auf jeden Fall habe ich alles noch einmal durchgelesen, vom Anfang bis zum Ende.

Entschuldige die Verzögerung. Ich hatte endlich die Gelegenheit, mir Maxim Stolyar für dich anzuschauen. Kein Wunder, dass du Probleme hattest. Ich musste mich deswegen mit den Leuten vom CSIS in Verbindung setzen und sie sagten, er sei einer von ihnen. Sie haben nicht gesagt, was er für sie getan hat, aber dass er ein Ukrainer der zweiten Generation ist, ist unser Hinweis. Sie sagen, dass er sich vor ein paar Jahren zur Ruhe gesetzt hat und jetzt als Berater für Unternehmen tätig ist, aber wenn ich zwischen den Zeilen lese, habe ich das Gefühl, dass er sich nicht ganz aus der Branche zurückgezogen hat. Auch wenn seine Arbeit in der Privatwirtschaft geheim ist, klingt sie nach Wirtschaftsspionage der legalen Art.

Wie auch immer, ich hoffe, das hilft – und dass wir jetzt quitt sind.

Ich lese sie noch zweimal.

Max ist im Ruhestand.

Im Ruhestand.

Das heißt, er hat mich nicht angelogen. Er ist *kein* ausländischer Geheimagent.

Derzeit nicht.

Aber … er betreibt Wirtschaftsspionage, was leicht erklären könnte, was er mit den Bankern und dem Telefon gemacht hat. Das könnte auch der Grund dafür sein, dass ihn meine *Bist-du-ein-Spion*-Frage aus der Fassung brachte. Bezeichnet man jemanden, der Wirtschaftsspionage betreibt, als Spion?

Ich glaube schon. Besonders einen ehemaligen Spion. Einmal Spion, immer Spion. Aber ich sagte *ausländischer Geheimagent*, und das ist er nicht.

Das könnte auch der Grund sein, warum er so zurückhaltend war, als er mir sagte, er sei *Unternehmensberater*.

Aber warum? Hätte er mir erzählt, dass er Wirtschaftsspionage betreibt, hätte ich das super cool gefunden. Vielleicht hätte ich ihn sogar um einen Job gebeten. Ich war so sehr mit meinen Träumen von der CIA beschäftigt, dass ich diese Richtung nie in Betracht gezogen habe, aber es ist eine viel realistischere Option für jemanden wie mich.

Ich springe auf und fange an, auf und ab zu gehen, während sich meine schlechte Laune auflöst.

Es war ein Fehler, mit Max Schluss zu machen. Das erkenne ich jetzt deutlich. Aber ich habe mit ihm Schluss gemacht, und das kann ich nicht ändern. Die wichtige Frage ist: Wie kann ich das rückgängig machen?

Keine Ahnung, aber wahrscheinlich ist eine Entschuldigung mit einer großen Geste nötig. Und vielleicht kriechen. Schließlich war ich auch ihm gegenüber nicht ganz ehrlich.

Wenn ich mich mit einer großen Geste entschuldige, wie sollte das aussehen?

Ich gehe hin und her und ernte sowohl von Beaky als auch von Machete böse Blicke.

Endlich fällt es mir ein.

Ich kann Max bei seinem aktuellen Auftrag helfen. Ja, genau das ist es. Mit dem neuen Kontext der Wirtschaftsspionage sehe ich endlich die Verbindung zwischen dem Hot Poker Club und den Investmentbankern. Zumindest glaube ich das.

Es ist Schlampenstapel. Das ist das Telefon, das Max abhören wollte.

Schlampenstapel muss der Schlüssel sein, oder genauer gesagt, die Softwarefirma, für die er arbeitet – die, die Handelsplattformen herstellt.

Hurra. Ich liebe dieses Gefühl, wenn es klick macht.

Ich setze mich an meinen Laptop, und meine Finger tanzen über die Tastatur.

Wie ich vermutet habe, sind die beiden Banken Kunden von Schlampenstapels Firma, und wenn meine Theorie stimmt, sind sie auch Max' Kunden.

Ich schalte in den Analystenmodus und lese alles, was ich in die Finger bekomme, bis ich auf zwei Artikel stoße, in denen die betreffenden Investmentbanken vorgestellt werden. Offenbar haben beide Banken einen Haufen Geld verloren, als einige Hedgefonds eine große Bewegung vorwegnahmen, die sie gerade auf dem Markt gemacht hatten. Beide Banken sagten, es sei etwas faul gewesen. Beide hatten keine Beweise.

Großartig. Ich habe jetzt genug Bestätigung für meine Theorie, um den etwas weniger legalen Teil meiner Recherche zu rechtfertigen.

Eines nach dem anderen. Ich setze eine Reihe von Tools ein, die nicht geheim sind, die ich aber lieber nicht im Detail verraten möchte.

Das erste ist das am wenigsten schädliche. Tatsächlich ist es etwas, was mein Vater für seinen völlig legitimen Job als Penetrationstester benutzt, der – wie mein Vater sagt – *nicht so schmutzig ist, wie er klingt*.

Ich teste die Sicherheit von Schlampenstapels Softwarefirma. Das ist keine schlimme Sache. Wenn ich ihnen meine Ergebnisse verraten würde, wäre das sogar ein Dienst an der Allgemeinheit.

Die Sicherheit ist insgesamt nicht schlecht, aber lausig für einen Haufen Informatiker. Ich könnte einsteigen, ohne zu riskieren, erwischt zu werden, ganz sicher.

Den nächsten Teil macht mein Vater hoffentlich nie. Ich gehe in das Intranet von Schlampenstapels Unternehmen, suche das Code-Repository, in dem die Dateien der Handelsplattform liegen, und konzentriere mich auf die Teile, für die Schlampenstapel verantwortlich ist.

Igitt. Schlampenstapel ist nicht nur schlampig im Umgang mit Pokerchips, sondern auch mit seinem Code. Irgendwann finde ich aber trotzdem, was ich suche.

Eine Hintertür.

Wie ich vermutet habe, hat sich der hinterhältige Schlampenstapel einen Weg programmiert, um herauszufinden, was die Kunden seiner Firma mit den von ihnen gekauften Handelsplattformen machen – zum Beispiel, wenn sie viel Geld in eine bestimmte Aktie pumpen, was dazu führt, dass der Kurs dieser Aktie dramatisch steigt.

Ich würde meine ganzen Bitcoins darauf wetten, dass Schlampenstapel diese illegal erlangten Informationen an den Höchstbietenden verkauft – was erklären würde, wie er das Geld für den Buy-In für den Hot Poker Club bekommen hat.

Ermutigt, ziehe ich mich an und eile zurück zur Arbeit.

Das Büro ist leer, was gut ist.

Ich schalte **geheim** ein und mache das, was Max versucht, aber nicht geschafft hat: ich hacke mich in Schlampenstapels Smartphone.

Wow. Schlampenstapel hat ein Glücksspielproblem.

Ein großes, wenn man seinen E-Mails und Textnachrichten Glauben schenken darf.

Einigen von ihnen zufolge schuldet er zwielichtigen Leuten Geld. Tatsächlich ist er in dieser Sekunde im Hot Poker Club und verliert wahrscheinlich schon wieder sein illegal erworbenes Geld.

Moment einmal.

Wenn er bei dem Spiel ist … könnte Max auch dort sein? Schließlich hat er an dem Tag, an dem wir uns zum ersten Mal getroffen haben, sein Anzapfen des Telefons nicht beendet, und ich sehe, dass Schlampenstapel bis heute eine Pause vom Hot Poker Club hatte.

Mein Herzschlag wird schneller. Ich stelle mir vor, wie Max mit der Wanze erwischt wird und dann von Bogdan, dem gefährlichen Besitzer des Hot Poker Clubs, verletzt wird.

Arschloch. Wie stehen die Chancen, dass Max Schlampenstapels Telefon bereits außerhalb des Spiels verwanzt hat? Niedrig. Bis gestern war er in Kanada. Heute ist wahrscheinlich das erste Mal, dass er die Chance hat, diesen Versuch zu wiederholen. So würde ich es machen.

Scheiße. Ich sollte Max warnen. Ich muss ihn warnen.

Aber wie? Ich kann ihn nicht wirklich anrufen. Sie zwingen einen dazu, das Handy auszuschalten und wegzulegen.

Meine Beine fangen an, sich zu bewegen, bevor mein Hirn das mitbekommt.

Die Antwort ist einfach. Ich muss zum Palace gehen und persönlich mit ihm sprechen.

Ja. Das ist es. Genau das werde ich tun.

In Rekordzeit mache ich mich auf den Weg zu meinem Aston Martin, und sobald der Motor aufheult, trete ich aufs Gaspedal.

Zeit für ein Autorennen à la James Bond.

KAPITEL
Dreiunddreißig

Laut GPS sollte diese Fahrt fünfundzwanzig Minuten dauern. Mein Ziel: in zehn Minuten dort sein.

Am Anfang läuft alles reibungslos. Als ich dann um die dritte Kurve fahre, quietschen die Reifen, und das Auto kommt ins Schleudern, aber ich bin auf der nächsten Straße und lebe noch, auch wenn ich von nun an in den Kurven vielleicht etwas vorsichtiger sein sollte.

Das Tempolimit beträgt vierzig km/h. Was für ein Witz. Wo es geht, fahre ich viermal so schnell.

Ein gelbes Taxi hält an einem Stoppschild – der Kerl hat Nerven. Ich weiche scharf aus, wechsele die Spur in einem Wimpernschlag und fliege an ihm vorbei, als gäbe es das Schild nicht. Das Gleiche mache ich bei einer roten Ampel an der nächsten Kreuzung.

Zwei Häuserblocks später muss ich abbremsen, um ein paar betrunkenen Fußgängern das Leben zu retten, und fünf Häuserblocks später sehe ich ein Polizeiauto, also bremse ich wieder ab. Selbst wenn ich mich mit

Charme aus einem Ticket herauswinden könnte, wäre der Stopp eine Verzögerung, die ich mir nicht leisten kann.

Nach neun Minuten und dreißig Sekunden fahre ich vor dem Palace vor.

Ich stolpere fast, als ich aus meinem Auto steige und einem Parkwächter die Schlüssel zuwerfe.

»Können Sie ihn hier in der Nähe des Eingangs behalten?« Ich drücke ihm einen Hundert-Dollar-Schein als Anreiz in die Hand.

Er nickt mit großen Augen, und ich eile zum Eingang.

Das ist der Moment, in dem ich mich an ein Problem erinnere, das ich komplett verdrängt habe.

Ein riesiger Alptraum von einem Problem.

Vögel.

Jede Menge Vögel.

KAPITEL

Vierunddreißig

FÜR EINE SEKUNDE HOFFE ICH, dass vielleicht jemand gesunden Menschenverstand besitzt und die Lobby dekontaminiert hat. Als ich eintrete, wird diese Hoffnung jedoch zerquetscht wie eine Blaubeere unter dem grausamen Schnabel eines Pfaus.

Die Vögel sind immer noch da.

Pfauen mit ihren abscheulichen Schwänzen und Papageien, die dank des Adrenalins, das durch meine Adern fließt, noch mehr wie böse Clowns aussehen.

Ich verlasse die Lobby und schnappe mir den Parkwächter, dem ich gerade ein Trinkgeld gegeben habe. »Ich muss den Hintereingang des Hotels benutzen. Ich weiß, dass es einen gibt. Ich habe ihn neulich benutzt.«

Jemand hat mich zwar mit verbundenen Augen durch den Parcours geführt, aber hey, ich bin es immer noch, der ihn *benutzt*.

Er schüttelt vehement den Kopf. »Niemand darf dorthin. Sicherheitsvorkehrungen.«

Scheiße. Ich habe keine Zeit, zu streiten oder den Hintereingang zu suchen. Ich schätze, heute ist der Tag, an dem ich mich zwinge, durch eine von Vögeln verseuchte Lobby zu gehen. Ich wünschte nur, ich hätte einen dieser Bombenschutzanzüge, wie sie in *Tödliches Kommando* getragen wurden.

Ich atme tief durch und betrete die Lobby erneut.

Es wird alles gut werden. Die Papageien sind in Käfigen. Wie stehen die Chancen, dass sie ausgerechnet heute entkommen?

Das hilft. Ein wenig.

Ich mache einen weiteren Schritt hinein.

Ich kann das machen. Ich bin eine Spionin, verdammt nochmal.

Mein nächster Schritt ist sicherer.

Doch dann, als hätte er nur auf diesen Moment gewartet, stürzt sich ein Pfau auf mich.

Mit einem unwürdigen Schrei renne ich vor der Bestie davon – und es kostet mich all meine Willenskraft, in Richtung Aufzug zu rennen, anstatt wieder nach draußen.

Ein anderer Pfau muss Blut im Wasser riechen, da er versucht, mir den Weg zu versperren.

Ich gehe im Zickzack nach rechts und mache einen großen Kreis um die böse Kreatur. Meine Kehle ist rau von meinem ununterbrochenen Schreien und es fühlt sich an, als würde etwas in meinen Beinmuskeln reißen, während ich so schnell ich kann zum Aufzug sprinte.

»Alles in Ordnung?«, ruft mir der Concierge hinterher.

Ich habe nicht die Energie, ihm zu sagen, dass

natürlich nichts in Ordnung ist. In Ordnung wurde geteert und gefedert und jagt mich jetzt, während wir sprechen.

Ich überbrücke die verbleibende Distanz zum Aufzug, drücke den Knopf und bereite mich darauf vor, alle angreifenden Pfauen mit knochenbrechenden Krav-Maga-Tritten abzuwehren.

Die Pfauen müssen erkennen, dass sie ein wildes Tier in die Enge getrieben haben und dass sich der Kampf vielleicht nicht lohnt. Schließlich werden sie in diesem Hotel vermutlich von jemandem gefüttert – und sie wissen nicht, wie gut ich schmecken könnte.

Endlich kommt der Aufzug an. Ich springe hinein und drücke auf den Kellerknopf, als würde mein Leben davon abhängen – denn das tut es wahrscheinlich auch. Die Türen gleiten zu und schließen die entsetzlichen Vögel draußen aus. Ich tue mein Bestes, um zu Atem zu kommen, und überlege mir meine nächsten Schritte.

Ich bin dabei, dorthin zu gehen, wo ich nicht hingehen sollte. Ich werde ein privates Spiel crashen. Wie komme ich damit durch?

Ich verwerfe einen Haufen Ideen sofort. Sich als Zimmerservice auszugeben wird nicht funktionieren, so lustig es auch sein mag, den Klassiker aus dem Spionagefilm nachzumachen, bei dem ich ein Zimmermädchen überfalle oder es für ihr Outfit besteche. Vielleicht sollte ich in die Lüftungsschächte gehen? Nein. Auch wenn ich mich gerne im *Mission-Impossible*-Stil irgendwo abseilen würde, glaube ich nicht, dass es in der Sauna, in der das Hot Poker Spiel stattfindet, einen Lüftungsschacht gibt, auch wenn es vielleicht einen in der Umkleidekabine geben könnte.

Nein. Ich werde das gute alte KISS-Prinzip anwenden, das bei Softwareentwicklern beliebt ist: Keep It Simple, Stupid.

Wenn ich erwischt werde, suche ich das Badezimmer. Das ist es.

Ich kann diese Täuschung leicht nachspielen, ich muss mich nur daran erinnern, wie ich mir bei der Pfauenattacke in der Lobby fast in die Hose gemacht habe.

Die Fahrstuhltüren öffnen sich. Ich steige aus und renne in den nächsten Gang.

Um diese Zeit ist kein Personal hier. Das ist gut.

Ich schnuppere an der Luft. Ein schwacher Chlor- und Zitronenduft ist wahrnehmbar, also kann der Hot Poker Club nicht weit sein.

Ich laufe auf Teppichböden und suche mir meinen Weg mit Hilfe meiner Nase und Intuition. Eines dieser Dinge ist verlässlich, denn bei der nächsten Abbiegung wird der Teppich unter meinen Füßen zu Fliesen – das erkenne ich noch von meinem Besuch wieder.

Großartig.

Der Geruch, dem ich gefolgt bin, ist in der nächsten Kurve besonders stark, und dann sehe ich in der Ferne eine Tür.

Ich wette, das ist der Umkleideraum.

Das Problem ist, dass zwei stämmige Kerle davorstehen.

Als ich näher komme, erkenne ich einen. Er ist die tapfere Seele, die für mich eine Taube verscheucht hat.

Mist. Jetzt werde ich ein schlechtes Gewissen haben, wenn ich mich hineinkämpfe – was vielleicht auch nicht die beste Idee ist, wenn man bedenkt, dass diese Typen bewaffnet sein könnten.

Ich halte mich an meinen einfachen Plan und nutze mein ganzes schauspielerisches Können, um zu rennen wie eine Frau, deren Blase zu platzen droht.

»Was soll der Scheiß?«, fragt der unbekannte Wachmann, als ich auf die beiden zustürme.

»Ich muss auf die Toilette.« Ich tanze von einem Fuß auf den anderen, als würde gleich eine sprudelnde Fontäne aus meiner Harnröhre sprudeln.

Der Typ, den ich erkannt habe, scheint mich auch zu erkennen. Er runzelt die Stirn. »Spielen Sie heute? Ich wusste nicht, dass Sie jetzt ein Stammgast sind.«

»Ich muss nur auf die Toilette«, wiederhole ich, und ohne darauf zu warten, dass sie mich aufhalten, stürme ich in die Umkleidekabine.

»Warten Sie!«, ruft jemand.

Das tue ich nicht. Stattdessen sprinte ich zum Dampfbad, als wären alle Pfauen und Papageien der Welt hinter mir her.

Als ich in den Raum stürme, blockiert der Dampf zunächst die Spieler.

Blinzelnd erkenne ich den Besitzer, Bogdan, mit seinen Chips in einer Skulpturanordnung wieder. Schlampenstapel ist auch hier, sein Stapel an Pokerchips ist erwartet schlampig.

Die beiden Türsteher stürmen nach mir herein. Sie greifen nach mir, aber Bogdan hält sie mit einem kurzen Blick auf.

Ich schwitze nicht nur wegen der Hitze, sondern auch, weil ich meine Umgebung noch einmal abtaste und mir zwei Dinge auffallen, die keinen Sinn ergeben.

Erstens: Max ist nicht hier.

Zweitens: Clarice ist es, obwohl ich sie ohne ihr Piratenoutfit zunächst nicht erkenne.

Warum Max fehlt, ist mir ein Rätsel. Ist er schon wieder weg? Das ist zu bezweifeln, denn es gibt keinen leeren Stuhl.

Clarices Anwesenheit ergibt Sinn, als ich darüber nachdenke. Sie *wollte* zum Spielen hierherkommen. Ich selbst habe ihr das Geld für den Buy-In gegeben.

Ich schätze, ihr Spieltag ist heute.

Hmm. Sahen ihre Haare schon immer so schön aus unter dem Piratenhut, wie immer er auch heißen mag? Außerdem: Warum starrt sie Bogdan so lüstern an? Habe ich ihr nicht gesagt, dass er gefährlich ist?

Apropos Gefahr: Bogdan sieht mich mit verengten Augen an. »Was machen Sie hier?«

Clarice dreht sich von ihm zu mir, und ihre Augen weiten sich. »Blue?«

Scheiße. Zeit für eine Exit-Strategie. Meine Hand taucht in meine Tasche, als hätte sie einen eigenen Willen.

Gia wäre stolz auf mein nächstes Manöver.

Meine Hand kommt mit einem Tampon wieder heraus. Ich eile zu Clarice und drücke ihn ihr mit der Ernsthaftigkeit eines Staffelläufers in die Hand, der einen Staffelstab übergibt.

Wie vorhersehbar, tun die Männer so, als ob der

Tampon ein Aussätziger wäre, und ziehen sich alle gemeinschaftlich zurück.

Als Magierin ist Clarice genauso geschickt im Täuschen wie Gia. Sie schnappt sich den Tampon wie Gollum seinen kostbaren Ring. »Danke, Blue. Du bist eine Lebensretterin.«

Ich nehme Blickkontakt mit Bogdan auf. »Entschuldigen Sie die Unterbrechung.« Ich bereite mich darauf vor, ihm zu sagen, dass ich eine Regierungsagentin bin und dass es für sein Geschäft und seine Gesundheit sehr schlecht wäre, wenn er mich umbringen würde.

»Wie haben Sie die Sauna gefunden?«, fragt er mit steinerner Miene. »Hat man Ihnen beim letzten Mal nicht die Augen verbunden?« Er wirft den Türstehern einen bösen Blick zu.

»Oh, sie haben mir perfekt die Augen verbunden«, sage ich schnell. »Besonders dieser Herr.« Ich zeige auf den Mann, der mich vor der Taube gerettet hat. »Ich habe zufällig einen sehr guten Orientierungssinn, und mein Freund hat mir gesagt, in welchem Hotel das Spiel stattfand. Er ist ein Stammgast.«

Bogdan zieht eine Augenbraue hoch. »Maxim Stolyar?«

»Woher wussten Sie das?«, platzt es aus mir heraus.

Er schmunzelt. »Ich beobachte immer, was am Tisch passiert.«

Richtig. Er nahm unsere Körpersprache wahr und zog daraus Rückschlüsse. Ein gefährlicher Mann in mehr als einer Hinsicht.

»Apropos Max, ich habe ihn heute tatsächlich aus

den Augen verloren«, sage ich. »Er ist nicht hierhergekommen, oder?«

Clarice schüttelt den Kopf.

»Cool, cool.« Jetzt wünsche ich mir wirklich, ich *könnte* die Toilette benutzen. »Ich schätze, ich sollte gehen?«

Verdammt. Ein knallharter Spion würde den letzten Teil nicht so sehr nach einer Frage klingen lassen.

»Begleitet sie«, sagt Bogdan gebieterisch zu den Türstehern.

Ich ziehe mich zurück. »Danke.« Ich winke Clarice zu. »Viel Glück.«

Nachdem wir das Dampfbad verlassen haben, frage ich: »Kann ich die Toilette benutzen?«

Haben die Türsteher das synchrone Augenrollen geübt, wie bei Teenagern?

Der Taubentöter zeigt auf die Kabinen in der Nähe. »Gehen Sie schon.«

Ich benutze die Toiletten und lasse mich dann kleinlaut von den Kerlen durch die Gänge führen. Als ich sehe, dass wir auf den normalen Aufzug zusteuern, bleibe ich stehen. »Könnten Sie mich vielleicht durch den Hintereingang bringen?«

»Warum?«, fragt der Taubentöter.

Ich betrachte den Teppich unter meinen Füßen. »Es gibt Vögel in der Lobby.«

Auf ein weiteres Augenrollen folgt ein widerwilliges »Hier entlang.«

Hurra. Sie führen mich durch eine Hintertür hinaus und zeigen mir dann den Weg zum vorderen Teil des Hotels.

Der Parkwächter, dem ich ein Trinkgeld gegeben habe, holt in aller Eile das Auto.

Sobald ich in meinem Wagen sitze, trete ich das Gaspedal durch und entferne mich so schnell wie möglich, bevor es sich jemand anders überlegt und mich doch nicht gehen lassen will.

Sobald ich weit genug weg bin, denke ich über mein Ziel nach.

Soll ich Max zu Hause besuchen?

Es ist spät, also könnte das ein wenig komisch aussehen. Aber wenn ich es nicht tue, werde ich die ganze Nacht wachliegen und mir wünschen, ich wäre hingegangen.

Also fahre ich direkt dorthin – oder, genauer gesagt, rase.

———

Sieben Minuten später klingele ich an Max' Tür. Er öffnet nicht. Sein Spion verdunkelt sich auch nicht, also ist er wahrscheinlich nicht zu Hause. Oder vielleicht ist er so gut in dem, was er tut. Er weiß, dass ich es bin, und kommt deshalb nicht einmal an die Tür.

Ich kämpfe gegen den Drang an, das Schloss zu knacken. Wenn er zu Hause ist, würde ich mir damit keinen Gefallen tun, und wenn er es nicht ist, wozu dann der Einbruch?

Seufzend kehre ich zu meinem Auto zurück und fahre langsam nach Hause, also doppelt so schnell wie erlaubt.

———

Nachdem ich mein Auto im Keller geparkt habe, fahre ich mit dem Aufzug nach oben und überlege, ob ich Max anrufen soll, da ich es nicht geschafft habe, ihn zu finden.

Bevor ich eine Entscheidung treffen kann, hält der Aufzug in der Lobby, und ein mir nicht unbekannter Mann tritt ein.

Woher kenne ich ihn? Und woher kennt er mich? Weil er das tun muss. Seine Nasenlöcher blähen sich auf, und sein Kiefer ist angespannt, während er mich anstarrt, was man bei Fremden nicht tut.

Normalerweise. Es sei denn, man ist ein Verrückter.

»Du hast dir die Haare geschnitten?«, knirscht er, und sein Atem riecht wie eine Schnapsbrennerei.

Ah. Jetzt erinnere ich mich. Ich habe sein Gesicht auf einem Bild in Olives Wohnung gesehen.

Das ist Brett, ihr Arschloch-Ex. Er denkt, dass ich sie bin. Aber was macht er hier?

»Wie hast du mich gefunden?«, frage ich, da ich beschließe, erst einmal mitzuspielen.

Er verzieht seine Oberlippe. »Blöde Schlampe. Ich kann dich immer finden.«

Meine Augen werden zu Schlitzen. »Was hast du gerade zu mir gesagt?«

Blitzschnell wird mir klar, dass er wegen einer App, die er auf ihrem Handy installiert hat – dem Handy, das sie bei mir zu Hause vergessen hat – denkt, Olive sei hier.

Ist es heuchlerisch von mir, ihn deswegen für ein

viel größeres Arschloch zu halten, wenn man bedenkt, dass ich selbst einen Peilsender auf *seinem* Telefon angebracht habe? Allerdings habe ich ganz vergessen, einen Alarm einzurichten, der mich warnt, wenn er Olive zu nahe kommt. Ich muss diesen Fehler korrigieren – und die Reichweite auf dreißig Meter erhöhen.

Und Gott sei Dank ist er mir statt Olive begegnet.

»Ich sagte ›dumme Schlampe‹«, wiederholt Brett und genießt jedes Wort.

Ich nehme eine Krav-Maga-Haltung ein. »Du machst einen großen Fehler. Du hast eine Chance, zu gehen und nie wieder an mich zu denken. Nur eine.«

Er lacht höhnisch. »Mit dem Haarschnitt siehst du aus wie eine Lesbe.«

Ich balle und löse meine Fäuste. »Gut. Noch *eine* Chance. Zwing mich nicht, dir wehzutun.«

Der Aufzug hält an.

»Geh«, sage ich eisig, während ich aus dem Aufzug trete. »Solange du kannst.«

Mit einem Schnauben stürzt sich Brett auf mich.

Ich glaube, er will meinen Ellenbogen greifen, aber das wird nicht passieren. Ich drehe mich auf den Fußballen, und dort, wo eben noch der Ellenbogen war, ist jetzt nur noch Luft. Bevor er sich erholen kann, schlage ich ihm eine Faust in den Bauch.

Die Luft verlässt seine Lungen mit einem hörbaren Zischen, aber es klingt wie »Bitch«, also schlage ich ihm ins Gesicht.

Zu seiner Ehrenrettung sei gesagt, dass er sich schnell erholt und versucht, mich zu schlagen.

Ich ducke mich, aber bevor ich den Kampf mit einem Krav-Maga-typischen Tritt beenden kann, sehe ich eine verschwommene Bewegung hinter mir.

Ich drehe mich um und beobachte fassungslos, wie eine starke Faust Bretts Kiefer trifft und das Arschloch zu Boden schlägt.

Ich blinzele Max – den Besitzer der Faust – verständnislos an. »Was machst du hier?«

»Wer ist das?« Max tritt mit der Spitze seines Schuhs gegen Bretts bewusstlosen Körper.

»Brett. Olives Ex. Im Ernst, ich habe gerade nach dir gesucht.«

»Eine Sekunde.« Max holt sein Telefon heraus und wählt eine Nummer.

»911, was ist Ihr Notfall?«, sagt eine freundliche Stimme am anderen Ende der Leitung.

»Ein Mann hat gerade meine Freundin angegriffen«, sagt Max. »Können Sie bitte jemanden vorbeischicken?« Er nennt die Adresse.

Er hat mich seine Freundin genannt! Bedeutet das, dass er mir verziehen hat, oder war das nur der einfachste Weg, dem Telefonisten die Situation zu erklären?

Als Max auflegt, will ich ihn gerade fragen, was er bei mir zu Hause macht, als er sagt: »Hast du Handschellen?«

Richtig. Brett könnte zu Bewusstsein kommen.

»Gib mir eine Sekunde.« Ich renne in meine Wohnung und stolpere fast über Machete.

Warte nicht auf die Polizei. Lass Brett mit Machete allein. Er wird nie wieder jemanden belästigen.

Ich finde ein Paar Handschellen, die mit Leopardenfell überzogen sind – etwas, was ich hoffte, irgendwann mit Max benutzen zu können.

Als ich zurückkomme und sie Max gebe, befestigt er Brett an der Treppe und mustert mich mit einem unleserlichen Blick.

»Du hast nach mir gesucht?«, fragt er.

Ich nicke heftig. »Warum bist du hier?«

Er seufzt. »Ich habe nach dir gesucht. Offensichtlich.«

»Warum?«, frage ich.

Brett beginnt zu fluchen und gegen seine Fesseln anzukämpfen.

Ich nicke an meiner Tür. »Wollen wir drinnen reden?«

Max stimmt zu.

Wir gehen in meine Wohnung, und ich schließe die Tür, um die nervigen Geräusche aus Bretts Mund auszuschalten.

Machete begrüßt Max, indem er sich an seinem Hosenbein reibt.

Machete weiß nicht, was an diesem unbedeutenden Menschen so sympathisch ist, aber Machete schwimmt mit dem Strom und tut, was Machete will.

Beaky wechselt die Farbe, und Machete macht sich aus dem Staub.

Ich lasse mich auf die Couch plumpsen und klopfe auf das Kissen neben mir.

Max setzt sich dorthin, wo ich es vorgeschlagen habe. »Ich wollte mich entschuldigen.«

Ich springe fast wieder auf. »Ich mich auch!«

Ein Lächeln umspielt seine Augen. »Ich zuerst.«

Ich mache einen Schmollmund. »Das ist nicht sehr gentlemanlike von dir, aber mach weiter.«

Sein Gesicht ist wieder einmal ernst. »Als du mich gefragt hast, ob ich ein ausländischer Agent bin, hätte ich dir von meiner Vergangenheit beim CSIS erzählen sollen.«

Ich nicke. »Und auch über die Wirtschaftsspionage.«

Seine Augen weiten sich. »Ich war gerade dabei … Woher weißt du das?«

Mit einem verschlagenen Lächeln erzähle ich ihm, dass ich nicht nur über seine Arbeit im Allgemeinen Bescheid weiß, sondern auch über seine aktuelle Untersuchung und dass ich sie für ihn gelöst habe.

»Mir fehlen die Worte«, sagt er. »Okay, vielleicht drei: Du bist gefährlich.«

Ich rücke näher an ihn heran. »Gefährlich auf eine tolle Art und Weise, oder?«

Seine waldgrünen Augen erhitzen sich. »Die allertollste Art und Weise.«

Ich legte meine Hand auf sein Knie. »Wenn du willst, kann ich dafür sorgen, dass Schlampenstapels Missetaten der SEC gemeldet werden, und du kannst deinen Kunden sagen, dass du es warst.«

Er legt seine Hand auf meine. »Ich wiederhole: Mir fehlen die Worte.«

»Gut«, sage ich. »Jetzt bin ich dran. Es tut mir leid, dass ich so in deine Privatsphäre eingedrungen bin, und vor allem tut es mir leid, dass ich gesagt habe, dass es mit uns vorbei ist.«

Er lehnt sich zu mir. »Nein. Es tut mir leid, dass ich

nicht versucht habe, dich zu überreden, zu bleiben und die Dinge zu besprechen. Und dass ich den ganzen Tag gebraucht habe, um zu merken, dass ich dich zurückholen muss. Du bist ...«

Ich bringe ihn mit meinen Lippen zum Schweigen, und er erwidert den Kuss mit einer wunderbaren Heftigkeit.

Als seine Hände über meinen Körper und meine Kleidung wandern, möchte ich mich unbedingt ausziehen.

Warum ist das so heiß? Werden wir gleich Versöhnungssex haben?

Ich will den Reißverschluss seiner Hose öffnen, als es an der Tür klingelt.

Max zieht sich zurück. »Das muss die Polizei sein.«

Oh. Richtig. Ich habe Brett und den Rest der menschlichen Rasse ganz vergessen.

Ich stehe auf und richte mein Outfit. »Weißt du, ich brauchte dich nicht, um mich vor diesem Arschloch zu beschützen.«

Max lacht. »Oh, das weiß ich. Ich glaube, ich wollte die Eier dieses Arschlochs beschützen. Das ist so ein Männliche-Solidarität-Ding.«

Lachend öffne ich die Tür für die Polizisten und biete ihnen Kaffee an. Mit einem Getränk in der Hand sitzen wir in meiner Küche und reden. Ich sage ihnen, dass ich für die Regierung arbeite, und das überzeugt sie sofort. Dann erkläre ich ihm, dass Brett meine identisch aussehende Schwester schrecklich behandelt hat, dass er mich heute mit ihr verwechselt hat und dass ich Anzeige erstatten werde. Sie versichern mir, dass Brett in den Knast geht, um den Alkohol in seinem Körper auszuschlafen, und sie empfehlen meiner Schwester, eine einstweilige Verfügung zu erwirken.

»Also, wo waren wir?«, frage ich Max, als die Beamten gegangen sind.

Er wackelt mit den Augenbrauen. »Ich glaube, du wolltest mir eine Führung durch deine Wohnung geben.«

Ich greife nach meinen nicht vorhandenen Perlen. »Es gibt nur einen Raum, den du noch nicht gesehen hast: mein Schlafzimmer.«

Er mustert mich hungrig. »Zeig mir alles.«

Das tue ich gerne, und sobald wir im Schlafzimmer sind, fallen wir übereinander her.

Der Sex ist dringender als letzte Nacht. Schwitziger und verzweifelter.

Als wir im Nachglühen daliegen, stützt sich Max auf einen Ellenbogen und schaut mir in die Augen. »Die Entschuldigung war nur einer der Gründe, warum ich mit dir von Angesicht zu Angesicht reden wollte«, sagt er mit tiefer und ernster Stimme.

Ich beiße mir auf die Lippe. »Oh?«

»Ich wollte dir auch etwas sagen.«

Mein Herzschlag schießt in die Höhe. »Ich auch!«

An seinen Augenwinkeln bilden sich Fältchen. »Ich zuerst.«

Ich habe das Gefühl, ich könnte vor Aufregung platzen. »Schon wieder nicht sehr gentlemanlike von dir, aber mach weiter.«

Seine Augen glänzen. »Du bist ein Paar zu meinen drei Gleichen. Ein Bambus für meinen Panda. Ein …«

»Ein geschüttelter, nicht gerührter Martini für deinen James Bond«, platzt es aus mir heraus. »*Salo* zu deinem Brot. Ein …«

Er streichelt meine Wange mit seiner Hand. »Was ich damit sagen will, ist, dass ich dich liebe, *sonechko*. Mit Haut und Haaren.«

»Genau das wollte ich auch sagen! Ich meine, ich liebe dich auch.«

Das Lächeln, das er mir schenkt, erhellt meine ganze Welt, und als unsere Lippen erneut aufeinandertreffen, weiß ich, dass ich mich immer an diesen Moment erinnern werde, egal, was noch zwischen uns passieren wird. Und hoffentlich werden noch viele solcher Momente folgen.

Epilog

MAX

»UND DER?« Ich zeige auf eines von zwei winzigen Wesen, die wie Antilopen aussehen. Sie sind mein aktueller Spitzenreiter für das süßeste Tier, das ich je gesehen habe.

Blue lächelt strahlend, etwas, was sie auf dieser Reise zum Bauernhof ihrer Eltern oft getan hat. »Der mit den Hörnern ist Buzz«, sagt sie. »Der ohne Hörner ist Bean.«

Ich schüttele den Kopf. »Du weißt, dass ich gefragt habe, was für eine Art von Wesen Bean und Buzz sind. Nicht, wie sie heißen.«

Ich bin hier auf der Farm schon öfter überfordert gewesen, als ich zugeben möchte – und das liegt nur zum Teil an der Art der pelzigen Bewohner. Noch häufiger hat mich das Verhalten von Blues liebenswerten Hippie-Eltern aus dem Konzept gebracht, wie zum Beispiel, als ihre Mutter uns ganz bestimmte Tipps fürs Schlafzimmer gegeben hat. Oder das eine Mal, als sie uns über die Wichtigkeit der

Gleitfähigkeit belehrte. Oder als ihr Vater meine Füße massierte, nachdem Blue und ich von einer langen Wanderung zurückkamen und ich den Fehler machte, zu erwähnen, dass sich meine Füße müde anfühlten. Oder das eine Mal, als ihr Vater mir die Schulter massierte – nachdem ich ihn um seinen Segen für das, was ich jetzt tun werde, gebeten hatte –, weil er fand, dass ich zu angespannt war. Oder als ihr Vater mir ohne Grund den Kopf massierte. Oder ...

»Das ist ein Dikdik«, sagt Blue und unterbricht meinen Gedankengang.

Ich betrachte das winzige antilopenähnliche Wesen. »Ein was?«

»Du hast mich richtig verstanden. Das ist ein Dikdik.« Sie grinst. »Sie sind in den südlichen Regionen Afrikas beheimatet.«

Diesmal mache ich mir nicht die Mühe, ihre zweifelhafte Aussage auf meinem Handy zu überprüfen, so wie ich es neulich bei Salty getan habe, der sich als genau das herausstellte, was Blue behauptete: ein rosa Feengürteltier, das in Zentralargentinien heimisch ist.

Ich werfe Bean und Buzz ein paar Blaubeeren zu. »Ich kann nicht glauben, dass ich das sage, aber Dikdiks sind süß.«

Sie schnaubt. »Ich glaube, du willst sagen«, sie senkt ihre Stimme, »dass ich Dikdik mag.«

Ich weigere mich, den offensichtlichen Witz über ihre Vorlieben und meinen Schwanz zu machen, den sie für wichtig genug hielt, um ihn Maximus zu nennen. »Die Dikdiks sind niedlicher als rosa Feengürteltiere.«

Sie keucht theatralisch. »Du bist verrückt. Salty ist das süßeste Geschöpf hier auf dem Hof. Wie viele andere Tiere kennst du, die rosa sind?«

Ich weiß, dass ich Vögel wie den Rosalöffler und den Flamingo nicht erwähnen sollte, vor allem nicht an diesem besonderen Tag. »Meinst du hier auf dem Hof? Schweine. Wenn du allgemein meinst, dann gibt es die Nacktschnecke und andere Meeresbewohner.«

Sie beißt sich auf die Lippe. »Ich würde gerne deinen Nacktkiemer reiten.«

Scheiße. Das Blut verlässt mein Gehirn und rauscht hinunter zu Maximus.

Vielleicht kann ich meinen Plan verschieben und sie zurück in unser Zimmer schleifen?

»Mama macht das Haus sauber«, sagt Blue und liest meine Gedanken. »Papa schaufelt Pferdemist, also fällt auch eine Rolle im Heu aus.« Sie beugt sich zu mir, leckt mir das Ohr und sagt heiser: »Wie wäre es, wenn wir eine Wanderung machen und noch einmal bei der Wiese vorbeischauen?«

Scheiße, ja. Das ist genau die Wiese, zu der ich sowieso mit ihr wollte, aber jetzt schlagen wir zwei Fliegen mit einer Klappe.

Wir machen uns auf den Weg und streiten uns unterwegs über die Niedlichkeit der Tiere, vor allem wenn sie unseren Weg kreuzen. Wenn ich Vögel sehe, schieße ich mit einer Nerfgun auf sie. Die kleinen orangefarbenen Pfeile würden den gefiederten Tieren nicht schaden, selbst wenn ich sie träfe, aber ich ziele auf den Ast, auf dem sie sitzen, und ich bin ein guter Schütze.

Wir sprechen auch über die nächste Mission, auf die wir gehen werden. Ich konnte Blue überzeugen, für mich zu arbeiten, und nicht für die CIA. Sie behauptet, dass sie dafür nur *Duplicity*, einen Wirtschaftsspionagefilm mit Clive Owen und Julia Roberts, sehen musste.

»Was ist das?«, fragt Blue, als wir die Wiese erreichen.

Ich grinse.

Auf meine Bitte hin hatte ihre Mutter heute ein Mädchengespräch mit ihr, und so hatte ich die Gelegenheit, mich hinauszuschleichen und Rosenblätter über den Boden zu streuen, um die Romantik dieses ohnehin schon schönen Ortes noch zu verstärken.

Ich drehe mich zu ihr um. »Ich möchte dir etwas sagen.«

Ihre Augen weiten sich. »Ich dir auch.«

»Ich zuerst.« Ich streiche ihr eine Strähne des rotblonden Haares hinters Ohr. In den sechs Monaten, die wir zusammen sind, sind sie gewachsen und ähneln jetzt der Perücke, die sie am Tag unseres Kennenlernens getragen hat. Der Tag, an dem sie fast nackt in das Pokerspiel gestürmt ist.

Der Tag, an dem ich beschlossen habe, sie zu meiner zu machen.

Sie neigt ihren Kopf. »Immer noch kein Gentleman, aber los.«

Ich hole die Schachtel mit dem Ring heraus und genieße ihren erstaunten Gesichtsausdruck, als ich auf die Knie falle. Meine Stimme wird rau. »Blue, *sonechko* … Ich kann mir mein Leben ohne deine *ganz besonderen Fähigkeiten* nicht mehr vorstellen. Du machst der Femme fatale Association of America Ehre, und jetzt möchte ich dich zu meiner Frau machen.«

Ich atme tief durch und öffne die Schachtel.

»Ja«, keucht sie und schiebt ihren Finger in den Ring, noch bevor ich ihn aus der Schachtel nehme. »Jetzt steh auf. Ich bin an der Reihe.«

Als ich aufstehe, erlebe ich das mittlerweile vertraute Gefühl, überfordert zu sein. »Du willst mir immer noch etwas sagen?«

»Nun, ja.« Sie starrt fasziniert auf ihren Ring und dreht ihren Finger hin und her.

Sieht so aus, als würde ich ihrem Freund Fabio einen großen Gefallen schulden. Er lag goldrichtig, als er behauptete, sie würde *verrückt* nach diesem Ring sein.

Schließlich hebt sie ihren Blick zu meinem Gesicht. »Was ich zu sagen habe, dreht sich um niedliche Kreaturen. In diesem Fall denke ich, dass wir auch einen Konsens haben werden.« Sie holt einen stabähnlichen Gegenstand aus ihrer Tasche und drückt ihn mir in die Hand. »Das willst du vielleicht nicht ablecken«, fügt sie hinzu. »Ich habe darauf gepinkelt.«

Ich starre auf den Plastikstab. In dem kleinen Fenster darin sind zwei Linien zu sehen.

Ein Schwangerschaftstest.

Zwei Linien, und daneben steht eine Erklärung.

Zwei Linien bedeuten schwanger.

Schwanger.

Schock und Freude erwärmen meinen Körper wie ein Glas kochender *horilka.*

Wie? Wann? Aber wen interessiert das schon? Wir

sprechen von einer kleinen Kreatur, die zum Teil Blue ist. Sie wird sicher niedlicher sein als ein Panda. Vielleicht sogar niedlicher als ein Dikdik.

Blue klingt untypisch unsicher, als sie sagt: »Wir hätten ein Kondom benutzen sollen, als ich das Antibiotikum genommen habe, denke ich. Ich weiß, es ist …«

Ich bringe sie mit einem Kuss zum Schweigen. Ich hebe sie hoch und drehe sie herum, so wie ich es mit Codename Little Creature machen würde.

»Hast du vergessen, dass ich Krav Maga kann?«, sagt sie lachend.

Ich setzte sie mit einem Grinsen ab. »Jetzt, wo du von mir bekommen hast, was du wolltest, verteilst du Tritte in die Eier?«

»Nö.« Sie knöpft ihre Bluse auf und legt glatte, leckbare Haut und die Wölbungen ihrer köstlich runden Brüste frei. »Ich habe immer noch ein Verlangen nach deinen Kiwis.« Die Bluse fällt auf das Gras. »Ein überwältigendes Verlangen.«

Die Bestie in mir erwacht. Meine Kleidung fühlt sich so eng an meinem Körper an, als würde ich mich gleich in einen Werbär verwandeln, mit dem Schwanz voran. Sie greift nach dem Verschluss ihres BHs, und ich stürze mich auf sie und ziehe mich dabei aus.

Lachend rennt sie los, und ich verfolge sie bis in die Mitte der Wiese, wo ich vorsorglich eine Decke ausgebreitet habe. Ich fange sie dort ein und bringe sie wie ein Dikdik zu Boden, aber vorsichtig.

Weil sie ein schwangeres Dikdik ist.

Ich ziehe ihr die Arme über den Kopf und lächele

auf ihr errötetes Gesicht hinunter. »Ich liebe dich«, sage ich ihr auf Ukrainisch.

Sie grinst zurück. »Ich liebe dich auch. Übrigens, wer verführt hier eigentlich gerade wen?«

Ich beiße ihr ins Ohrläppchen, so wie sie es mag, und atme ihren süßen, weiblichen Duft ein. »Ich dich?«

»Das ist nicht fair«, haucht sie.

Ich knabbere an ihrem zarten Hals. »Das ist die Sache mit Spionen. Wir spielen nie fair.«

Sie stöhnt. »Das ist wahr. So verdammt wahr.«

Wir verschränken unsere Finger, und ich beginne mit meiner Verführung. Oder vielleicht fängt sie mit ihrer an – das zu unterscheiden wäre hart.

Steinhart.

Als wir uns danach aneinanderkuscheln und sich ihr kurviger Hintern an den nun befriedigten Maximus schmiegt, schaue ich in den blauen Himmel und stelle mir unsere gemeinsame Zukunft vor, und wie Codename Little Creature aussehen könnte.

Ein breites Grinsen breitet sich auf meinem Gesicht aus. Diese unsere Zukunft wird voller Abenteuer, Liebe und Freude sein. Und Pospielen.

Ich würde das nie laut sagen, aber mit Blue an meiner Seite bin ich nicht in Gefahr, den Blues zu bekommen.

Leseproben

Vielen Dank, dass Sie an Blues und Max' Reise teilgenommen haben!

Sind Sie auf der Suche nach weiteren lustigen Liebesromanen? Dann müssen Sie unbedingt die Familie Chortsky aus der Serie *Hard Stuff* Serie kennenlernen! Lesen Sie Vlads Geschichte in *Hard Code – Der Test*, Bellas Geschichte in *Hard Ware – Der Fremde*, und Alex' Geschichte in *Hard Byte –Der Anzug*. Und schauen Sie unbedingt in *Royally Tricked – Königlich Ausgetrickst* rein, einen königlichen Liebesroman mit dem Draufgänger Tigger (aus *Hard Ware – Der Fremde*) und der älteren Schwester von Blue, Gia!

Außerdem sollten Sie sich unbedingt *Von Kraken und Männern* zulegen, eine Liebesgeschichte zwischen Feinden und Liebhabern, in der Olive, eine von Blues Sechslingsschwestern, und ihr heißer (und anstrengender) neuer Chef im Mittelpunkt stehen.

Um über meine zukünftigen Bücher informiert zu werden, melden Sie sich für meinen Newsletter auf www.mishabell.com/de/.

Misha Bell ist eine Zusammenarbeit des Autorenehepaars Dima Zales und Anna Zaires. Wenn sie nicht gerade als Misha für Aufregung sorgen, schreibt Dima Science-Fiction und Fantasy und Anna Dark Romance und zeitgenössische Liebesromane.

Blättern Sie für Leseproben von in *Royally Tricked – Königlich Ausgetrickst* und *Wall Street Titan – Der Börsenhai* von Anna Zaires um!

Auszug aus Royally Tricked – Königlich Ausgetrickst

VON MISHA BELL

Ein draufgängerischer Prinz will mich dafür bezahlen, dass ich ihm beibringe, zehn Minuten lang unter Wasser die Luft anzuhalten? Ich bin dabei.

Aber ich bin Magierin und keine Stuntberaterin. Mein rekordverdächtiger Tauchgang ohne Luft war ein Trick. Natürlich kann ich das meinem Kunden, dem heißen Anatolio Cezaroff, alias Tigger, nicht sagen. Nicht, wenn ich meine Miete bezahlen will.

Außerdem fühle ich mich in der Nähe von Keimen nicht gerade wohl. Allen Keimen, auch denen, die auf superattraktiven Männern lauern. Mich in meinen umwerfenden Kunden zu verlieben, kommt also nicht in Frage, und ich habe fest vor, auf Abstand zu bleiben.

Zumindest, bis er mir anbietet, mich im Bett zu trainieren.

———

»Holly?«, fragt eine unbekannte männliche Stimme von der Straße.

Ich schaue den Neuankömmling an, und plötzlich bin ich an der Reihe, zu starren.

Ich wusste nicht, dass diese Art von männlicher Perfektion außerhalb von Hollywood existiert.

Gemeißelte Züge. Eine römische Nase. Haselnussbraune Katzenaugen, die mein Gesicht raubtierhaft anvisieren und mir das Gefühl geben, eine Gazelle zu sein, die gleich verschlungen wird.

Ich schlucke hörbar die übermäßige Menge an Speichel in meinem Mund herunter.

Der breitschultrige, muskulöse Oberkörper des Fremden ist in ein enges, weißes T-Shirt gekleidet, und trotz der ausgefransten Jeans, die tief auf seinen schmalen Hüften sitzt, hat er etwas Königliches an sich – ein Eindruck, der durch das seltsame Design seiner Gürtelschnalle unterstützt wird. Es ähnelt dem Wappen, das ein mittelalterlicher Ritter auf seinem Schild haben könnte.

Mir wurde gesagt, dass ich Menschen zu sehr mit Berühmtheiten vergleiche, aber das ist bei diesem Kerl schwer. Vielleicht wenn die Liebe zwischen Jake Gyllenhaal und Heath Ledger in *Brokeback Mountain* Früchte getragen hätte?

Nein, er sieht sogar noch besser aus als das.

Als ich merke, dass ich mehr in sein Gesicht starre, als es die Höflichkeit zulässt, senke ich meinen Blick und bemerke, dass er zwei Lederriemen in seinen Fäusten hält. Leinen, vermutlich.

Ich erwarte beinahe, willige Sexsklaven am anderen Ende dieser Leinen vorzufinden, aber stattdessen sind es zwei seltsame Hunde.

Zumindest denke ich, dass diese Kreaturen Hunde sind.

Einer hat schwarz-weiße Flecken, die ihn wie einen Panda aussehen lassen. In Anbetracht der enormen Größe der Kreatur kann ich nicht ausschließen, dass sie ein Bär ist. Und als ob es nicht schon seltsam genug wäre, wie eine vom Aussterben bedrohte Bärenart auszusehen, trägt das Tier auch noch eine Schutzbrille.

Liegt es an schlechter Sicht oder geht der Panda gleich snowboarden?

Die zweite Kreatur ist brillenlos und erinnert mich an einen Koala, nur viel größer und mit einer heraushängenden Hundezunge.

Ich zwinge meinen Blick zurück zu dem unglaublich gut aussehenden Besitzer. »Hey«, ist alles, was ich zustande bringe. Meine überaktiven Hormone scheinen mich der Fähigkeit, zu sprechen, beraubt zu haben.

Der Fremde verengt die haselnussbraunen Augen. »Du *bist* Holly, oder nicht?«

Das ist deine Chance, meldet sich mein innerer Magier. *Trickse den heißen Fremden aus. Wickele ihn um deinen kleinen Finger.*

Ich verbanne meine Lust mit einer heroischen Willensanstrengung und reibe innerlich à la böser Schurke meine Hände. Bis ich meine jetzige blasshäutige Bühnenpersönlichkeit mit den rabenschwarzen Haaren annahm, wurde ich regelmäßig mit meinem eineiigen Zwilling verwechselt, sogar von Leuten, die uns am nächsten standen. Unsere oval geformten Gesichter sind identisch, bis hin zu scharfen Wangenknochen und einer starken Nase. Ich wurde buchstäblich für diese besondere Täuschung geboren.

Mit einem Hauch von englischer Eleganz in der Stimme sage ich: »Wer sollte ich denn sonst sein?«

So. Wenn er weiß, dass Holly einen Zwilling namens Gia – also mich – hat, wird er diese Vermutung jetzt äußern, und ich werde mich zurückhalten.

Vielleicht.

Ich wette, ich kann ihn auch dann täuschen, wenn er weiß, dass ich existiere.

Er betrachtet mich eindringlich. »Du hast deine Haare verändert.«

»*Addams-Family*-Rollenspiel«, sage ich in meiner besten Morticia-Addams-Stimme. Es ist nicht meine überzeugendste Lüge, aber der Typ sieht so aus, als würde er sie mir trotzdem abkaufen. Dann bemerke ich ein Problem. Walter, der verwirrt blinzelt, will gerade anfangen zu sprechen. Ich trete an sein Bein unter dem Tisch und frage den Fremden fröhlich: »Kennst du Walter schon?«

Ich hoffe, dass der heiße Typ seine Hand ausstreckt und sich vorstellt, damit ich seinen Namen erfahre.

Mein böser Plan wird von dem Panda vereitelt. Er zieht mit seinen Zähnen am Hosenbein des Hotties. Als er das sieht, macht der Koala das Gleiche auf der anderen Seite, nur dass seine Bewegungen ungeschickt und welpenhaft sind und ein Loch in der Hose hinterlassen.

Wenn die Hunde auf diese Weise seine Aufmerksamkeit auf sich ziehen, ist es kein Wunder, dass er etwas so Zerlumptes trägt. Außerdem: Igitt. Ich hoffe, er wäscht den Hundespeichel so schnell wie möglich von seiner Hose.

»Eine Sekunde, Leute«, sagt der Fremde in einem freundlichen, väterlichen Tonfall, der an etwas in meiner Brust zerrt, zu seinen pelzigen Freunden. »Seht ihr nicht, dass ich mit Holly rede?«

Treffer! Er glaubt, dass ich Holly bin.

Der Fremde schaut von den Hunden auf und mustert Walter. Findet er auch, dass mein Freund aussieht wie Willem Dafoe, allerdings als er den Mentor von Aquaman gespielt hat und nicht den Green Goblin aus *Spider-Man*?

Bevor ich fragen kann, richtet sich der Blick des Fremden wieder auf mich. »Das ist nicht dein Freund.«

Ich blinzele. Er kennt Hollys Freund? Wo findet meine Schwester all diese Kerle? Dieser hier ist sogar noch heißer als ihr Alex.

»In der Tat«, sage ich und konzentriere mich wieder darauf, sie zu sein. »Dieser Kerl ist nur ein *Freund* Freund.«

Das verruchte Grinsen des Fremden ist wie ein Zungenschlag auf meinem Kitzler. »Ich glaube nicht, dass Männer und Frauen nur Freunde sein können.«

Das können sie auf jeden Fall. Meine Schwestern und ich sind schon ewig mit einem bestimmten Typen befreundet, und er hat noch nie eine von uns angemacht. Zugegeben, er ist schwul, aber trotzdem.

Walter steht voller verletzter Würde auf. »Hör mal, Kumpel, ich bin allergisch gegen Hunde, also wenn es dir nichts ausmacht ...«

»Kumpel?« Die katzenartigen Augen des Fremden sind spöttisch, als sie sich wieder auf mich richten. »Siehst du? Er mag es nicht, dass ich in seinem Revier wildere.«

Die Hitze, die durch meinen Körper schießt, ist keine Lust mehr. Was für eine Frechheit von diesem Kerl. »Ich bin niemandes Revier.« Und schon gar nicht Walters. Er hat mich in den ganzen achtzehn Monaten, die wir uns kennen, auch noch nie angebaggert.

Walters Gesicht rötet sich, und er umfasst das Messer in seiner Hand, das er mir nicht zurückgegeben hat, fester.

Ernsthaft? Kann Testosteron einen *so* dumm machen?

»Sie hat recht, Kumpel«, sagt Walter mit seiner bedrohlichsten Stimme, die, wenn wir ehrlich sind, ein wenig so klingt, als würde er das Krümelmonster imitieren. »Du solltest besser türmen.«

Der Fremde verzieht seine Oberlippe. Wenn er das Messer bemerkt hat, zeigt er es nicht. Ein weiteres Opfer der Testosteron-Vergiftung, kein Zweifel.

»Türmen?« Er schaut zurück zu mir. »Wo hast du denn diesen Walter gefunden?«

Okay, das war's. Ich bin die Einzige, die »Wo ist Walter?«-Witze auf Kosten meines Freundes machen darf.

Der heiße Fremde hat gerade eine Grenze überschritten.

Ich schiebe meinen Stuhl zurück und erhebe mich zu meinen vollen fast ein Meter siebzig. »Wie wäre es mit ›verpiss dich‹? Ist das eine bessere Wortwahl für dich?«

Das ist der Moment, in dem der Panda Walter anknurrt – ein bedrohlicher Laut, den man von einem so niedlichen, wenn auch übergroßen Hund nicht erwarten würde. Das erinnert mich an diesen Nachrichtenbericht über einen Mann, der im Zoo versucht hat, einen Panda zu umarmen, nur um dann im Krankenhaus zu landen, nachdem der verängstigte Bär ihn gebissen hat.

Walter erblasst und legt das Messer auf den Tisch. In seinem dicken Schädel befinden sich eindeutig mindestens zehn Gehirnzellen.

Der Fremde tätschelt den Kopf des bebrillten Tieres und murmelt etwas Beruhigendes in einer Sprache, die osteuropäisch klingt.

Hm. Er hatte keinen Akzent, als er mit mir sprach, aber Englisch muss seine zweite Sprache sein, sonst würde er mit seinen Hunden nicht in dieser fremden Sprache sprechen.

Mist. Bei unserem Glück ist der Hottie ein russischer Mafioso.

»Setz dich«, zische ich Walter zu, und zu meiner Erleichterung tut er, was ich sage.

Ich erhöhe auf zwanzig Gehirnzellen.

Die schönen Augen des Fremden streifen über mein Gesicht, bevor sie sich wieder verengen. »Du bist nicht Holly. Sie ist nett.« Ein Hauch von diesem verruchten Grinsen kehrt auf seine Lippen zurück, und seine Stimme wird tiefer. »Wohingegen *du* unartig bist.«

Das reicht. Keine Mrs. Nette Magierin mehr.

Ich schlendere langsam zu ihm hinüber.

Obwohl … vielleicht ist das keine so gute Idee.

Jetzt, wo ich näher dran bin, wird mir klar, wie groß er ist. Und breitschultrig. Die riesigen Hunde brachten meine Perspektive durcheinander und erzeugten eine visuelle Illusion, dass ihr Besitzer normal groß sei. Das ist er nicht. Schlimmer noch, er riecht göttlich, nach Meeresbrandung und etwas unbeschreiblich Männlichem.

Ein Trick unter diesen Bedingungen wird alle meine Fähigkeiten testen.

Moment einmal. Werden die Hunde sauer sein, dass ich so nah bin?

Als ob er meine Gedanken lesen könnte, gibt der Fremde ihnen einen strengen Befehl, und sie bleiben verlegen hinter ihm.

War dieses Kommando dazu gedacht, dass *ich* mich wie eine gute, gehorsame Hündin verhalten will? Weil ich gerade genau das tue.

Nein, Scheiß drauf. Ich bleibe bei meinem Plan, der erfordert, dass ich in Taschendiebstahldistanz komme.

»Willst du sehen, wie unartig ich sein kann?«, frage ich mit der verführerischsten Stimme, die ich aufbringen kann.

Ist es normal, dass menschliche Augen so schlitzförmig werden, als sei er ein Löwe?

»Wie unartig ist das denn, *myodik*?«, murmelt der Fremde.

Hat er gerade *my dick*, also *mein Schwanz* gesagt? Nee. Es war etwas in der Sprache, die er mit den Hunden benutzte. Trotzdem ist sein Schwanz jetzt fest in meinem Kopf, was nicht gegen die hormonelle Überlastung hilft.

Ich verdränge die nicht jugendfreien Bilder und lecke mir absichtlich über die Lippen. »Ich werde deine Brieftasche stehlen. Oder deine Uhr. Wie du möchtest.«

Die vermeintliche Wahl ist offensichtlich eine Irreführung. Mein eigentliches Ziel ist keines dieser Dinge, aber das muss er nicht wissen.

Seine Nasenflügel beben, als sein Blick auf meine Lippen fällt. »Ist es Diebstahl, wenn du mich vorwarnst?«

Wenn es mir möglich wäre, meine Bedenken über Keime zu vergessen und in Erwägung zu ziehen, meine Lippen auf die von jemand anderem zu legen, würde ich das jetzt tun. Es ist der stärkste Drang, den ich je verspürt habe.

»Was ist los?«, frage ich atemlos. »Zu feige?«

Er tätschelt die rechte Tasche seiner Jeans. »Wie wäre es, wenn du meine Brieftasche klaust?«

Ich nehme einen beruhigenden Atemzug. »Danke, dass du mir gezeigt hast, wo sie ist.«

Bevor er antworten kann, greife ich in die Tasche. Ich brauche eine riesige Ablenkung für das, was ich wirklich zu stehlen versuche.

Bei Houdinis Augenbrauen, ist es das, was ich denke?

Jepp. Es ist nicht zu übersehen. Als ich mit meinen behandschuhten Fingern über die Brieftasche streiche, spüre ich etwas anderes hinter dem Stoff der Hose.

Etwas Großes und sehr Hartes.

Nun. Jemand ist überglücklich über den Taschendiebstahl.

Vielleicht *hat* er vorher doch *my dick* gesagt?

Ich gebe mein Bestes, um seinem Blick standzuhalten und meine plötzlich trockene Kehle nicht zu räuspern. »Spürst du, wie ich sie stehle?«

Während ich spreche, arbeite ich daran, die schicke Schnalle zu öffnen – denn sein Gürtel ist mein eigentliches Ziel.

Seine Augenlider senken sich auf halbmast, und seine Stimme wird noch tiefer. »Deine flinken Finger sind genau da, wo ich sie haben will.«

Mist. Mit meinen Handschuhen und bei seinem lächerlich starkem Sexappeal habe ich Probleme mit dem Verschluss.

Aber nein. Ich darf nicht erwischt werden. Das wäre so, als würde man ein magisches Geheimnis lüften – das größte Tabu, das ich mir vorstellen kann.

»Diese Finger?«, frage ich heiser und streiche durch die Stoffschichten sanft über seine Härte. Ich nutze die Ablenkung, die diese nuttige Bewegung erzeugt, um mit meiner anderen Hand fester am Verschluss zu ziehen und ihn schließlich zu öffnen.

Ich würde gerne sehen, wie David Blaine *das* macht.

Das tiefe, kehlige Stöhnen des Fremden ist animalisch und macht meine Nippel so hart, dass sie kurz davor sind, sich umzustülpen. Er sieht jetzt aus wie ein Löwe, der zum Angriff übergeht.

Schluckend ziehe ich meine Hand aus seiner Tasche und versuche, ihm ein hinterhältiges Lächeln zu schenken. Stattdessen sage ich stockend: »Ich habe meine Meinung geändert. Ich werde deine Uhr klauen.«

Ich ergreife sein Handgelenk und drücke es fest, während ich mit der anderen Hand den Gürtel herausziehe.

Ja! Ich habe ihn. Ich verstecke den Gürtel hinter meinem Rücken und schaue schmollend auf die Uhr. »Wenn ich es mir recht überlege, denke ich, dass ich dir deine Besitztümer lasse.«

Er sieht triumphierend aus, wahrscheinlich ist er überzeugt davon, dass sein Sexappeal meine Taschendiebstahl-Fähigkeiten besiegt hat. Da es fast passiert ist, kann ich ihm nicht wirklich einen Vorwurf daraus machen, das zu denken.

Ich weiche vorsichtig zurück. »Oh, übrigens, hast du das verloren?«

Ich zeige ihm meine Trophäe.

Er bekommt große Augen, und sein Blick wandert zwischen meiner Hand und seiner Hose hin und her.

»Wie?«, fragt er.

Die Frage ist Musik in meinen Ohren.

»Äußerst gut«, sage ich, aber ich schaffe es nicht, mein übliches Getöse zu machen.

Er streckt seine Hand aus, um den Gürtel zurückzubekommen. »Du bist eine gefährliche Frau.«

Zwei Dinge passieren gleichzeitig, als ich auf ihn zutrete, um den Gürtel zurückzugeben.

Der Panda versucht wieder, seine Aufmerksamkeit zu bekommen, indem er an seinem linken Hosenbein zieht. Der Koala macht das Gleiche auf der rechten Seite, nur dass dieses Mal kein Gürtel die Hose oben hält – und sie nach unten rutscht.

Den ganzen Weg nach unten.

Scheiße. Scheiße.

Die größte Erektion in der Geschichte der Phalli ragt heraus und – obwohl das meine Einbildung sein könnte – zwinkert mir zu.

Er hat die ganze Zeit keine Unterwäsche getragen? Unglaublich.

Ich staune über die Ungeheuerlichkeit. Obwohl ich ihn berührte und seine Größe spürte, als ich in seiner Tasche kramte, hätte ich ihn mir nie so vorgestellt.

Glatt. Gerade. Mit leckeren Adern. Er bettelt geradezu darum, berührt, gelutscht oder geleckt zu werden – aber ich kann es nicht, aus Gründen, an die ich mich im Moment nur schwer erinnern kann.

Für diese Art von Hitze sollte eine verdeckte Trageerlaubnis erforderlich sein. Und auch die Lizenz, die man braucht, um schwere Maschinen zu bedienen. Und ein Jagdschein. Vielleicht sogar eine Lizenz zum Töten im 007-Stil.

Hinter mir höre ich Walter keuchen. Armes Ding. Ich wette, auch *er* ist bereit, für eine Kostprobe auf die Knie zu gehen, und soweit ich weiß, ist er hetero.

Ich kann meinen Blick nicht losreißen.

Wenn dieser Schwanz ein Zauberstab wäre, dann wäre es einer der Heiligtümer des Todes – der, den Voldemort am Ende schwang. Und wenn es eine

Banane wäre, dann wäre sie genau der richtige Snack für King Kong.

Der Fremde sollte vor Verlegenheit rot werden und sich in Sicherheit bringen, aber stattdessen hebt ein freches Grinsen seine Mundwinkel an. »Gefällt dir, was du siehst?«

Das tut es. So sehr, dass ich mein Handy zücken und ein Selfie damit machen möchte.

Zu meiner großen – und ich meine *großen* – Enttäuschung zieht er die Hose hoch. Seine Stimme ist heiser. »Wie ich schon sagte. Ungezogen. Sehr ungezogen«

Er schnappt sich den Gürtel aus meinen nervösen Fingern, schiebt ihn zurück in seine Hose und schlendert mit seinen Hunden davon, während ich mit offenem Mund dastehe.

»Kann man das glauben?«, fragt Walter irgendwo in der Ferne, und sein Tonfall ist empört.

Nein. Ich kann das nicht.

Ich kann nicht glauben, was gerade passiert ist, Punkt.

Alles, was ich weiß, ist, dass das nicht das war, was ich im Sinn hatte, als ich seinen Gürtel geklaut habe.

———

Für mehr Informationen, melden Sie sich für meinen Newsletter auf www.mishabell.com/de/.

Auszug aus Wall Street Titan – Der Börsenhai

VON ANNA ZAIRES

Ein Milliardär, der eine perfekte Frau will...

Mit 35 Jahren hat Marcus Carelli alles: Reichtum, Macht und die Art von Aussehen, die Frauen atemlos machen. Als Selfmade-Milliardär leitet er einen der größten Hedgefonds an der Wall Street und kann große Unternehmen mit einem einzigen Wort vernichten. Das Einzige, was ihm fehlt? Eine Frau, die so großartig ist, wie die Milliarden auf seinem Bankkonto.

Eine Katzenfrau, die ein Date braucht ...

Die sechsundzwanzigjährige Buchhändlerin Emma Walsh weiß aus guter Quelle, dass sie eine Katzenlady ist. Sie stimmt dieser Einschätzung nicht unbedingt zu, aber es ist schwer, sie mit den Fakten zu widerlegen. Abgenutzte und mit Katzenhaar bedeckte Kleidung? Check. Letzter professioneller Haarschnitt? Vor über einem Jahr. Oh, und drei Katzen in einem winzigen Studio in Brooklyn? Ja, definitiv.

Und ja, gut, sie hatte seit wann keinen Sex? Nun, sie kann sich nicht erinnern. Aber dieser Punkt kann geändert werden. Gibt es dafür nicht Dating-Apps?

Eine Verwechslung …

Eine High-End-Heiratsvermittlerin, eine Dating-App, eine Verwechslung, die alles verändert … Gegensätze können sich anziehen, aber kann das halten?

––––––––

Ich atme tief durch, betrete das Café und schaue mich um, um zu sehen, ob Mark vielleicht schon da ist.

Das Bistro ist klein und gemütlich, mit den typischen Diner-Bänken, die im Halbkreis um eine Kaffeebar angeordnet sind. Der Geruch von gerösteten Kaffeebohnen und Backwaren ist köstlich und lässt meinen Magen vor Hunger knurren. Ich wollte mich nur auf den Kaffee beschränken, aber ich beschließe, mir auch ein Croissant zu kaufen; mein Budget sollte dafür ausreichen.

Nur wenige der Tische sind besetzt; wahrscheinlich, weil es ein Dienstag ist. Ich überfliege sie, weil ich nach jemandem suche, der Mark sein könnte, und bemerke einen Mann, der allein am entferntesten Tisch sitzt. Er schaut in meine entgegengesetzte Richtung, so dass ich nur den

Hinterkopf sehen kann, aber sein Haar ist kurz und dunkelbraun.

Er könnte es sein.

Ich sammele meinen Mut und nähere mich dem Tisch. »Entschuldigung«, sage ich. »Bist du Mark?«

Der Mann dreht sich zu mir um, und mein Puls schießt in die Stratosphäre.

Die Person vor mir sieht überhaupt nicht aus wie die Bilder in der App. Sein Haar ist braun, und seine Augen sind blau, aber das ist die einzige Ähnlichkeit. Die harten Gesichtszüge des Mannes sind weder rund noch scheu. Vom stahlharten Kiefer bis zur falkenartigen Nase ist sein Gesicht völlig männlich, geprägt von einem Selbstbewusstsein, das an Arroganz grenzt. Ein Hauch von Schatten verdunkelt seine schlanken Wangen, so dass seine hohen Wangenknochen noch deutlicher hervorstechen, und seine Augenbrauen sind dicke dunkle Schrägstriche über seinen stechend hellen Augen. Selbst hinter dem Tisch sitzend, sieht er groß und kräftig aus. Seine Schultern sind in seinem maßgeschneiderten Anzug unglaublich breit, und seine Hände sind doppelt so groß wie meine.

Unmöglich, dass dies der Mark von der App ist, es sei denn, er hat seit der Aufnahme dieser Fotos einen ernsthaften Trainingsmarathon im Fitnessstudio eingelegt. War das möglich? Konnte sich ein Mensch so sehr verändern? Er hatte seine Größe nicht im Profil angegeben, aber ich hatte angenommen, dass das Auslassen bedeutete, dass er höhentechnisch wie ich eher unterdurchschnittlich war.

Der Mann, den ich ansehe, ist in keiner Weise unterdurchschnittlich, und er trägt mit Sicherheit keine Brille.

»Ich bin … ich bin Emma«, stottere ich, als der Mann mich weiterhin anstarrt, wobei sein Gesicht hart und unergründlich ist. Ich bin mir fast sicher, dass ich den falschen Kerl erwischt habe, aber ich zwinge mich trotzdem, zu fragen: »Bist du zufällig Mark?«

»Ich ziehe es vor, Marcus genannt zu werden«, antwortet er zu meiner Überraschung. Seine Stimme ist ein tiefes männliches Rumpeln, das etwas primitiv Weibliches in mir anspricht. Mein Herz schlägt noch schneller, und meine Handflächen beginnen zu schwitzen, als er aufsteht und unverblümt sagt: »Du bist nicht das, was ich erwartet habe.«

»Ich?« *Was zum Teufel …?* Eine Welle der Wut verdrängt alle anderen Emotionen, während ich auf den unhöflichen Riesen vor mir starre. Dieses Arschloch ist so groß, dass ich mir den Hals verrenken muss, um zu ihm aufzuschauen. »Und was ist mit dir? Du siehst überhaupt nicht aus wie auf deinen Bildern!«

»Ich schätze, wir wurden beide irregeführt«, sagt er mit angespanntem Kiefer. Bevor ich antworten kann, deutet er auf den Tisch »Du kannst dich genauso gut hinsetzen und mit mir essen, Emmeline. Dann bin ich nicht umsonst den ganzen Weg hierhergekommen.«

»Ich heiße *Emma*«, korrigiere ich vor Wut kochend. »Und nein, danke. Ich werde einfach gehen.«

Seine Nasenlöcher beben, und er tritt nach rechts, um mir den Weg zu versperren. »Setz dich, *Emma*.« Er lässt meinen Namen wie eine Beleidigung klingen. »Ich werde mit Victoria reden, aber im Moment verstehe ich nicht, warum wir nicht wie zwei zivilisierte Erwachsene essen können.«

Die Spitzen meiner Ohren brennen vor Wut, aber ich rutsche in die Bank, anstatt eine Szene zu machen. Meine Großmutter hat mir von klein auf Höflichkeit beigebracht, und selbst als Erwachsene, die allein lebt, fällt es mir schwer, gegen das anzukämpfen, was sie mir beigebracht hat.

Sie würde es nicht gutheißen, wenn ich diesem Idioten mein Knie in die Eier rammen und ihm sagen würde, dass er sich verpissen soll.

»Danke«, sagt er und rutscht auf die Bank mir gegenüber. Seine Augen funkeln eisblau, während er die Speisekarte betrachtet. »Das war nicht so schwer, oder?«

»Ich weiß nicht, *Marcus*«, sage ich und betone extra den formellen Namen. »Ich bin erst seit zwei Minuten bei dir, und schon auf hundertachtzig.« Ich gebe die Beleidigung mit einem damenhaften, von meiner Großmutter genehmigten Lächeln ab, werfe meine Handtasche in die Ecke unserer Nische und nehme die Speisekarte, ohne mich zu bemühen, meinen Mantel auszuziehen.

Je eher wir essen, desto schneller kann ich hier herauskommen.

Ein tiefes Lachen erschreckt mich, und ich schaue auf. Zu meinem Entsetzen grinst der Idiot, und seine Zähne blitzen weiß in seinem leicht gebräunten Gesicht. Keine Sommersprossen, stelle ich eifersüchtig fest; seine Haut ist perfekt ebenmäßig, ohne auch nur ein einziges

Muttermal auf seiner Wange. Er ist nicht im klassischen Sinn gutaussehend – seine Gesichtszüge sind zu grob dafür – aber er sieht schockierend gut aus, auf eine starke, rein männliche Art und Weise.

Zu meinem Entsetzen breitet sich eine Hitzewelle in meinem Unterleib aus, und meine inneren Muskeln ziehen sich zusammen.

Nein. Auf keinen Fall. Dieses Arschloch macht mich *nicht* an. Ich kann es kaum ertragen, ihm gegenüber am Tisch zu sitzen.

Ich knirsche mit den Zähnen, schaue in die Speisekarte und stelle mit Erleichterung fest, dass die Preise an diesem Ort tatsächlich angemessen sind. Ich bestehe immer darauf, bei Dates für mein eigenes Essen zu bezahlen, und jetzt, da ich Mark getroffen habe – Entschuldigung, *Marcus* –, würde ich es ihm auch zutrauen, mich an einen noblen Ort zu schleppen, wo ein Glas Leitungswasser mehr kostet als ein Patrón. Wie konnte ich mich bei dem Kerl so sehr irren? Offensichtlich hatte er gelogen, als er behauptet hat, in einer Buchhandlung zu arbeiten und ein Student zu sein. Zu welchem Zweck, weiß ich nicht, aber alles an dem Mann vor mir schreit Reichtum und Macht. Sein Nadelstreifenanzug schmiegt sich an seinen breitschultrigen Rahmen, als wäre er für ihn maßgeschneidert, sein blaues Hemd ist steifgebügelt, und ich bin mir ziemlich sicher, dass seine subtil karierte Krawatte von einem Designer ist, der Chanel wie ein Walmart-Label aussehen lässt.

Als mir alle diese Details auffallen, habe ich einen neuen Verdacht. Könnte mir jemand einen Streich spielen? Kendall vielleicht? Oder Janie? Sie kennen beide meinen Geschmack bei Männern. Vielleicht hat eine von beiden beschlossen, mich auf diese Weise zu einem Date zu locken – aber warum sie mich mit *ihm* zusammengebracht haben und er dem zustimmen würde, ist ein großes Rätsel.

Stirnrunzelnd schaue ich von der Speisekarte auf und betrachte den Mann vor mir. Er hat aufgehört zu grinsen und betrachtet mit gerunzelter Stirn die Speisekarte, was ihn älter aussehen lässt als die siebenundzwanzig Jahre, die auf seinem Profil angegeben sind.

Dieser Teil muss auch eine Lüge gewesen sein.

Meine Wut verstärkt sich. »Also, *Marcus*, warum hast du mir geschrieben?« Ich lege die Speisekarte auf den Tisch und starre ihn wütend an. »Besitzt du überhaupt Katzen?«

Er schaut auf, und sein Stirnrunzeln vertieft sich. »Katzen? Nein, natürlich nicht.«

Die Irritation in seinem Ton lässt mich alles über Großmutters Missbilligung darüber vergessen, ihm direkt in sein schlankes, hartes Gesicht zu schlagen. »Ist das eine Art Streich? Wer hat dich dazu angestiftet?«

»Verzeihung?« Seine dicken Augenbrauen heben sich in einem arroganten Bogen.

»Oh, hör auf, so zu tun, als seist du unschuldig. Du hast mich in deiner Nachricht angelogen, und du hast die Frechheit, mir zu sagen, dass *ich* nicht das bin, was du erwartet hast?« Ich spüre praktisch den Dampf, der aus meinen Ohren kommt. »*Du* hast *mich* angeschrieben, und ich war in meinem Profil völlig ehrlich. Wie alt bist du? Zweiunddreißig? Dreiunddreißig?«

»Ich bin fünfunddreißig«, sagt er langsam, und sein Stirnrunzeln kehrt zurück. »Emma, worüber redest ...«

»Das war's.« Ich nehme meine Handtasche am Henkel, rutsche von der Bank und stelle mich hin. Großmutter hin oder her, ich werde nicht mit einem Idioten essen gehen, der zugegeben hat, mich getäuscht zu haben. Ich habe keine Ahnung, was einen Kerl wie ihn dazu bringen würde, mit mir zu spielen, aber ich werde keine Witzfigur sein.

»Schönes Abendessen«, knurre ich, drehte mich um und gehe zum Ausgang, bevor er mir wieder den Weg versperren kann.

Ich habe es so eilig, fortzukommen, dass ich fast eine große, schlanke Brünette umrenne, die sich dem Café nähert, und den kleinen, pummeligen Typen, der ihr folgt.

———

Möchten Sie mehr erfahren? Besuchen Sie www.annazaires.com/book-series/deutsch/.

Über den Autor

Ich liebe es, Humorvolles zu schreiben (oft die unangemessene Art), Happy Endings (beide Arten) und Charaktere, die schrullig genug sind, um als komische Käuze (genau richtig zum Fremdschämen) bezeichnet zu werden.

Wenn Sie Liebesromane mit viel Komik und Wohlfühlcharakter lieben, besuchen Sie www.mishabell.com/de/ und melden Sie sich für meinen Newsletter an.